LES DEUX VISAGES DE JANVIER

Née en 1921 à Fort Worth, dans le Texa[illegible]*ue de parents artistes, Patricia Highsmith manife*[illegible] *dispositions pour le dessin et la littérature. E*[illegible]*de partie de sa jeunesse à New York* [illegible]*'université Columbia en 1942.*
Après une satire [illegible]*porte en 1948 un grand* [illegible]*onnu du* Nord-Express *q*[illegible] *Hitchcock, deviendra un cla*[illegible]
Autres réussites : M[illegible]*an :* Plein Soleil) *qui a obtenu en 1956 au*[illegible]*rix des* Mystery Writers of America *et en 195*[illegible] *le Grand Prix de littérature policière. Suivront* Rip[illegible] les ombres, Ripley s'amuse (L'Ami américain), Le Meurtrier *qui a été sélectionné parmi les quatre-vingt-dix meilleurs romans policiers par le* Times *de Londres et désigné par le* New York Herald Tribune *comme « la meilleure histoire de suspense », également porté à l'écran,* Ce Mal étrange (Dites-lui que je l'aime), *etc.*
Patricia Highsmith, grande voyageuse (Italie, Autriche, Grèce), s'est à présent fixée en France près de Paris.

Janvier n'est peut-être pas le meilleur moment pour faire du tourisme, mais Chester MacFarland préfère encore les aléas de l'hiver grec au risque de se voir enfermé dans une chaude cellule des États-Unis pour escroquerie. Il a donc pris la direction d'Athènes avec sa femme Colette, un œil sur les sites célèbres et guettant de l'autre d'éventuels sbires lancés à ses trousses par la justice américaine.
Son air d'assurance et de prospérité rappelle étrangement au jeune Rydal Keener celui de feu son père. Ce qu'il a de furtif dans le regard donne à Rydal l'idée qu'il n'est pas honnête, au contraire du professeur Keener. Cette combinaison agit sur lui comme un aimant et il se met à observer le couple.
Voilà pourquoi il se retrouve un jour face à face avec Chester portant sur son dos le policier grec qu'il vient de tuer par affolement. Et il lui offre son aide.
Pourquoi sinon parce qu'il a l'intention d'exercer un chantage ensuite? Ainsi Chester traduit-il son obligeance.
Ce n'est pas aussi simple et le malentendu qui s'installe entre eux crée un lien ressemblant fort à un nœud coulant.
Un nœud qui se resserre inexorablement autour de la gorge des protagonistes, chacun pris au piège de l'autre.

PATRICIA HIGHSMITH

Les deux visages de janvier

ROMAN

TRADUIT DE L'AMÉRICAIN PAR RENÉE ROSENTHAL

LAFFONT

Titre original :
THE TWO FACES OF JANUARY

A mon ami

Rolf Tietgens

I

UN matin du début de janvier, à trois heures et demie, Chester MacFarland fut réveillé dans sa couchette sur le *San Gimignano* par un raclement inquiétant. Il s'assit et, par le hublot, il vit glisser, tout près de lui, un mur brillamment éclairé, couleur rouge orangé. Sa première pensée fut qu'ils étaient en train de frôler le flanc d'un autre bateau ; il se leva et, encore à moitié endormi, se pencha par-dessus la couchette de sa femme pour regarder de plus près. Il y avait des graffiti, des entailles et des chiffres inscrits sur le mur et Chester voyait maintenant que c'était du roc. Il lut : NIKO 1957... W. MUSSOLINI. Puis un PETE '60, qui avait un air américain.

Le réveil sonna et Chester l'attrapa, renversant la bouteille de scotch qui se trouvait à côté, par terre. Il appuya sur le bouton pour arrêter la sonnerie, puis tendit la main vers sa robe de chambre.

« Chéri ?... Qu'est-ce qui se passe ? demanda Colette d'une voix ensommeillée.

— Je crois que nous sommes dans le canal de Corinthe, dit Chester. Ou alors, c'est que nous sommes terriblement près d'un autre bateau. A cette heure-ci, ça devrait plutôt être le canal. Il est trois heures et demie. Tu viens sur le pont ?

— Hm-m... non, murmura Colette, s'enfonçant dans ses draps. Tu me raconteras. »

Chester déposa en souriant un baiser sur sa joue chaude. « Je monte sur le pont. Je reviens dans un instant. »

Dès qu'il déboucha sur le pont, Chester tomba sur l'officier qui lui avait dit qu'ils traverseraient le canal à trois heures et demie.

« *Sississi ! Il canale, signor !* dit-il à Chester.

— Merci ! » Chester sentit le frisson de l'aventure le parcourir ; il s'appuya des deux mains au bastingage et le vent froid lui fouetta le visage. Il n'y avait personne, à part lui, sur le pont.

Les bords du canal semblaient avoir au moins trois étages de haut. En se penchant, Chester ne vit que du noir aux deux bouts. Il était impossible de juger de sa longueur, mais Chester se souvenait que, sur sa carte de Grèce, cela représentait un centimètre, ce qui devait faire environ six kilomètres. Cette voie d'eau vitale avait été creusée par l'homme. Chester éprouva du plaisir à cette pensée. Il regarda les marques de perceuses et de pioches, encore visibles sur le roc orangé... ou bien était-ce de l'argile ? Puis il leva les yeux vers les étoiles qui parsemaient le ciel de Grèce. Dans quelques heures à peine, il verrait Athènes. Il eut envie soudain de rester debout jusqu'au matin, d'aller chercher son manteau et de revenir sur le pont pour voir le bateau fendre la mer Egée et se diriger vers Le Pirée. Mais il serait fatigué demain, s'il faisait cela. Au bout de quelques minutes, il retourna dans la cabine et se recoucha.

Environ cinq heures plus tard, le *San Gimignano* avait accosté au Pirée et Chester essayait de se frayer un chemin vers le bastingage à travers une foule de passagers énervés et de porteurs qui étaient montés à bord pour aider les gens à transporter leurs bagages. La ville et le port du Pirée avaient l'air d'une masse confuse et poussiéreuse. Chester fut déçu de ne pas voir Athènes au loin à travers la brume. Il alluma une cigarette et observa les silhouettes immobiles ou qui s'agitaient sur le large quai. Des porteurs vêtus de bleu. Quelques hommes, en manteaux plutôt râpés, qui allaient et venaient nerveusement, regardant le bateau ; Chester se dit qu'ils avaient plus l'air de changeurs ou de chauffeurs de taxi que de policiers. Son regard allait de gauche à droite, puis embrassait de nouveau toute la scène. Non, il ne pouvait croire qu'un de ces hommes qu'il voyait l'attendait. On avait baissé la planche de débarquement et, si quelqu'un était venu pour lui, ne monterait-il pas directement à bord au lieu d'attendre sur le quai ? Bien sûr. Chester s'éclaircit la gorge et tira doucement sur sa cigarette. Puis il se retourna et vit Colette.

« La Grèce, dit-elle en souriant.

— Oui. La Grèce. » Il lui prit la main. Elle écarta les doigts, puis les referma sur les siens. « Il faut que je m'occupe d'un porteur. Est-ce que toutes les valises sont fermées ? »

Elle fit signe que oui.

« J'ai vu Alfonso. Il va les sortir.

— Tu lui as donné un pourboire ?

— Hm-m. Deux mille lires. Tu penses que ça va ? »

Elle leva vers Chester de grands yeux bleu sombre. Ses longs cils auburn battirent deux fois. Puis elle réprima un rire qui montait en elle, un rire de bonheur et de tendresse.

« Tu ne penses rien du tout. Deux mille lires, ça va ?

— Deux mille lires, c'est parfait, chérie. » Chester lui posa sur les lèvres un baiser rapide.

Alfonso émergea avec la moitié de leurs bagages, les posa sur le pont, et retourna chercher le reste. Chester l'aida à les descendre tous sur le quai, puis trois ou quatre porteurs commencèrent à se quereller pour les prendre.

« Attendez ! Attendez, s'il vous plaît, dit Chester. L'argent. Il faut que j'en change. » Il leur montra son carnet de chèques de voyage, puis se dirigea vers une baraque de changeur près des grilles du quai. Il changea un chèque de vingt dollars.

« Je vous en prie », dit Colette, tapotant une valise d'un geste protecteur et les porteurs cessèrent de se quereller, se croisèrent les bras et attendirent en la regardant d'un air approbateur.

Colette — c'était le nom qu'elle s'était elle-même choisi à l'âge de quatorze ans, de préférence à Elizabeth — avait vingt-cinq ans ; elle mesurait 1,58 m, avait des cheveux châtain roux, des lèvres pleines, un nez parfaitement droit, parsemé de quelques taches de rousseur et des yeux d'un bleu sombre, presque couleur lavande, d'une beauté assez surprenante. Ces yeux, grands ouverts, regardaient les choses et les gens bien en face, comme un enfant curieux, intelligent et encore en train d'apprendre. Les hommes que Colette regardait ainsi étaient généralement cloués sur place, et comme fascinés ; il y avait quelque chose de spéculatif dans ce regard et presque chaque homme, quel que fût son âge, pensait : « On dirait qu'elle est en train de tomber amoureuse de moi. Est-ce possible ? » Quant aux femmes, elles trouvaient, pour la plupart, l'expression de Colette, et même Colette elle-même, plutôt naïve, trop naïve pour être dangereuse ; ce qui était heureux car, sans cela, elles auraient pu être jalouses ou se méfier de sa séduction. Colette était mariée avec Chester depuis un peu plus d'un an et elle l'avait rencontré en répondant à une annonce qu'il avait mise dans le *New York Times* pour demander une secrétaire sténodactylo à mi-temps. Il ne lui avait pas fallu plus de deux jours pour se rendre compte que les affaires de Chester n'étaient pas des plus claires — quel agent de change travaillait chez lui et non dans un bureau, et où ses actions étaient-elles cotées finalement ? — mais Chester avait beaucoup de charme ; il avait, de toute évidence, beaucoup d'argent et, de toute évidence aussi, l'argent continuait à rentrer régulièrement, ce qui voulait dire qu'il n'avait pas d'ennuis. Chester avait déjà été marié huit ans à une femme qui était morte d'un cancer deux ans avant que Colette ne le rencontre. Il avait quarante-deux ans, il était encore beau, ses tempes grisonnaient légèrement et il avait un petit peu tendance à prendre du ventre, mais Colette ayant elle-même tendance à prendre du poids partout, faire un régime était pour elle une chose normale. Il lui était facile de composer des menus qui étaient à la fois appétissants et pas trop riches en calories.

« Et voilà, dit Chester, lui montrant une pleine poignée de drachmes. Choisis un taxi, chérie. »

Il y avait là une demi-douzaine de taxis et Colette choisit celui dont le chauffeur avait un sourire gentil. Trois porteurs les aidèrent à charger leurs sept valises dans le taxi — ils en mirent deux sur le toit — puis la voiture prit la direction d'Athènes. Chester se pencha en avant sur son siège, attendant de voir apparaître le Parthénon sur sa colline ou un autre élément du paysage qui se découperait sur le ciel bleu pâle. Il se surprit à penser à l'homme de Wichita Falls, un homme qu'il n'avait jamais vu, un homme qui pouvait le ruiner. Il n'était même pas actionnaire, mais il était l'ami d'un homme qui avait des actions d'Unimex. Et cet homme qui n'avait pas d'actions connaissait également, semblait-il, le propriétaire du terrain dont Chester revendiquait la propriété pour l'Unimex. L'homme de Wichita Falls avait écrit à Vic, le courtier de Chester, pour le mettre au défi de montrer des papiers prouvant les droits de l'Unimex sur le terrain, « ... auquel cas, écrivait l'homme de Wichita Falls, je demanderai à mon ami Untel de vous montrer les siens ». Chester avait jeté si vite la lettre de Vic qu'il avait oublié le nom de l'homme de Wichita Falls, mais il avait envoyé une lettre rassurante à Vic, lui demandant de ne pas répondre et lui disant que tout ça allait se calmer et que, sinon, on pourrait toujours inventer quelque chose. Mais Chester avait estimé qu'autant valait quitter le pays pour un temps. Colette voulait aller en Europe et ils avaient fait le projet de s'y rendre au printemps, mais l'incident de l'Unimex avait avancé leur voyage de quatre mois. Ils avaient quitté New York en décembre. Une enquête sur l'Unimex pouvait en entraîner une sur les autres sociétés de Chester, des sociétés dont — par la vente de leurs actions — dépendait la vie de Chester. On pouvait fort bien rechercher William S. Haight (nom dont se servait Chester pour ses chèques de dividendes de l'Unimex et de la Canadian Star) et faire le rapprochement avec Howard Cheever (identité adoptée par Chester à New York) et finalement même avec Chester MacFarland. Horrible perspective. L'Europe était plus sûre que les Etats-Unis pour le moment et Chester MacFarland, son vrai nom, était un patronyme dont il ne s'était pas servi depuis quinze ans ; mais il était coupable, entre autres choses, d'escroquerie par correspondance, c'est-à-dire d'un des rares délits pour lesquels le gouvernement américain pouvait extrader un homme. Chester se disait donc qu'il n'était pas absolument impossible que, le rapprochement ayant été fait entre Cheever et MacFarland, on envoie un homme le chercher.

Le chauffeur de taxi lui posa une question (en grec) par-dessus son épaule.

« Désolé. Pas comprendre, répondit Chester. La grande place, vous voyez ? Le centre.

— Grande-Bretagne ? demanda le chauffeur.

— C'est-à-dire... je n'en suis pas tout à fait certain », répondit Chester. Le Grande-Bretagne était sans aucun doute le plus grand et le meilleur hôtel d'Athènes, mais, pour cette raison même, Chester éprouvait une certaine hésitation à y descendre. « Jetons-y un coup d'œil », ajouta-t-il, en se disant que le chauffeur ne le comprenait probablement pas. « Le voilà, dit-il à Colette. L'immeuble blanc qui est là-bas. »

L'immeuble blanc du Grande-Bretagne avait un air solennel et antiseptique qui contrastait avec les bâtiments moins hauts et plus sales et les magasins qui entouraient le rectangle de la place de la Constitution. Assez loin sur la droite, il y avait un bâtiment administratif avec un drapeau grec flottant en haut d'un mât, et deux soldats en jupe et chaussettes blanches qui montaient la garde devant la porte.

« Et cet hôtel-là ? demanda Chester, le doigt tendu. Le Palais-Royal. Il a l'air pas mal, tu ne trouves pas, chérie ?

— Mais oui, bien sûr », dit Colette aussitôt.

L'hôtel du Palais-Royal était dans une rue latérale, en face du Grande-Bretagne. Un chasseur en veste rouge et pantalon noir sortit sur le trottoir pour les aider à porter leurs bagages. Le hall parut à Chester celui d'un hôtel de première classe, non pas de luxe, mais de première classe. Le tapis était épais sous les pieds et, à en juger par la température, le chauffage central fonctionnait vraiment.

« Vous avez retenu, monsieur ? demanda l'employé de la réception.

— Non, non, mais nous aimerions une chambre avec une salle de bain et une jolie vue, dit Chester en souriant.

— Bien, monsieur. » L'employé appuya sur une sonnette, puis donna une clef au jeune homme en uniforme qui venait d'arriver. « Montrez le 621, s'il vous plaît. Puis-je avoir vos passeports, monsieur ? Vous pourrez les reprendre en descendant. »

Chester prit celui que Colette tira de sa pochette de cuir rouge, sortit le sien de la poche intérieure de son veston et les poussa tous les deux vers l'employé sur le comptoir. Chaque fois qu'il tendait ainsi son passeport à un employé d'hôtel ou à un inspecteur, il éprouvait un petit pincement au cœur, une gêne, comme lorsqu'un médecin vous demande de vous déshabiller. Chester Crighton MacFarland, 1,77 m, né en 1920, à Sacramento, en Californie, signes particuliers : néant, époux d'Elizabeth Talbott MacFarland. Tout cela était tellement nu. Et, ce qui était pire que tout, et tellement rare pour une photo de passeport, la sienne était très ressemblante, montrant de fins cheveux bruns qui se clairsemaient, un menton agressif, un nez moyen, une bouche aux lèvres minces et à l'expression assez têtue, surmontée d'une moustache... bref, un excellent portrait de lui qui dépeignait tout sauf le bleu de ses yeux et la coloration de ses joues. Chester se demandait toujours si on n'avait pas déjà montré à l'employé, ou à l'inspecteur, cette même photo de lui en leur disant qu'il était recherché par la police. Ce n'était pas maintenant, à l'hôtel du Palais-Royal, qu'il l'apprendrait, car l'employé repoussa les passeports vers un coin du comptoir sans les ouvrir.

Quelques minutes plus tard, ils étaient confortablement installés dans une grande pièce chaude, avec vue sur les balcons blancs ornés de géraniums de l'hôtel de Grande-Bretagne et sur une artère animée, six étages plus bas, que Chester identifia sur sa carte d'Athènes comme la rue Venizelos. Il n'était que dix heures du matin. Ils avaient toute la journée devant eux.

II

Au même moment, dans un hôtel considérablement meilleur marché et plus délabré, au coin de la rue Kriezotou, appelée parfois la rue Jan Smuts, un jeune Américain du nom de Rydal Keener appuyait sur le bouton pour appeler l'ascenseur au troisième étage. C'était un jeune homme mince, aux cheveux bruns, à l'air paisible et aux mouvements lents. Il y avait en lui quelque chose de mélancolique, une mélancolie tournée vers l'extérieur plutôt que vers l'intérieur, comme s'il songeait tristement non pas à ses propres problèmes mais à ceux du monde. Ses yeux sombres semblaient méditer sur tout ce qu'ils enregistraient. Il avait l'air aussi très calme, nullement préoccupé de ce que l'on pouvait penser de lui. On prenait souvent son détachement pour de l'arrogance. Il n'allait guère avec les chaussures et le pardessus usés qu'il avait sur lui en ce moment, mais son allure était si assurée que ses vêtements étaient la dernière chose que les gens remarquaient, en admettant qu'ils les remarquent.

On ne pouvait jamais prévoir si l'ascenseur allait monter ou pas, et, tous les matins, Rydal faisait un pari avec lui-même : si l'ascenseur venait, il prendrait le petit déjeuner à la Taverna Dionysiou, dans la rue Niko, et s'il ne venait pas, il achèterait un journal et prendrait le petit déjeuner au café Brasil. Non pas qu'il y eût une différence quelconque entre les deux endroits. De toute manière, il achèterait quatre journaux dans la journée, mais à la Taverna Dionysiou, il connaissait tant de gens qu'il parlait toujours trop pour avoir le temps de lire, alors qu'au café Brasil, qui était un endroit plus élégant, il ne connaissait jamais personne et prenait toujours un journal avec lui pour s'occuper. Rydal attendit patiemment devant la cage de l'ascenseur, marchant lentement en rond sur le tapis usé. Aucun bruit de ferraille annonciateur venu d'en bas ou d'en haut n'indiquait que son coup de sonnette eût été entendu ou qu'on en eût tenu compte. Rydal soupira et se mit à regarder avec attention un tableau extrêmement sombre représentant un paysage, accroché au mur du couloir qu'il venait de traverser. Même le ciel était d'un noir de suie, comme si — car aucun peintre au monde, si mauvais fût-il, ne peindrait une colline et un ciel si noirs qu'on avait peine à voir où finissait l'un et où commençait l'autre — comme si le tableau avait absorbé, au cours des années, la saleté de l'atmosphère, les souffles mêmes des Grecs, Français, Italiens, Serbes, Yougoslaves, Russes, Américains et autres qui étaient passés dans ce couloir. Deux postérieurs de moutons, d'un beige terne, étaient les points les plus clairs de la composition.

L'ascenseur ne viendrait sûrement pas. Rydal aurait pu sonner de nouveau et il aurait peut-être fini par obtenir qu'on s'occupât de lui s'il avait continué à sonner, mais son jeu était fini et il n'avait plus envie maintenant de prendre l'ascenseur. Il irait au café Brasil. Il descendit lentement le court escalier séparant le troisième du second. Il y avait deux trous, de la largeur d'un grand pied chacun, dans le tapis, et Rydal se demanda si quelqu'un avait déjà trébuché dessus et était tombé. En ce cas, le malheureux serait tombé sur un vase de ciment, du faux IIIe siècle avant Jésus-Christ, posé sur une console victorienne en fonte. Rydal passa devant une glace d'environ trois mètres accrochée à un mur, traversa un absurde petit hall où il y avait un autre tableau très sombre et un pot de fougères desséchées, puis prit un escalier qui conduisait dans une autre direction. A l'étage suivant, une grande femme assez maigre, vêtue de tweed, nullement masculine mais plate et asexuée, comme celles que l'on voit sur les gravures de mode anglaises de 1920, appuya sur le bouton de l'ascenseur d'un air assuré, puis, de ses yeux verdâtres, retourna calmement son regard à Rydal. Les yeux de Rydal s'attardèrent juste un peu trop pour le regard que l'on accorde à un simple étranger rencontré dans un couloir d'hôtel, mais c'était encore un de ses jeux, et l'hôtel Melchior Condylis était un endroit parfait pour y jouer. Ce jeu aurait pu s'appeler l'Aventure. Il s'agissait de rencontrer l'Autre, mâle ou femelle. Si le regard de Rydal rencontrait celui de l'Autre, il se produirait un choc où ils se reconnaîtraient, l'un d'eux parlerait, ils auraient une Aventure ensemble... Sinon il n'y aurait rien dans les yeux de l'inconnu et absolument rien ne se passerait. Cette femme avait, certes, quelque chose d'étrange et de fascinant, mais il n'y avait vraiment rien dans ses yeux. L'hôtel Melchior Condylis était plein de gens étranges et à l'air fascinant. Ce n'était pas un endroit pour les gens qui avaient de l'argent, pour les Américains moyens, mais Rydal avait constaté qu'il abritait des gens de presque toutes les autres nationalités. Pour le moment, il y avait un ménage d'Indonésiens, et un de Français, des gens d'un certain âge. Il y avait aussi un jeune étudiant russe avec qui Rydal avait essayé de bavarder en russe, mais qui s'était montré méfiant, de sorte que leurs relations n'avaient pas progressé. Le mois dernier, il y avait eu un Esquimau, qui voyageait avec un océanographe américain, tous deux étant originaires de l'Alaska. Il y avait un assez grand nombre de Turcs et de Yougoslaves, comme on pouvait s'y attendre. C'était amusant de penser à tous ces petits points éparpillés dans le monde entier où des gens qui avaient été au Melchior Condylis citaient son nom, dans l'une ou l'autre des vingt-cinq ou trente langues, peut-être pour le recommander (mais pourquoi, au fond, sauf pour la modicité de ses prix ?) à leurs amis comme un endroit où descendre à Athènes. Le service était épouvantable, pire qu'inexistant parce qu'il était souvent promis et ne venait pas. Les couloirs et les escaliers procuraient à Rydal ce sentiment d'attente que l'on a devant une scène, quand tout le décor est en place, et que le premier acteur va faire son apparition. Il n'y avait pas un objet dans les chambres — Rydal en avait occupé trois —, les couloirs ou le hall, qui ne s'accordât avec l'atmosphère d'ensemble, qui était celle d'une vieille auberge d'Europe centrale.

Rydal trouva le garçon d'ascenseur, qui faisait également fonction de portier, en train de lire un journal sur le banc de bois près de la porte et de se curer le nez.

« Bonjour, *Mistère* Keener, dit Max, un homme à moustache noire, vêtu d'un uniforme gris usé, assis à la réception.

— Bonjour, Max. Comment ça va ? » Rydal posa sa clef.

« Vous voulez un billet de loterie ? proposa Max avec un sourire engageant, en lui montrant un carnet de billets.

— Hm-m. Est-ce que je me sens chanceux aujourd'hui ? Pas particulièrement. Pas aujourd'hui », dit Rydal, et il sortit.

Il tourna à gauche et se dirigea vers la place de la Constitution et l'American Express. Il pouvait y avoir une lettre pour lui à l'American Express, c'était même probable car on était mercredi et il n'avait eu de courrier ni lundi, ni mardi ; or, il avait en moyenne deux lettres par semaine. Mais il décida d'attendre l'après-midi pour aller demander. Il acheta le *Daily Express* de la veille et un journal d'Athènes du matin, fit un petit signe de la main à Niko qui traînait dans ses chaussures de gymnastique, à quelques mètres de là, sur le trottoir devant l'American Express Travel Agency, silhouette beige et plus ou moins ronde sous les éponges pendues à des ficelles au-dessus de sa tête.

« *Loterie ?* » lui cria Niko, en brandissant des billets.

Rydal secoua la tête. « Pas aujourd'hui ! » répondit-il en grec. Décidément, c'était le jour des billets de loterie.

Rydal entra au café Brasil, monta au bar du premier où on pouvait prendre le petit déjeuner, et commanda un *capuccino* avec un beignet à la confiture. Les nouvelles n'étaient pas passionnantes aujourd'hui. Un petit accident de chemin de fer en Italie. Une affaire de divorce contre un membre du Parlement. Rydal aimait les histoires policières, surtout anglaises. Après son café, il fuma trois Papistratos et, quand il sortit, il n'était pas loin de onze heures. Il se dit qu'il allait passer un moment au Musée national archéologique, puis qu'il irait acheter un cadeau pour Pan — l'anniversaire de Pan était samedi et il recevait ses amis — dans une chemiserie ou une maroquinerie de la rue Stadiou ; il déjeunerait au restaurant de l'hôtel et travaillerait à ses poèmes le reste de l'après-midi. Pan avait parlé d'aller au cinéma ce soir, mais cela ne se ferait peut-être pas et Rydal ne s'en souciait guère. Il allait sûrement pleuvoir, les journaux d'Athènes l'avaient d'ailleurs annoncé. Rydal aimait flâner dans sa chambre et travailler à ses poèmes quand il pleuvait. Sur le trottoir, l'idée lui vint d'aller à l'American Express maintenant et non dans l'après-midi et il passa sous une arcade qui l'amena dans une autre rue, plus ou moins parallèle à la place de la Constitution, où se trouvait le bureau du courrier de l'American Express.

Il y avait une lettre de sa sœur Martha, de Washington. Encore de vagues reproches, se dit Rydal. Mais non. En fait, Martha s'excusait presque de lui avoir « parlé un peu vivement en décembre ». Elle avait écrit, non parlé. Le père de Rydal était mort au début de décembre ; Rydal avait été prévenu par un câble de son frère Kennie deux jours avant l'enterrement ; il aurait pu prendre un avion pour rentrer, mais il ne l'avait pas fait. Son père avait eu une crise cardiaque et il était mort en l'espace de quatre heures. Rydal avait tergiversé pendant vingt-quatre heures et, finalement, avait télégraphié à Kennie à Cambridge qu'il avait été désolé d'apprendre la nouvelle et qu'il leur envoyait toute son affection et sa sympathie, à lui et au reste de la famille. Il ne disait pas qu'il ne venait pas, mais c'était évident puisqu'il ne faisait aucune allusion à son arrivée. Kennie ne lui avait pas écrit depuis, mais Martha l'avait fait. « Etant donné que la famille est si petite, disait-elle, qu'il n'y a que toi, moi et Kennie, sa femme et ses enfants, je pense que tu aurais pu faire l'effort de venir. C'était ton père, après tout. Je ne peux pas croire que ta conscience ne te tourmente pas. Comptes-tu nourrir un grief, même quand l'objet en est mort ? Tu serais plus heureux, Rydal, si tu voyais les choses de plus haut... et si tu venais ici pour être à nos côtés. » Rydal se souvenait presque textuellement de la lettre, bien qu'il l'eût jetée tout de suite après l'avoir lue. Maintenant, sa sœur lui écrivait qu'elle comprenait qu'il eût des griefs : « ... que j'ai toujours, comme tu le sais, considérés comme assez légitimes. Mais essaie de ne pas être amer. Tu m'as dit un jour que tu comprenais l'inutilité de la haine et du ressentiment. J'espère que c'est plus vrai que jamais maintenant et que tu trouves une sorte de paix là-bas. Je dois dire que je préfère te savoir à Athènes plutôt qu'à Rome... Quand penses-tu rentrer ? »

Rydal replia la lettre et la fourra dans la poche de son manteau. Puis il sortit de l'American Express et reprit la direction de l'arcade. Il ne resterait plus très longtemps à Athènes. Le jour J viendrait et il prendrait l'avion pour la Crète, visiterait le palais de Cnossos et le musée d'Héracleion, puis reprendrait l'avion pour rentrer. Sans doute chercherait-il une situation chez un avocat, à New York. Il lui restait environ huit cents dollars en chèques de voyage et un peu de liquide. Il s'en était assez bien tiré avec son argent depuis deux ans qu'il était parti. Les dix mille dollars de sa chère grand-mère. Sa grand-mère était la seule personne de la famille qui avait cru en lui au moment de sa crise avec son père. Elle avait fait son testament à cette époque, et elle était morte alors que Rydal avait vingt-trois ans, au milieu de son année de service militaire. Il avait décidé alors qu'avec cet argent il irait en Europe et qu'il y resterait aussi longtemps que dureraient ses fonds. Son père avait voulu qu'il commence à travailler tout de suite dans un cabinet d'avocats, et il lui avait même trouvé une situation d'avocat en second chez Wheeler, Hooton & Clive, Madison Avenue (son père connaissait Wheeler), mais Rydal n'en avait rien fait et se refusait à travailler avec une maison qui entretenait des rapports quelconques avec son père. *Tu es déjà assez en retard*, lui avait dit son père, surtout parce qu'il n'était sorti de l'école de droit de Yale qu'à vingt-deux ans, ce qui était contraire aux exploits des Keener toujours précoces et forts en thème ; mais le fait que son père l'avait envoyé deux ans dans une maison de correction n'avait pas arrangé les choses et il n'était entré à Yale qu'à dix-neuf ans. Son père avait été diplômé de Harvard à dix-neuf ans, Kennie à vingt et Martha à vingt aussi de Radcliff.

Rydal se retrouva devant les portes du café Brasil sous l'arcade, s'éveilla au présent, se souvint qu'il était passé par là un instant plus tôt et retraversa l'arcade à la recherche de Niko. Oui, il allait acheter quelques billets de loterie aujourd'hui après tout. Il vit Niko qui continuait à piétiner dans le froid avec ses chaussures de gymnastique. Niko avait des oignons et c'était le seul genre de chaussures dans lesquelles il se sentît à l'aise. Rydal sourit en voyant Niko aborder un gentleman élégamment vêtu qui sortait juste de l'American Express. « Billets de loterie ou éponges, que désirez-vous, *sir* ? »

Mais Rydal s'arrêta brusquement. L'homme qui parlait à Niko ressemblait étonnamment à son père. Il avait les mêmes yeux bleus, le même nez saillant, la même couleur de moustache. L'homme en question avait une quarantaine d'années, il était plus lourd et plus rougeaud, mais la ressemblance était si frappante que Rydal fut pris de l'envie d'aller lui demander s'il n'était pas un de ses parents, si par hasard il ne s'appelait pas Keener. Les Keener avaient des cousins anglais, et cet homme pouvait être Anglais... mais ses vêtements avaient l'air américains. L'homme renversa la tête en arrière et rit, d'un rire cordial qui porta jusqu'à Rydal et le fit sourire aussi. La main de Niko battit de nouveau en retraite sous les éponges, mais Rydal avait vu briller dans sa paume quelque chose de blanc qui pouvait être des perles. L'homme au visage rougeaud avait refusé ce que Niko lui avait proposé, mais il était en train d'acheter une éponge. Rydal croisa les bras et attendit tranquillement près du kiosque à journaux du coin. Il vit l'homme pousser un second billet dans la main de Niko, pas du tout récalcitrant, faire un petit signe de la main, dire « Salut ! » et s'éloigner.

Il venait vers Rydal. Rydal ne le quittait pas des yeux, constatant qu'il avait même la démarche assurée de son père. L'éponge faisait une bosse dans la poche de son manteau sombre. Dans sa main gauche, il tenait un *Guide bleu* qui avait un air neuf. Il jeta un coup d'œil à Rydal, détourna les yeux, puis le regarda de nouveau, passa devant lui, tourna la tête pour ne pas le perdre de vue. Rydal lui rendit son regard, mais ce n'était plus un jeu maintenant, il n'attendait pas un signe, il était simplement fasciné par la ressemblance de cet homme avec son père. L'homme continua son chemin et Rydal le suivit, marchant plus lentement que lui. L'homme le regarda encore une fois, par-dessus son épaule, accéléra le pas, quitta en courant le trottoir dans la rue Venizelos, puis ralentit au mauvais endroit — devant une voiture qui arrivait — comme s'il voulait donner l'impression qu'il ne se dépêchait pas. Il venait de passer devant le Grande-Bretagne et Rydal s'était attendu à le voir y entrer. Rydal continuait à le suivre des yeux, mais déjà son intérêt se relâchait. Et même si c'était un cousin anglais ? Quelle importance ? L'homme pénétra dans l'hôtel du Palais-Royal, dont l'entrée était à l'angle de la rue et il regarda derrière lui — Rydal n'aurait pu dire s'il l'avait vu ou pas — avant de franchir la porte. Ce fut ce dernier regard en arrière qui éveilla les soupçons de Rydal. De quoi cet homme avait-il peur ? Que fuyait-il ?

Rydal revint lentement vers Niko et lui acheta deux billets de loterie. « Qui était votre ami ? demanda-t-il.

— Lequel ? fit Niko, en souriant et en dévoilant une dent de devant recouverte de plomb et un trou à côté.

— L'Américain qui vient d'acheter une éponge, dit Rydal.

— Ah ! Je ne sais pas. Je ne l'avais jamais vu avant ce matin. C'est un brave type. Il m'a donné vingt drachmes de plus. » Niko changea de place et les éponges se balancèrent. Les larges chaussures de gymnastique d'un blanc sale qui étaient tout ce que l'on voyait de lui sous la panoplie d'éponges, montaient et descendaient lentement, comme les pattes d'un éléphant agité. « Pourquoi demandez-vous ça ?

— Oh ! je ne sais pas, dit Rydal.

— Il a plein d'oseille », dit Niko.

Rydal sourit. Il avait enseigné à Niko l'expression oseille et un tas d'autres qui voulaient dire argent en argot et que Niko avait été ravi d'ajouter à son langage. « Mais vous n'avez pas pu lui fourguer la camelote ?

— Fourguer ? » demanda Niko, intrigué.

Niko savait ce que c'était que la « camelote », mais ignorait le mot « fourguer ». « Vous n'avez pas pu lui vendre de bijoux ?

— Ah ! » Niko agita une main à peine visible parmi les éponges, riant avec une gêne subite qui ne lui ressemblait guère.

« Il a dit qu'il allait réfléchir.
— Qu'est-ce que c'était ?
— Des perles. » Après un coup d'œil à droite et à gauche, Niko sortit la main et exhiba un bracelet de deux rangs de perles sur sa large paume souillée.
Rydal acquiesça et les perles disparurent de nouveau. « Combien ?
— Pour vous... quatre cents dollars.
— Fichtre... fit Rydal machinalement, bien que le prix ne fût pas exagéré. Enfin, bonne chance avec le riche Américain.
— Il reviendra », dit Niko.
Rydal se dit que Niko avait probablement raison. Il avait été receleur ou commissionnaire de receleurs depuis son enfance et il savait juger les gens. Rydal se rendit compte alors que cet Américain rougeaud avait quelque chose de malhonnête, et qui était apparu même pendant les quelques secondes où il l'avait vu parler à Niko. Rydal n'aurait pu dire exactement ce que c'était. A première vue, il avait l'air d'un homme jovial, loquace, ouvert comme un enfant. Mais il y avait indubitablement quelque chose de furtif dans la manière dont il avait regagné son hôtel. Il allait probablement revenir et acheter le bracelet à Niko ; or, quel homme honnête ou même raisonnablement prudent achèterait des perles à un colporteur qui vendait des éponges dans la rue ? Rydal se dit que c'était peut-être un joueur. C'était assez insensé de ressembler tant à son père, le professeur Lawrence Aldington Keener, de la section d'archéologie de Harvard, à qui l'idée n'était jamais venue de faire quelque chose de même vaguement illégal, qui était un véritable pilier de respectabilité, et d'être peut-être un joueur, ou un escroc.
Trois jours se passèrent avant que Rydal ne revoie l'Américain rougeaud. Il l'avait oublié, ou

s'il lui était arrivé d'y penser une fois, c'était pour se dire qu'il était parti ; et puis un jour, à midi, Rydal tomba sur lui au musée Benaki, au milieu de l'exposition de costumes. Il était avec une femme, une jeune Américaine très élégante, presque mais pas tout à fait trop jeune pour avoir l'air d'être sa femme. En observant la sollicitude et la tendresse avec laquelle l'homme la prenait de temps en temps par le coude, la bonhomie avec laquelle il allait et venait et bavardait avec elle tandis que, visiblement ravie, elle regardait les jupes brodées et les blouses des mannequins dans les vitrines, Rydal conclut qu'ils étaient ou bien mariés depuis peu de temps ou bien amants. L'homme tenait son chapeau à la main, de sorte que Rydal pouvait voir la forme de sa tête, haute derrière comme celle de son père et les cheveux reculant sur les tempes comme ceux de son père, faisant penser à la mer qui recule en suivant la courbe du rivage. Il avait une voix grave et sonore, un peu plus tendue que celle de son père. Il riait facilement. Brusquement, au bout de cinq minutes environ, la femme regarda Rydal droit dans les yeux, et Rydal sentit son cœur s'arrêter de battre un instant, puis battre plus vite. Il cligna des paupières et détourna les yeux, puis regarda l'homme, lequel, en le voyant, fronça légèrement les sourcils et ouvrit la bouche de surprise. Rydal se retourna, se dirigea lentement vers une vitrine contenant des cimeterres et des poignards ornés de pierreries et se pencha dessus.

Moins d'une minute plus tard, l'homme et la femme étaient partis. Rydal se dit que l'homme croyait certainement qu'il le suivait, qu'il le surveillait ; il l'avait mis mal à l'aise et il eut envie soudain d'aller à l'hôtel du Palais-Royal, de l'y attendre, et de simplement lui assurer qu'il ne lui voulait aucun mal, qu'il ne le suivait pas et ne l'avait jamais suivi. Puis il se dit que c'était, après tout, déplacé et un peu sot et il décida de ne rien faire. Rydal sortit lentement du musée, se sentant soudain seul, triste et vaguement découragé. Il savait maintenant ce qui l'avait frappé chez la jeune femme, mais c'était agaçant et inquiétant que son cœur l'eût su avant son cerveau, ou sa mémoire. Elle avait le même air *sexy*, le même charme à la fois doux et dodu que sa cousine Agnès quand elle avait quinze ans.

« Salopard, murmura Rydal en s'engageant dans une large avenue. Salopard », sans s'adresser ni penser à qui que ce soit de particulier.

La femme avait des yeux bleus, d'ailleurs, alors que ceux d'Agnès étaient bruns. Les cheveux d'Agnès étaient d'un brun sombre et ceux de cette femme plutôt roux. Mais il y avait quelque chose. Qu'est-ce que c'était ? La bouche ? Oui, un peu. Mais, en fait, surtout l'expression de son regard. Il se dit qu'il ne s'y était pas laissé prendre. Mais l'avait-il rencontrée depuis ? Non. C'était drôle, finalement, cet homme qui avait l'air du frère jumeau de son père, en compagnie d'une femme qui lui avait rappelé Agnès, aussi nettement et aussi vite qu'une lampe qu'on lui aurait allumée en pleine figure, ou un couteau qui lui aurait ouvert grand le cœur. Dix ans s'étaient écoulés. Il avait quinze ans alors. Tant de choses s'étaient passées au cours de ces dix ans. Il était censé maintenant être un homme mûr. Il se souvint de ce que disait Proust, que les gens ne grandissaient pas affectivement. C'était une pensée assez terrifiante.

Ce soir-là, le soir de la réception de Pan dans la maison de sa famille près de la Bibliothèque d'Hadrien, Rydal but quelques verres d'ouzo de trop et se surprit à penser à l'Américain rougeaud — son père, vingt ans plus tôt — faisant l'amour au lit à la femme dodue dont les cheveux roux et les yeux bleus ne cessaient de devenir les cheveux bruns et les yeux bruns d'Agnès. Mais les lèvres rouges et douces étaient les mêmes. Rydal se sentit enclin à être désagréable au cours de cette soirée. Il essaya de faire très attention pendant la dernière heure pour compenser une remarque cinglante qu'il avait faite à la petite amie de Pan. Le lendemain matin, il avait une légère gueule de bois et il fit un poème en quatre vers sur « le fantôme de marbre » de ses amours enfantines.

Le lundi, il alla pour la cinquième ou la sixième fois à Delphes en car et y passa la journée.

Le souvenir de l'Américain aux joues roses et de son appétissante femme continua à l'agacer. Il exagérait la ressemblance, c'était certain, surtout celle de la femme et d'Agnès. Il décida qu'il devait les revoir, bien les regarder de près et qu'alors quelque chose arriverait, que le charme serait rompu, l'illusion dissipée. S'il posait la question à l'employé de la réception, à leur hôtel, il apprendrait qu'ils étaient Mr. et Mrs. Johnson, de Vincennes, dans l'Indiana. Ou Mr. et Mrs. Smith, de Saint-Petersbourg, en Floride. Et qu'ils ne connaissaient personne du nom de Keener.

III

Le troisième jour de son séjour à Athènes, Chester avait été rassuré par une lettre de Bob Gambardella, son homme à Milwaukee. La lettre disait, entre autres :

« Cher Mac,

« Pas de nouvelles, bonnes nouvelles, alors ne vous en faites pas. Sept nouveaux souscripteurs cette semaine, et le montant déposé comme d'habitude, ma commission en moins. J'attends vos instructions sous peu pour les dividendes semestriels de la Canadian Star... »

Cela voulait dire que Bob n'avait pas encore été ennuyé par la police. C'était la seconde lettre de Bob et Chester en avait reçu une à Paris de Vic, son vendeur de Dallas. La police n'était pas arrivée jusqu'à Vic ou Bob pour leur demander s'ils connaissaient un certain Howard Cheever, ou un certain William S. Haight ou, Dieu merci, un certain Chester MacFarland. Chester se dit que sept nouveaux souscripteurs, ce n'était pas mal, d'autant qu'il avait écrit à Bob le mois précédent de ne pas faire, jusqu'à nouvel ordre, d'efforts pour augmenter la clientèle. Bob avait pu prendre cinquante mille dollars, peut-être plus, à ces sept personnes. Les acheteurs d'actions recevaient des certificats et touchaient des dividendes, modestes mais réguliers, et si leurs actions n'étaient guère citées parmi celles de la Bourse canadienne dans les journaux, du moment que leurs dividendes tombaient régulièrement, pourquoi se plaindraient-ils ? Quand ils persuadaient un client éventuel d'acheter, Bob et Vic lui disaient toujours qu'ils le mettaient sur une affaire nouvelle dont les actions seraient cotées dans quelques mois et qu'alors elles commenceraient certainement à monter en flèche. C'était comme ça aussi avec Unimex, Valcolech, Universal Key... Parfois, Chester n'arrivait pas à se les rappeler toutes. De temps en temps, quand un actionnaire écrivait et posait trop de questions, Chester donnait l'ordre à l'un de ses représentants de Dallas, Saint Louis ou San Francisco de téléphoner au client, pour lui proposer de lui racheter ses actions plus cher qu'il ne les avait payées et de lui suggérer un nouveau tuyau. Neuf fois sur dix, les soupçonneux gardaient leurs anciennes actions et achetaient aussi les nouvelles. Le terrain sur lequel étaient basées les actions de la Canadian Star existait bien, mais simplement il valait très peu d'argent et il n'y avait très probablement pas d'uranium dedans. Il se trouvait au Nord du Canada ; Chester ou ses hommes pouvaient dire aux clients où exactement ils devaient le chercher sur la carte et, à les entendre, on allait en extraire de l'uranium en énormes quantités dès que les ingénieurs auraient fait quelques calculs de plus pour savoir où il fallait creuser. En fait, il y avait, au dos du contrat, une déclaration imprimée en tout petits caractères disant que le terrain était

« actuellement exploré », mais qui ne précisait pas ce qu'on y cherchait. La société qui vendait les actions ne pouvait être poursuivie pour ses intentions ou ses espoirs, qui étaient certainement de trouver de l'uranium.

L'Unimex était une compagnie pétrolière inexistante qui était censée opérer au large des côtes, quelque part dans la région de la frontière séparant le Texas du Mexique. Elle avait rapporté plus d'un million de dollars en actions que Chester avait vendues au comptant à huit dollars l'action. Chester avait des déclarations financières légalisées indiquant que l'Unimex avait un actif de six millions de dollars et il avait même fait venir des agents de change de New York pour inspecter certains emplacements dans le golfe du Mexique, lesquels appartenaient en réalité à d'autres gens. Chester avait acheté un tout petit emplacement abandonné, mais il avait revendiqué cent milles carrés autour. L'Unimex et la Canadian Star représentaient maintenant ses principales sources de revenus.

Au bout de quelques jours passés en Grèce, Chester s'aperçut qu'il respirait mieux. Il n'en avait pas moins gardé l'habitude, par nervosité, de jeter un coup d'œil autour de lui dans le hall de l'hôtel pour voir s'il n'y avait pas dans les parages quelqu'un qui avait l'air d'un policier. Il ne croyait pas qu'on enverrait un homme sur place spécialement pour le chercher, mais il se disait que le F.B.I. avait des représentants à l'étranger. Il leur suffirait d'avoir une photographie et les témoignages de quelques victimes de l'escroquerie pour pouvoir découvrir son nom en se renseignant auprès du service des passeports.

Depuis six jours qu'ils étaient à Athènes, Chester et Colette étaient allés deux fois à l'Acropole avec leur *Guide bleu*, ils avaient pris un car jusqu'au cap Sounion pour voir le coucher du soleil et la célèbre signature de Byron sur la colonne de marbre d'un des temples, ils avaient « fait » les principaux musées, ils étaient allés une fois au théâtre — pour y aller, simplement, car ils n'avaient rien compris à la pièce — et ils avaient fait des plans pour visiter le reste du pays. De là, ils iraient dans le Péloponnèse, à Mycènes et Corinthe, dans une voiture louée, puis en Crète et à Rhodes. Ensuite ils retourneraient à Paris par avion et y passeraient encore une semaine avant de rentrer. Ils n'avaient pas d'appartement à New York maintenant et ils n'avaient plus envie d'habiter Manhattan ; ils voulaient acheter une maison, soit dans le Connecticut, soit dans le Nord de la Pennsylvanie.

La veille de leur départ pour Corinthe et Mycènes, vers six heures du soir, Chester quitta l'hôtel quelques minutes pour acheter une bouteille de Dewar. Quand il rentra dans le hall, il remarqua un homme brun, en manteau gris et coiffé d'un chapeau, qui se tenait, les mains dans les poches de son manteau, près d'une des colonnes couleur crème qui supportaient le plafond. L'homme avait d'épais sourcils noirs et, sans pouvoir l'affirmer, Chester avait l'impression qu'il le regardait. Chester détourna les yeux, jeta un rapide coup d'œil autour de lui et remarqua le jeune homme en pardessus sombre qu'il avait déjà vu deux fois et qui se trouvait maintenant près de la porte, en train de fumer une cigarette. Des agents, se dit Chester. Il savait que c'était par réflexe conditionné que son regard avait été attiré par l'homme en manteau gris ; pourtant, il se sentait tellement en sécurité depuis quelques jours qu'il avait perdu son habitude de jeter un coup d'œil autour de lui dans le hall. Il avait soupçonné le plus jeune des deux hommes d'être un agent, maintenant il en était certain. Chester alla d'un pas désinvolte jusqu'à la réception et dit ce qu'il avait eu l'intention de dire en entrant :

« Nous allons partir demain matin assez tôt. Pouvez-vous préparer notre note, que nous puissions la régler ce soir ? MacFarland, chambre 621. » En disant « MacFarland » il baissa involontairement la voix, mais à peine.

Quand Chester se dirigea vers l'ascenseur, le plus âgé des deux hommes lui emboîta le pas. L'ascenseur arriva et la porte s'ouvrit et, comme il était le plus près, Chester y pénétra le premier. L'autre le suivit, enlevant son chapeau. Chester garda le sien sur la tête.

« Sixième, s'il vous plaît », dit Chester.

Le garçon d'ascenseur regarda l'homme.

« Sixième », dit l'homme.

C'est un Grec, se dit Chester. Il se sentit vaguement soulagé. L'homme avait un gros nez, un peu sémitique, des cheveux noirs parsemés de gris, et le visage grêlé. Chester sortit de l'ascenseur au sixième et l'homme le suivit. Chester levait la main pour frapper à la porte de sa chambre quand l'homme dit :

« Excusez-moi. Vous êtes Richard Donlevy, n'est-ce pas ? »

Ce nom, pour Chester, signifiait Atlanta. Le club Suwannee.

« Non, dit-il simplement.

— Ou alors... Louis Ferguson ? »

Ça, c'était Miami. Chester secoua la tête.

« Non. Désolé.

— Vous voyagez avec votre femme, n'est-ce pas ? Puis-je vous dire quelques mots dans votre chambre, monsieur ?

— Pourquoi ? Qu'est-ce que c'est que cette histoire ?

— Rien du tout peut-être, dit l'homme en souriant. Je représente la police grecque. J'aimerais vous poser quelques questions. »

Chester regarda le porte-cartes que l'homme venait d'ouvrir. Sous l'un des micas, il y avait une carte qui avait l'air authentique, couverte de caractères et de signatures grecques avec, au milieu, en grosses lettres noires, POLICE NATIONALE GRECQUE ; Chester se dit que s'il refusait de lui parler, cela ne pourrait qu'aggraver les choses. « Très bien », dit-il d'un ton indifférent, et il frappa à la porte.

Celle-ci s'ouvrit aussitôt, mais à peine. Colette était en robe de chambre.

« Excuse-moi, chérie, dit Chester. Je suis avec un monsieur qui désire me parler un instant. Pouvons-nous entrer ?

— Mais, bien sûr », dit Colette, mais elle avait un peu pâli.

Ils entrèrent. Colette serra davantage sa robe de chambre autour d'elle et recula vers la commode.

L'agent grec s'inclina devant elle. « Madame. Excusez mon intrusion. » Il se tourna vers Chester. « Puis-je vous demander sous quel nom vous êtes inscrit ici ? »

Chester se redressa et fronça les sourcils. « Qu'est-ce que c'est que cette histoire ? De quel droit me demandez-vous cela ? »

L'homme tira de sa poche un petit carnet à feuilles mobiles, l'ouvrit à une certaine page et le tendit à Chester. « Est-ce que ce n'est pas vous ? »

Chester sentit son cœur lui manquer. C'était une photographie de lui, un peu floue à cause de l'agrandissement, mais cependant reconnaissable, qui le représentait en train de rire, avec un verre de whisky dans la main. Elle était tirée d'une photographie d'un groupe de dîneurs du club Suwannee datant d'environ trois ans, à une époque où il était Richard Donlevy, avec plus de cheveux mais sans moustache, et où il vendait des actions. Lesquelles ? Il ne savait plus. Chester secoua la tête.

« Ce n'est pas moi. Je vois une ressemblance, mais... je ne sais pas ce que vous essayez de dire.

— Il s'agit de... comment dites-vous, d'affaires d'investissements aux Etats-Unis, dit l'agent, sans se départir de son calme. Je n'ai pas les détails sur moi et même si je les avais, il ne m'appartiendrait pas d'en parler maintenant. Je travaille seulement en collaboration avec les autorités américaines, qui soupçonnaient que vous étiez en Europe. »

Un frisson parcourut Chester. On le recherchait aux Etats-Unis. Quelqu'un avait voulu faire bloquer ses actions comme garantie, ou quelque chose comme ça, et on lui avait dit qu'elles étaient fausses. Ou peut-être même était-ce l'histoire Unimex.

« Mais vous m'avez dit que vous cherchiez quelqu'un qui s'appelle autrement, dit Chester.

— Nous avons différents noms. Cela n'a pas beaucoup d'importance. Vous voulez bien venir avec moi quand même pour répondre à quelques questions ? dit l'homme, avec l'air d'être certain que Chester allait venir avec lui.

— Non. Pourquoi viendrais-je ? C'est vous qui avez commis une erreur », dit Chester en enlevant son pardessus.

Colette s'avança, prit le carnet des mains de l'agent, étudia la photo et dit : « Mais ce n'est pas mon mari.

— Madame, sous quel nom êtes-vous inscrits ici tous les deux ? Je pourrais l'apprendre le plus facilement du monde. Je n'ai qu'à appeler en bas et à demander qui occupe la chambre 621. »

Colette le regarda et dit de sa voix aiguë, très

juvénile : « J'estime que ça ne vous regarde pas.

— J'aimerais que vous sachiez que je suis armé. Je ne voudrais pas avoir à vous emmener à la pointe de mon revolver. » L'agent grec considérait maintenant Chester d'un air perplexe.

Chester haussa les épaules et ne bougea pas. Il jeta cependant un coup d'œil autour de lui, comme s'il espérait trouver dans la chambre une arme pour se défendre.

Le Grec s'approcha rapidement du téléphone. Chester bondit vers la salle de bain.

« Arrêtez ! dit l'agent. J'ai un revolver ! »

Chester tourna la tête, vit l'homme courir avec un revolver braqué sur lui et calcula qu'il ne s'en servirait pas. Il sauta sur la baignoire et essaya d'ouvrir la fenêtre. Elle était coincée et ne remonta que d'une vingtaine de centimètres.

« Chester ! » cria Colette.

L'homme tira Chester par le pan de son veston. Chester regarda par-dessus son épaule, leva son pied gauche et le lança en arrière, atteignant l'homme au creux de l'estomac. Il descendit de la baignoire et, avant que l'autre n'ait pu se redresser, Chester le frappa sur la nuque. L'homme alla donner du front contre le rebord du lavabo. Chester le força à se relever, et lui assena un coup sur la mâchoire qui l'envoya dans la baignoire. Il allait frapper encore quand il se rendit compte que l'autre avait perdu connaissance.

Chester le regarda, haletant, les poings serrés.

« Mon Dieu ! » Colette se tenait sur le seuil de la salle de bain. « Tu n'as rien, chéri ? »

Chester fit signe que non. Il ramassa le revolver de l'agent qui était tombé sur le carrelage de la salle de bain. Un verre s'était cassé aussi dans la bagarre et il y avait des débris par terre. Chester en fit valser un, nerveusement, avec le bout de sa chaussure.

« Je vais nettoyer tout ça, dit Colette.

— Il faut que je le sorte d'ici, murmura Chester, avant que l'autre agent... il y en a un autre en bas.

— C'est vrai ? fit Colette. Voyons. Le balcon ? »

Il y avait un balcon devant leurs fenêtres qui longeait toute la façade de l'hôtel. « Non. Il va revenir à lui d'ici quelques minutes. Je trouverai quelque chose. Commence à faire nos valises, tu veux, chérie ? Il faut que nous quittions l'hôtel ce soir. »

Colette enleva rapidement sa robe de chambre, la fourra dans une valise et saisit la jupe d'un tailleur sombre posé sur le dossier d'une chaise.

« J'ai trouvé ! dit Chester et il saisit l'un des bras inertes de l'homme.

— Quoi ?

— Il y a un office dans le couloir. (Chester souleva l'homme sur son épaule.) Il y a une lampe rouge au-dessus. Je l'ai vue un soir où je cherchais les w.-c. et que tu étais dans ton bain. Ouf ! Il est lourd, ce type. » Chester traversa la pièce en vacillant, avec l'homme sur le dos.

« Jette un coup d'œil dans le couloir. Regarde s'il y a... »

Colette acquiesça et entrouvrit rapidement la porte de quelques centimètres. « Il y a quelqu'un devant l'ascenseur.

— La barbe », dit Chester et il raffermit son étreinte autour des poignets de l'homme. « Il va se réveiller avant que j'aie pu... » Mais la baignoire était dure, et le lavabo aussi. Le type pouvait être mort en fait. A cette pensée, Chester sentit ses forces l'abandonner et il laissa doucement tomber l'homme sur le tapis. Il était sur le point de dire à Colette qu'il allait lui tâter le pouls quand elle annonça :

« Ça va maintenant. Il n'y a personne en vue. »

Chester rassembla ses forces et hissa de nouveau l'homme sur ses épaules. Mort ou pas, l'office était le meilleur endroit pour lui. S'il était mort... Chester ne l'avait jamais vu, après tout. Quelqu'un d'autre l'avait tué. Cet homme n'avait jamais frappé à sa porte, ne lui avait jamais adressé la parole. Chester se dirigea vers la porte surmontée d'une petite lampe rouge, en priant intérieurement qu'elle fût ouverte comme la première fois.

A ce moment, surgissant devant lui du coin du couloir, l'autre agent apparut et s'arrêta net, l'air très étonné. Chester le regarda, paralysé. Le jeune homme ouvrait légèrement la bouche et Chester vit le début d'un sourire... de satisfaction, ou d'ironie ? Chester s'attendait à le voir sortir un revolver. Sa main droite pendait, vide, le long de son corps, dans la gauche il tenait un journal. Le jeune homme s'avança.

« Où l'emmenez-vous ? demanda Rydal, jetant un regard rapide à droite et à gauche dans le couloir.

— J'allais... » Chester se sentit devenir mou comme une chiffe et le poids mort glissa par terre. « Dans cette pièce », dit-il, désignant faiblement la porte à la lumière rouge.

Le jeune homme jeta son journal, se pencha rapidement et prit le Grec sous les épaules ; il commença à tirer l'homme vers l'office.

Chester ne le quittait pas des yeux.

« Est-ce qu'il n'avait pas un chapeau ? » demanda Rydal et, comme Chester acquiesçait, terrifié, il dit : « Allez le chercher. »

Chester ouvrit la porte de l'office — elle n'était pas fermée à clef — puis retourna en courant dans la chambre. Colette avait ouvert la porte et se tenait juste derrière. « Donne-moi son chapeau, chérie. Il est là, à côté du téléphone. »

Colette prit le chapeau sur la table du téléphone et le lui tendit.

Chester repartit dans le couloir. La porte sous la lumière rouge était à demi ouverte et il entendit un bruit de seaux entrechoqués. « Voilà. » Chester tendit le chapeau au jeune homme.

« Il est mort ? demanda Rydal.

— Je ne sais pas.

— Je crois que oui. » Avec des mains assez tremblantes, Rydal sortit rapidement le contenu des poches intérieures de l'homme et le porte-cartes qui était boutonné dans la poche revolver et fourra le tout dans la sienne. « Est-ce qu'il avait un revolver ? Je vois un étui.

— Je l'ai », dit Chester. Il est mort, se dit-il, les mains crispées. Il regarda le jeune homme pousser les pieds un peu plus à l'intérieur, afin de pouvoir pousser la porte, puis le battant se referma sur le premier homme qu'il eût jamais tué, un homme dont la tête pendait mollement, et qui saignait, installé entre des seaux, des balais et des chiffons gris sale.

Rydal prit Chester par le bras et l'entraîna vers sa chambre ; en passant, il ramassa son journal.

Chester tambourina sur la porte du bout des doigts. Etrange façon de se conduire pour un agent, se dit-il. Cherchait-il à éviter la vue d'un cadavre aux clients de l'hôtel ?

Colette ouvrit la porte et prit une profonde inspiration.

Chester entra rapidement dans la chambre.

Rydal le suivit, s'inclinant machinalement pour saluer la femme. Il n'aimait pas la vue du sang et sentait sa tête commencer à tourner légèrement.

« Je m'appelle... Je m'appelle Rydal Keener, dit-il, s'adressant à tous les deux. Comment allez-vous ?

— Comment allez-vous ? marmonna Chester.

— Mon mari a frappé cet homme pour se défendre, dit aussitôt Colette à Rydal, en le regardant droit dans les yeux. J'ai tout vu.

— Ne dis rien, Colette, lança Chester.

— Mais... permettez-moi de vous dire », fit Rydal, et il eut honte de ce « permettez-moi » à peine l'avait-il prononcé, « que je ne suis pas de la police.

— Vous n'êtes pas... mais alors pourquoi... ? » dit Chester.

Rydal ne savait pas pourquoi. Sa décision avait été si brusque que ce n'était même pas une décision. « Je suis juste un touriste américain. Vous pouvez me considérer comme un ami. » C'était bizarre de leur parler ; cela lui faisait un effet très bizarre. Ou bien étaient-ce les gouttes de sang sur le tapis vert pâle. « Vous feriez bien d'effacer ces taches de sang pendant que c'est possible », dit-il à l'homme.

Incapable de le faire lui-même, Chester fit signe à Colette de s'en charger.

Elle alla dans la salle de bain et revint aussitôt avec l'éponge que Chester lui avait achetée. « J'ai tout essuyé dans la salle de bain », dit-elle. Elle se mit à quatre pattes et commença à frotter énergiquement.

Son derrière était parfaitement rond sous sa jupe noire droite. Rydal la regardait, elle plutôt que les taches de sang. Puis il s'approcha rapidement de la porte, l'ouvrit sans bruit et regarda dans le couloir.

« Vous avez entendu quelque chose ? demanda Chester.

— Non. Je voulais voir s'il y avait du sang dans le couloir. Il y en a probablement, mais sur le tapis noir cela ne se voit pas. Et maintenant, dit-il après avoir refermé la porte. Mais quoi, maintenant ? » L'homme le regardait d'un air déconcerté et comme s'il attendait quelque chose. « La chose à faire, c'est de sortir de cet hôtel avant qu'on ne s'aperçoive de la disparition de ce type... à son quartier général ou ailleurs.

— Oui. Ou qu'on ne le trouve, dit Chester. Nos valises sont pratiquement faites, n'est-ce pas, chérie ?

— Encore deux minutes pour les affaires de toilette, dit Colette. Prends ton rasoir et le reste, Chess. J'ai à peu près fini. Lance-moi une serviette, tu veux ? »

Colette semblait pleine d'esprit pratique. Elle avait du sang-froid, en tout cas. Elle leva les yeux, vit Rydal qui la regardait, puis attrapa adroitement la serviette que Chester lui lançait à travers la pièce. « Quel gâchis ! » dit-elle en se remettant au travail.

Rydal se souvint des papiers qu'il avait fourrés dans la poche de son pardessus et les sortit. Il y avait un carnet assez épais qu'il feuilleta rapidement. Il contenait de nombreuses photographies et Rydal trouva aussitôt celle de Chester. Il se rapprocha de ce dernier qui était en train de mettre des choses dans une valise. « C'est vous ? »

Chester eut l'air gêné, mais il acquiesça.

La légende, en grec, disait qu'il était recherché pour fraude et détournement de fonds. Il y avait plusieurs noms différents sous la photo, en caractères grecs et anglais. « Lequel de ces noms est le vôtre ? » demanda Rydal.

Chester prit le carnet par un coin et regarda les noms, d'un air un peu égaré. « Aucun. Mon nom... Je m'appelle Chester MacFarland. » Il ne servait à rien de le dissimuler, se dit Chester, car ce type n'aurait qu'à demander à la réception qui occupait ou avait occupé la chambre 621.

« Chester MacFarland », répéta Rydal doucement.

Chester eut un sourire crispé. « Vous avez entendu parler de moi ?

— Non... non. » Rydal vit que l'agent grec s'appelait Georges M. Papanopoulos.

« Hm... nous devions aller à Corinthe demain. Je ne pense pas que vous sachiez s'il y a un train ou un car pour y aller ce soir ? Nous comptions louer une voiture demain, mais...

— Je ne le sais pas, non, mais je peux téléphoner en bas et leur demander de se renseigner, dit Rydal, se dirigeant vers le téléphone.

— Non, attendez ! (Chester étendit les mains.) Si vous appelez... de cette chambre...

— Je viens de penser, dit Rydal, s'adressant à Chester, et aussi à la femme qui se tenait maintenant debout au milieu de la pièce et qui le regardait, que puisque personne ne m'a vu monter, je peux tout aussi bien dire que j'ai été avec vous tout l'après-midi. Ou au moins quelques heures. » L'homme le regardait d'un air toujours aussi déconcerté, et Rydal ajouta : « Je ne suis pas monté par l'ascenseur. J'ai vu qu'il allait au sixième, alors j'ai pris l'escalier. Je ne pense pas que quelqu'un m'ait remarqué. Je veux dire que si on trouve l'homme avant que nous ne sortions... je fournirai un alibi. » Les mots semblaient sortir de lui, venant de nulle part. Il offrait de se parjurer. Et pour quoi ? Pour qui ? Pour un homme dont les allures de gentleman n'allaient pas très loin, Rydal s'en rendait compte maintenant ; un homme dont les vêtements étaient bien coupés et faits sur mesure, mais dont les boutons de manchette étaient voyants ; un homme dont le comportement, dans l'ensemble, donnait une impression de malhonnêteté, parce qu'il était malhonnête. « Choisissez. Je ne vous force pas, ajouta Rydal. Dites-moi si je dois appeler en bas ou pas.

— Si. Appelez. C'est très bien », dit Chester. Il détourna les yeux, pour ne pas soutenir le regard de Rydal.

Rydal décrocha le téléphone et, sans réfléchir, commença à parler en grec et à se renseigner sur les trains et les cars en direction de Corinthe. La femme, après avoir fermé quelques valises, se remit à le fixer avec curiosité, sans la moindre gêne, apparemment, comme une enfant. Rydal raccrocha et dit : « Le dernier car est parti à six heures. Il n'y a pas de train avant demain. Vous pourriez peut-être encore louer une voiture, mais c'est une heure bizarre pour partir pour Corinthe. La vue de la route du bord de mer est considérée comme la meilleure partie du voyage. La plage de Kinetta, vous savez ?

— Hm-m. Oui. La plage de Kinetta », dit Chester. Il regarda sa femme.

« Vous êtes très bon, dit Colette à Rydal. Vous vous exposez pour nous. »

Rydal ne savait que répondre. Il remarqua tout à coup le renflement du revolver sur la poche du veston de Chester. L'idée lui vint que les MacFarland allaient avoir immédiatement besoin d'autres passeports. D'ici demain, en tout cas. Niko était l'homme désigné pour cela.

« Et la Crète ? demanda Chester. Nous voulions aller en Crète.

— Là, il se trouve que je suis au courant, dit Rydal. Il y a un avion tous les matins, et un bateau un peu plus tôt, mais rien à cette heure-ci.

— Est-ce que vous êtes en partie grec ? » demanda Colette à Rydal.

Rydal sourit : « Non. » Il essayait de réfléchir et tout ce qui lui venait à l'esprit, c'était qu'il était peu doué pour ce genre de réflexions. Son cerveau aurait dû fonctionner comme l'éclair et lui suggérer exactement ce qu'ils avaient de mieux et de plus intelligent à faire.

« De toute manière, ce qu'il faut, c'est partir d'ici tout de suite. Vous êtes prêts à appeler un garçon d'étage ?

— Oui, mais où aller ? demanda Chester.

— Dans un autre hôtel d'Athènes. J'en connais un : les Dardanelles, à dix ou quinze rues d'ici. C'est un hôtel de taille moyenne et il est dans un endroit tranquille. Juste pour ce soir. Et demain... je vous conseillerais la Crète plutôt que le Péloponnèse, parce que c'est plus grand et plus loin.

— Oh ! la Crète, merveilleux ! » dit Colette, comme si on venait de lui faire une suggestion passionnante et inattendue pour leurs vacances.

« Je dis juste "Hôtel des Dardanelles" au chauffeur ? demanda Chester.

— Oui. Si vous voyez que les chasseurs d'ici écoutent, vous dites au chauffeur de vous conduire à la gare, et vous changez d'adresse en cours de route. Vous feriez mieux de dire à la réception, ici, que vous prenez un train de nuit... pour la Yougoslavie, ou quelque chose comme ça.

— Je vois, je vois », dit Chester, gêné de ne pas avoir compris un peu plus vite. Il fronça les sourcils. « Vous croyez vraiment que c'est le mieux, un autre hôtel à Athènes ?

— Oui, absolument. Avec de la chance, on ne découvrira pas l'agent grec avant demain matin de bonne heure, quand on commencera à faire le ménage. Si on pense ici, à l'hôtel, que vous avez pris un train, la police va enquêter aux chemins de fer et aux frontières avant de faire la tournée des hôtels de la ville.

— Oui, vous avez raison », dit Chester. Puis il

ouvrit la bouche. « Oh ! mon Dieu, les passeports. Ces foutus passeports.

— Oui, j'y ai pensé, dit Rydal, se dirigeant vers la porte. Je crois que je sais comment on peut arranger ça.

— Comment ? demanda Chester.

— Si je peux vous voir ce soir, je vous l'expliquerai. Je ne veux pas prendre votre temps davantage maintenant. Je vous appellerai ce soir aux Dardanelles vers dix heures. Ça vous va ? »

Chester hésita, puis dit : « Très bien.

— A ce soir », dit Rydal et il sortit.

Quand ils furent seuls, Chester et Colette se regardèrent, lui affolé et elle souriant d'un air ahuri.

« Je vais appeler un garçon d'étage », dit Chester et il se dirigea vers le téléphone.

Colette le regarda pendant qu'il parlait. Elle s'était mise à froncer légèrement les sourcils et à mordre sa lèvre inférieure, comme elle faisait quand elle réfléchissait à quelque chose. Quand il eut raccroché, elle dit : « Chess, comment pouvait-il dire qu'on ne retrouverait pas l'agent grec avant demain matin ? Quand il va revenir à lui, est-ce qu'il ne va pas...

— Chérie, je crois que ce type est mort », dit Chester à voix basse. Il vit les yeux lavande de Colette s'agrandir.

« Vraiment ? Tu le *sais* ?

— Je le crois, oui. Je n'ai pas vraiment eu le temps de m'en assurer, dit Chester en fronçant les sourcils.

— Et ce... ce type le sait ?

— Oui. » Chester enfonça ses doigts dans ses poches revolver et s'avança entre les lits, puis se précipita vers sa bouteille de scotch dont on voyait sortir le goulot d'un fourre-tout en antilope.

« Oui, et nous allons le payer. Nous allons le payer cher.

— Que veux-tu dire ? »

Chester était allé chercher le second verre, celui qui ne s'était pas cassé, dans la salle de bain. « Je veux dire qu'il va nous demander de l'argent pour se taire. Attends et tu verras. Heureusement, nous en avons. Mais il ne faut pas que ça aille trop loin.

— Oh ! tu crois qu'il est vraiment comme ça ? demanda-t-elle, encore sous le choc de la nouvelle que l'homme était mort. Il a l'air... enfin, il n'a pas l'air d'un escroc. C'est un Américain.

— Et qui ne roule pas sur l'or. Attendons, attendons. Pourquoi donc crois-tu qu'il est venu ici comme ça ? J'irais bien dans un autre hôtel, mais il est probablement en bas dans la rue, prêt à nous suivre. » Chester agita son verre, moitié eau moitié scotch, puis le vida. « Pourquoi donc crois-tu qu'il est venu ici comme ça ? »

IV

RYDAL alla à pied de chez Niko à l'hôtel des Dardanelles dans la rue Aeolou ; il marchait lentement, mais il était quand même en avance et il alluma une cigarette et flâna à quelques maisons de l'hôtel, regardant la vitrine d'une pharmacie fermée dont les lumières étaient éteintes. La marquise qui protégeait la porte de l'hôtel n'avait que la moitié de ses lumières allumées. Rydal trouvait qu'il régnait dans la rue un calme inhabituel. C'est ce calme qui lui donna l'impression que quelque chose était déjà arrivé, terminé, plutôt que sur le point d'arriver. Ce qui avait pu arriver, Rydal le savait. Le cadavre du Grec avait pu être découvert depuis des heures, disons juste avant sept heures, on avait pu fouiller les trains et les cars qui quittaient Athènes — sûrement pas plus de deux ou trois trains ou cars — et ne pas y avoir trouvé les MacFarland ; on avait pu fouiller les hôtels et y avoir arrêté les MacFarland. La police pouvait fort bien se trouver à l'hôtel en ce moment même, en train de parler aux MacFarland, de recueillir de Chester l'aveu qu'il avait tué le Grec, parce que même si ce dernier escroquait avec sang-froid, le meurtre semblait le démonter totalement. Et lui, Rydal, sans raison particulière, allait se fourrer dans tout ça. Si la police était là, Chester serait content de le voir. Il dirait : « Oh ! mais voilà le jeune homme qui a été avec nous tout l'après-midi », ce qui changerait quoi à l'histoire qu'il venait tout juste de raconter ? Avec un brusque serrement de cœur, Rydal compris que, si Chester le voulait, il pourrait dire que lui, Rydal Keener, était en train de traîner le cadavre dans le couloir quand Chester était sorti de sa chambre et l'avait vu et que Rydal Keener, sachant que l'agent grec recherchait Chester, avait contraint ce dernier à garder le silence au sujet du meurtre. Son mobile ? Rydal ne voyait pas comment ils pourraient lui en trouver un. Non, pas d'inquiétudes imaginaires, se dit Rydal. Il jeta sa cigarette. Il était dix heures moins une à sa montre de gousset Hamilton, qui était plus précise que son bracelet-montre.

Rydal regarda autour de lui dans le hall des Dardanelles, cherchant quelqu'un qui aurait l'air d'un policier. En dehors du jeune homme de la réception, il n'y avait qu'une seule personne dans le hall, une femme d'une cinquantaine d'années, en manteau noir garni de fourrure et en chapeau, qui avait l'air d'une Allemande. « Voulez-vous prévenir Mr. MacFarland ? Il m'attend », dit Rydal, en observant le visage du jeune homme. Il était calme.

Le jeune homme mit une fiche dans le standard et dit avec un fort accent grec : « Il y a un monsieur qui vous attend, monsieur. »

La voix grave et sèche de Chester retentit dans l'appareil.

« Vous pouvez monter, monsieur. Chambre 31 », dit le jeune homme.

Il y avait un ascenseur, mais Rydal prit l'escalier pavé d'un carrelage noir et blanc. De toute évidence, la chambre 31 était au second étage, car

Rydal vit 28 sur une porte dès qu'il arriva sur le palier. Le vieux tapis qui recouvrait le sol était vaguement vert, l'unique ampoule petite et jaunâtre. C'était plus miteux que le Melchior Condylis. Rydal frappa au 31.

Au bout de quelques secondes Chester ouvrit la porte ou plutôt l'entrebâilla.

« Bonsoir, dit Rydal.

— Vous êtes seul ?

— Oui. (Rydal vit la peur quitter le visage de Chester.)

— Entrez », dit-il.

Rydal entra. « Bonsoir », dit-il à Colette, qui était assise dans un fauteuil, les bras au repos, les jambes croisées. Rydal sentit que la pose était d'un calme voulu. « Alors, vous n'avez pas eu d'ennuis pour quitter l'hôtel ? dit Rydal à Chester.

— Non, non. » Chester se frotta la moustache avec l'index et regarda sa femme.

Rydal prit la chaise que Chester lui offrait. « Je peux vous avoir deux passeports d'ici demain midi pour cinq mille dollars chacun. Ce n'est pas cher. L'homme qui s'en occupe espère toucher... disons mille dollars de plus. Les dix mille dollars iront à l'homme qui les procurerait et les établirait. »

Chester jeta un coup d'œil à Colette, puis se tourna de nouveau vers Rydal. Il semblait sur le point de parler, mais, au lieu de cela, but lentement une gorgée de son verre.

« Je n'essaie pas de vous vendre ces passeports si vous n'en voulez pas, dit Rydal, qui commençait à se sentir mal à l'aise sous le regard visiblement soupçonneux de Chester. Mais il me semble que demain matin la police va commencer à rechercher Chester MacFarland. Même si votre nom n'était pas sous la photo dans le carnet de l'agent, ils vont faire faire des copies de cette photo. Quelqu'un sait peut-être que c'était vous que l'agent cherchait cet après-midi. Vous étiez au sixième étage de cet hôtel, et c'est là qu'est le cadavre. Il n'auront qu'à demander aux employés de l'hôtel lequel des clients du sixième ressemblait à une photo du carnet de l'agent. Et le fait que vous ayez quitté l'hôtel au moment où vous l'avez fait...

— Hm-m. (Chester sortit un mouchoir de sa poche et se moucha.)

— J'ai l'impression qu'il a raison, Chess, dit Colette. Tu parlais de partir ce soir, mais imagine qu'on nous arrête à la frontière yougoslave, par exemple, et qu'on nous demande de montrer nos passeports, en nous disant que la police désire nous voir. »

Rydal se demanda si Chester MacFarland hésitait à cause de l'argent. Cinq mille dollars pour un passeport américain, c'était ridiculement bon marché, quoique le travail de Niko ne fût généralement pas des plus parfaits. Rydal jeta un coup d'œil à sa montre.

« Vous êtes pressé ? demanda Chester.

— Non. Enfin, si. J'ai un rendez-vous à dix heures et demie. Mon ami attendra, mais je ne veux pas le faire attendre trop longtemps. C'est Niko, l'homme qui peut vous procurer les passeports. » Rydal était assis tout au bord de son siège. Il se passa la main sur le front. La colère commençait à le gagner. Il aurait pu faire un discours pour expliquer qu'il ne gagnait pas un sou dans cette affaire et qu'il tenait à ce que Chester le sache, mais quelque chose l'en empêcha. « Si je vais retrouver Niko ce soir, c'est pour lui donner les photographies de vos passeports actuels afin qu'il puisse les faire passer à son ami. Les photos et un premier versement que j'estime devoir être de cinq mille dollars. Mais tout cela dépend entièrement de vous. » Rydal se leva et s'approcha d'un cendrier, un horrible cendrier sur pied qui se trouvait près du fauteuil de Colette.

« Mais, chéri... tu ne vois pas qu'il a raison ? dit Colette. Moi si.

— Si. Je vois, dit Chester. Il nous faut des passeports, et voilà. » Il était comme un homme embarqué dans une mauvaise affaire, embarqué et résigné.

« Vous connaissez peut-être une meilleure source pour vous les procurer. En ce cas, n'utilisez pas la mienne. Non pas que ce soit la mienne, mais je connais les gens, dit Rydal.

— Je ne connais pas de meilleure source, dit Chester.

— Chéri, je trouve qu'il nous rend un grand service ! dit Colette en se levant. Et moi, je lui dis merci. » Elle regarda Rydal ; elle avait remonté ses mains sous son menton et tenait son foulard. « Merci. »

Rydal sourit malgré lui. « De rien.

— Que voulez-vous ? D'autres photos d'identité ? demanda Colette, s'approchant de son sac qui était posé sur la commode.

— Non, je veux celles de vos passeports. Il faut que les perforations soient pareilles, dit Rydal. C'est le meilleur moyen.

— Oh ! oui, naturellement. J'ai vu un film dans lequel ils faisaient ça. Je déteste cette photo, mais je vois que je ne m'en débarrasserai pas. Pour ce voyage, en tout cas. » Elle tendit son passeport à Rydal. « Vous pourrez probablement la sortir plus facilement que moi.

— Oui. » Rydal savait qu'elles étaient très soigneusement collées. Chester sortit à son tour son passeport de la poche intérieure de son veston.

« L'avion pour la Crète part à dix heures quarante-cinq. Je crois que c'est celui que vous devriez prendre. A moins que vous n'ayez une meilleure idée. » Rydal prit le passeport que lui tendait Chester.

« Non, non, la Crète, ça me paraît très bien », dit Chester. Il avait l'air très inquiet.

Rydal eut une petite moue méprisante. Jetant un coup d'œil à Colette, il vit qu'elle l'avait remarquée. Rydal se dit qu'elle n'était pas sotte. « Et l'argent ?

— Je l'ai en chèques de voyage », dit Chester.

Rydal secoua la tête. « Je ne pense pas que beaucoup de gens aient envie de manier des chèques signés Chester MacFarland à partir de demain. »

Chester acquiesça, avec une absurde gravité, regarda autour de lui et se dirigea vers une autre valise en toile et cuir dans un coin de la pièce. Il porta la valise dans la salle de bain et referma la porte.

Rydal savait exactement ce qu'il était en train de faire : il retirait des billets verts, probablement cousus dans la doublure de la valise, et probablement cousus par sa femme. Rydal gardait aussi son argent dans la doublure de sa valise. En ce moment, il lui restait huit billets de dix dollars et une dizaine d'un dollar. Colette l'observait, debout devant le fauteuil, pianotant sur le dossier.

« De quelle région des Etats-Unis êtes-vous ? lui demanda-t-elle.

— Du Massachusetts, dit-il.

— Moi, je suis de la Louisiane. Mais il y a si longtemps que je crois que je n'ai plus d'accent du tout. »

Mais elle avait un vague accent du Sud quand même, Rydal l'avait remarqué. Il ne dit rien, se contentant de fixer un coin du fauteuil, comme s'il attendait d'y voir apparaître ses escarpins de daim noir et ses chevilles, solides malgré leur élégance. Elles apparurent, en effet, et les yeux de Rydal remontèrent des chevilles aux mollets, à la rondeur des hanches, à la poitrine, puis se fixèrent sur les yeux de Colette ; Chester ouvrait la porte.

Il les regarda tour à tour, puis posa lourdement la valise par terre. Il avait un paquet de billets verts neufs dans la main. « Voilà, dit-il.

— Vous voulez venir voir Niko avec moi ? » demanda Rydal poliment.

Chester se méfiait. « Où ?

— Je dois le retrouver à un coin de rue, non loin de Syndagma. C'est près de la place de la Constitution. Vous le connaissez peut-être. Il vend des éponges devant l'American Express.

— Oh ! » Chester sourit, faiblement d'abord, puis d'un vrai sourire ; il eut même une lueur de malice dans le regard. « Oui, je le connais, bien sûr. Je lui ai même acheté une éponge. Je le trouve sympathique. »

Pourquoi ? se demanda Rydal. Peut-être à cause de ce qu'ils avaient de commun, le fait d'être malhonnêtes tous les deux. « Il faut partir. Nous allons prendre un taxi. » Chester continuait à faire le geste de lui tendre l'argent. Rydal l'ignora, regarda Colette et dit : « Bonsoir.

— Bonsoir, répondit-elle. (Elle avait une voix agréable, mais assez aiguë.)

— Combien de temps pensez-vous que cela nous prendra ? demanda Chester, fourrant les billets dans la poche de sa veste.

— Oh ! moins d'une heure. Trois quarts d'heure, tout au plus, si vous prenez un taxi pour revenir », dit Rydal.

Chester regarda sa montre et dit : « Je serai de retour un peu après onze heures, chérie. » Il lui prit la taille à deux mains et embrassa les lèvres qu'elle tendait vers lui.

Puis Colette regarda Rydal et celui-ci se tourna vers la porte.

Niko attendait au coin de rue qu'il avait indiqué ; il marchait de long en large, par impatience ou peut-être parce qu'il avait froid. Rydal vit à sa montre qu'ils étaient en retard de sept minutes.

« *Kalispera*, dit Niko quand ils furent près de lui.

— *Spera* », dit Rydal, et il continua en grec : « Que dit Frank, à Nauplie ?

— Qu'il peut le faire, comme je vous avais dit, répondit Niko.

— Je vous présente Mr. Chester MacFarland, qui vous a déjà acheté une éponge, dit Rydal, désignant Chester.

— Enchanté et très honoré », dit Niko. Puis, se tournant vers Rydal : « Entre les éponges et les passeports, il n'y a pas de différence, pour un vrai Grec.

— Bien dit. Mr. MacFarland a son passeport, celui de sa femme et les photographies.

— Qu'est-ce qui se passe ? » demanda Chester. Il s'amusait visiblement, il se balançait sur ses talons et regardait Niko comme si ce dernier n'était qu'un outil, un sous-fifre qu'il pourrait satisfaire avec un bon pourboire.

Rydal donna les deux passeports à Niko et dit à Chester : « Maintenant, vous pouvez lui donner les cinq mille dollars. »

Chester, un peu dégrisé, ses bajoues roses faisant des plis sur son col blanc amidonné, ouvrit son manteau et sortit l'argent de la poche de sa veste. Il le tendit à Niko.

Niko le prit, alla se placer sous un réverbère et commença à compter les billets. Quand il eut tout compté, avec l'air de quelqu'un qui manie de telles sommes tous les jours de sa vie, il revint tranquillement vers eux, essuyant d'un doigt une goutte qui coulait de son nez, et dit à Rydal : « *O.K.* Et cinq mille à la livraison et... huit cents pour moi,

O.K. ? » *O.K.* était la seule expression anglaise qu'il connaissait.

« Je croyais que c'était mille pour vous, dit Rydal en souriant.

— *O.K.*, dit Niko gaiement, découvrant sa dent couverte de plomb, et, à côté, le trou noir comme la nuit.

— A quelle heure doit arriver Frank ? demanda Rydal.

— A sept heures du matin, répondit Niko sans hésitation.

— Est-ce qu'il pourra avoir fini les passeports d'ici demain matin dix heures et demie ? »

Niko agita les deux mains à la fois et secoua la tête.

« Non. Pas si vite que ça.

— Qu'est-ce que vous lui demandez ? voulut savoir Chester.

— S'il peut nous livrer les passeports pour l'heure de votre avion. Il dit que non. Mais on ne vous demandera pas de passeports pour la Crète.

— Je sais », dit Chester. Mais une lueur d'inquiétude passa dans son regard. « *Quand* peut-il nous les avoir ?

— Par l'avion du lendemain, sûrement. Jeudi », dit Rydal. Puis s'adressant à Niko : « Il nous les faut d'ici jeudi, *O.K.* ? Vous prendrez l'avion pour les apporter. L'avion de dix heures quarante-cinq pour Hérakleion, *O.K.* ?

— *O.K.*, dit Niko.

— Et vous payez votre billet sur vos mille dollars, *O.K.* ?

— *O.K.*, dit Niko.

— Si toute cette langue ne consistait qu'en *O.K.*, ce serait *O.K.* pour moi », dit Chester. Il cherchait un autre billet dans son portefeuille.

Rydal allait l'arrêter, mais se ravisa. S'il avait

envie de donner un pourboire, si ça lui faisait du bien...

« Et ces perles, dit Chester. Vous savez, les perles, le bracelet que vous m'avez montré. »

Niko comprenait le mot perles. Il sursauta comme sous l'effet d'un choc électrique. « Il veut acheter le bracelet de perles ? demanda-t-il en grec à Rydal.

— Ça dépend combien. Montrez-les encore, dit Rydal.

— Il est chez moi. Vous l'avez vu, dit Niko.

— Je sais, mais vous en demandez combien ? Allez le chercher, vous le vendrez, je veux seulement savoir combien.

— Quinze mille drachmes, dit Niko.

— Cinq cents dollars ? dit Rydal d'un ton sceptique. Montrez-nous encore ces perles, Niko. »

Niko leva un doigt épais et sombre. « Vingt minutes. » Puis il vérifia les boutons à pression des poches de son blouson de l'armée américaine où il avait mis l'argent et les passeports et partit, le plus vite qu'il pouvait. Ce n'était ni de la marche ni du trot, ses pieds s'évasaient et on avait l'impression qu'il avançait sur l'intérieur de ses chevilles.

« A propos, je ne sais pas si vous avez compris notre transaction, dit Rydal. Vous donnerez encore cinq mille dollars à Niko quand il vous remettra les passeports. Jeudi à Hérakleion. Niko a demandé huit cents dollars pour lui. J'ai suggéré mille. Cela couvrira ses coups de téléphone, son billet pour la Crète et retour et... (Rydal fit une pause.)

— Et ?

— Puisque Niko est votre complice maintenant, je pense que mieux vaut le payer un peu trop que pas assez ou simplement juste assez », dit Rydal avec une certaine raideur.

Ils demeurèrent silencieux quelques secondes. Rydal attendait que l'autre demande : « Et vous, combien touchez-vous ou combien aimeriez-vous toucher ? » Mais la question ne vint pas. Rydal remonta le col de son pardessus pour se protéger de la brume qui tombait. Les bords de son col et de ses revers commençaient à se râper, il le sentait au bout de ses doigts glacés.

« Nous avons le temps de prendre un *espresso* quelque part, dit Rydal. Vous n'avez pas envie de sortir de ce brouillard ?

— Mais si. D'accord. »

Rydal trouva un café au coin de la rue, plein de petites tables, pour la plupart vides. Rydal avait faim et aurait volontiers mangé l'un des plats de yaourt ou de tapioca exposés derrière le comptoir de verre, mais il ne commanda qu'un *espresso* noir et Chester un *capuccino.*

« Comment saura-t-il où nous retrouver en Crète ? demanda Chester.

— Vous pourrez aller le chercher à l'aéroport d'Hérakleion le jeudi vers une heure de l'après-midi. C'est le plus simple, dit Rydal. L'avion arrive entre une heure et une heure et demie. Ensuite, Niko rentrera tout de suite à Athènes. »

Les grandes mains aux ongles soignés de Chester s'agitaient nerveusement au bord de la table, comme s'il n'avait pas assez à faire entre fumer sa cigarette et soulever sa tasse de café. Ses yeux bleu pâle étaient légèrement injectés de sang. Rydal essaya d'imaginer Chester avec la barbe brune de son père descendant de sa mâchoire inférieure et remontant près du menton pour rejoindre la moustache. C'était facile d'imaginer Chester avec la barbe de son père. C'était facile d'imaginer que Chester était son père, vers quarante ans, sans la barbe, car son père n'avait commencé à se laisser pousser la barbe que lorsqu'il avait une quarantaine d'années. Rydal se rendait compte que c'était à cause de cette ressemblance entre Chester et son père qu'il l'avait si spontanément aidé avec le cadavre, cet après-midi... dans la mesure où l'on pouvait donner une raison à un acte qui en était tellement dépourvu. Cela voulait dire qu'il gardait encore enfoui en lui un certain respect pour son père. Il n'aimait pas cette idée.

« Il y a longtemps que vous êtes à Athènes ? demanda Chester.

— Deux mois environ.

— Et vous avez déjà appris la langue ?

— Ce n'est pas difficile », dit Rydal. Il s'agita sur sa chaise, se souvenant que son père lui avait donné ses premières notions de grec à l'âge de huit ans, ou peut-être même avant, quand il avait eu des « notions suffisantes » en latin en tout cas, puis de grec moderne à quinze ans, en vue d'un voyage en Europe qu'il avait l'intention de faire en été avec sa femme et ses trois enfants. Ç'aurait été le second voyage en Europe de Rydal mais il ne le fit pas car, ce printemps-là, il rencontra Agnès. Il sentit le regard posé sur lui avec plus d'attention maintenant et, machinalement, il se pencha et se regarda dans la glace qui recouvrait le mur juste derrière Chester. Ses cheveux sombres étaient soigneusement coiffés, un peu luisants d'humidité, son visage plutôt pâle, ses yeux et sa bouche calmes et graves comme d'habitude. Chester pensait probablement qu'il avait un style très sobre pour un escroc, ou quelqu'un qui évoluait dans les milieux louches. Rydal se préoccupait peu de ce que pensait Chester.

« Vous êtes dans les affaires financières ? demanda brusquement Rydal, allumant une cigarette.

— C'est-à-dire... » Les doigts de Chester s'éloignèrent de la table et demeurèrent suspendus dans les airs. « Dans un sens, oui. Je m'occupe des affaires de plusieurs autres personnes. Je suis conseiller, si vous voulez », ajouta Chester, comme si le mot lui venait tout juste à l'esprit. « Je m'occupe d'actions. Vous voyez. En fait, la plupart de ces actions ne sont pas encore officiellement sur le marché. Il y en a, par exemple, qui ont été émises pour une invention qui n'est pas encore au point. La Universal Key. L'invention est basée sur un principe magnétique. » Sa voix se faisait plus convaincante. Il regarda Rydal dans les yeux.

Rydal hocha la tête. Chester était sur son propre terrain maintenant et Rydal imaginait fort bien comment il opérait. C'était lui qui dirigeait la manœuvre, et probablement très bien, il était du genre qui se convainc lui-même, qui tombe lui-même sous le charme qu'il veut jeter sur un client éventuel. Rydal sentait qu'il vivait dans un monde irréel. Pas étonnant que la réalité du cadavre, cet après-midi, lui eût porté un coup.

« Pour ma part, je ne suis pas dans une situation à en acheter, dit Rydal.

— Non. Je vois. » Chester eut un sourire tranquille. « J'allais justement vous parler... hm... d'un petit dédommagement pour la peine que vous avez prise pour nous procurer ces passeports. Qu'est-ce que vous...

— Je ne parlais pas de ma situation financière, dit Rydal, souriant lui aussi. Je veux dire que je ne m'intéresse pas aux actions et je ne connais personne à qui je pourrais communiquer des secrets. » Cette histoire de dédommagement rendait visiblement Chester nerveux. Il voulait en avoir fini, savoir si on allait le faire chanter ou pas. Rydal respira profondément, soupira et finit son café. Il regarda sa montre. Ils devaient retrouver Niko dans cinq minutes.

« Voyons, en ce qui concerne votre dédommagement, qu'est-ce qui vous paraîtrait satisfaisant ? J'aimerais vous donner quelque chose. Ou bien... est-ce que vous vous êtes arrangé avec Niko ? »

Rydal secoua la tête. « Merci. » Il fit signe au garçon et chercha de quoi payer leurs cafés. « Pour que tout soit régulier, attendez de voir si les passeports vous conviennent. Pour le moment, je n'ai rien fait d'autre que vous prendre vos passeports, à votre femme et à vous, et vous soulager de cinq mille dollars.

— Oh ! (Chester sourit.) Non, laissez-moi ça. Vous avez payé le taxi. (Il mit de l'argent sur la table et laissa un pourboire de cent pour cent.) Vous m'avez également rendu un grand service à l'hôtel, dit-il d'un ton plus bas, en proposant de me fournir un alibi, si la police arrivait. » Il avait les yeux baissés sur le cendrier, il les releva et regarda Rydal. « Si vous avez envie de venir en Crète avec nous, je serai heureux de vous payer le voyage. C'est le moins que je puisse faire... surtout si vous êtes toujours disposé à me fournir cet alibi, au cas où je serais interrogé. » Il prononçait chaque mot avec effort.

Rydal réfléchit. Il avait l'intention d'aller en Crète bientôt. Mais ce n'était pas une raison, pas une raison pour être intéressé par l'offre de Chester. Est-ce que ce serait sage ou pas ? Le côté peu sage était évident, le côté sage pas, et pourtant Rydal sentait sa présence. Il était attiré par Chester d'une façon qu'il ne pouvait actuellement attribuer qu'à la curiosité. Il était attiré par sa femme aussi, bien qu'il n'eût pas la moindre intention d'aller jusqu'à avoir une aventure avec elle. La situation comportait des dangers, mais venaient-ils justement de cette attirance ? Il avait espéré trouver l'aventure dans les crépuscules couleur lavande d'Athènes, dans les aurores aux doigts de rose de l'Acropole, et rien ne s'était présenté jusqu'alors. Etait-il destiné à la trouver dans le visage rosi par l'alcool d'un escroc qui ressemblait à son père ?

« Alors ? Il vous faut du temps pour vous décider ?

— Non, je crois que je viendrais volontiers. Mais je voulais aller en Crète de toute manière, et j'ai de quoi payer mon voyage.

— Oh ! Enfin... nous verrons, mais... vous venez avec nous demain matin ? »

Rydal acquiesça d'un signe de tête, ayant peur de prononcer une syllabe de plus pour exprimer son consentement. « Je pense qu'il est temps que nous allions retrouver Niko », dit-il.

V

Lorsque Chester revint à l'hôtel des Dardanelles, peu après onze heures, il trouva Colette au lit, avec des larmes aux yeux. La lampe de chevet était allumée.

« Chérie, qu'est-ce qu'il y a ? demanda Chester en s'agenouillant par terre auprès d'elle.

— Oh ! je ne sais pas, dit-elle de la voix aiguë et enfantine qu'elle avait toujours quand elle pleurait. C'est parce que... tout d'un coup tout me tombe dessus. *Nous* tombe dessus.

— Que veux-tu dire, chérie ? »

Elle essuya rapidement son œil droit. « Cet homme est mort, n'est-ce pas ?

— Oui, je crois. Mais si cet... accident, car c'est un accident, bien sûr, devait se produire, ce serait heureux pour nous, parce que s'il s'était réveillé au bout de quelques minutes, nous ne nous en serions jamais sortis. Comme ça...

— Je ne comprends pas que cela puisse te laisser froid à ce point, fit-elle, l'interrompant.

— Il le faut bien. Cela ne me laisse pas froid, mais il faut que je le sois, si je... si nous voulons nous en sortir, chérie. Tu ne veux pas que je m'effondre, n'est-ce pas ?

— N...on, fit Colette, comme une enfant docile.

— Alors, tu vois. Je fais ce que j'ai à faire. Nous aurons les nouveaux passeports jeudi à midi, en Crète. Je retrouve ce type à l'aéroport, à sa descente d'avion. Et regarde. Je t'ai apporté quelque chose. » Il se leva et sortit le bracelet en perles de la poche de son veston.

Elle le regarda quelques secondes puis, sans soulever la tête, étendit la main droite pour le toucher. Elle le retourna légèrement sur la paume de Chester, dit : « Il est très joli », puis remit sa main sous les couvertures.

« Ché-rie... » Chester demeura un moment déconcerté. « Ce sont de vraies perles et je les ai eues pour une bouchée de pain. Cinq cents dollars. Allons. Tu ne vas pas me faire un petit sourire, ce soir ? » Il prit son visage entre le pouce et le bout des doigts.

Généralement elle souriait, généralement elle attendait son baiser. Mais cette fois, elle avait le regard troublé et fronçait presque les sourcils. « Ça sera sur ton casier judiciaire, n'est-ce pas ?

— Quoi ?

— Que tu as tué ce Grec. »

Chester la lâcha et s'assit sur le lit. « Je suppose que ce sera sur le casier judiciaire de Chester MacFarland. Mais on n'a pas encore fait le rapprochement entre MacFarland et *moi.* » Il la regarda comme s'il venait de dire la chose la plus logique du monde. « MacFarland... bah !... nous allons avoir un autre nom jeudi, toi et moi. » Il attendait qu'elle dise quelque chose et, comme elle se taisait, il se leva et commença à enlever son manteau.

« Chester, je suis inquiète, dit-elle, comme une enfant qui veut que son papa revienne s'asseoir auprès d'elle.

— Je le sais, chérie, mais ça ira mieux demain, je te le promets. Rydal va nous prendre des billets, je lui ai donné l'argent et nous n'avons qu'à être à l'aérogare à dix heures. »

Elle ne dit rien et il vit qu'elle avait toujours les yeux ouverts et regardait droit devant elle. Chester mit son pyjama — il avait pris un bain tiède dans la petite baignoire avant le dîner — et se rafraîchit la barbe avec son rasoir à pile. En secouant sa brosse à dents pour en enlever l'eau, il dit d'un ton gai : « A propos, ce garçon vient avec nous demain. Qu'est-ce que tu en penses ? Je crois qu'il pourra nous être utile.

— En Crète ? demanda Colette, soulevant enfin la tête.

— Oui, je lui ai offert le voyage, s'il avait envie de venir. Il n'a pas voulu un sou pour ce qu'il a fait, c'est du moins ce qu'il m'a dit. Il touche peut-être quelque chose sur les mille dollars que je donne à son ami Niko. Toujours est-il qu'il vient, et il a cet avantage supplémentaire, — dit Chester en baissant la voix et en approchant de Colette, mais sans cesser de se sécher les mains avec une serviette de toilette, — que si jamais la police nous interroge, Rydal pourra dire qu'il a passé tout l'après-midi avec nous et que nous n'avons jamais vu cet agent grec, mais... » Chester interrompit sa phrase car il venait de se rendre compte que, après jeudi, l'alibi serait inutile puisqu'ils auraient d'autres passeports et qu'ils ne seraient plus les MacFarland.

« Il ne voulait pas que tu lui donnes d'argent. C'est gentil de sa part, non ? Tu vois que tu avais tort de le soupçonner », dit Colette en souriant. Elle s'était assise dans son lit, les genoux entre les mains.

« Non. Sinon que... » Chester commençait à se dire qu'il était un imbécile d'avoir invité un maître chanteur en puissance — car il l'était encore en puissance — sans raison valable à rester avec eux. Chester ne voyait pas quel service Rydal Keener pourrait bien leur rendre après jeudi. Et pourquoi Rydal lui-même ne le lui avait-il pas fait remarquer ? C'était un jeune homme très intelligent, Chester en était certain. Il regarda sa femme dont le visage s'était éclairé. Toute trace de larmes avait disparu maintenant. Chester s'approcha de sa bouteille de scotch posée sur la commode.

« Tu prends un verre avec moi avant de dormir ?

— Um-m, non », dit Colette en secouant la tête. Elle regardait de nouveau droit devant elle et pensait à autre chose. « J'espère qu'il touche quelque chose sur les mille dollars.

— Pourquoi ?

— Parce que je trouve qu'il le mérite. Il en a besoin aussi. Tu as remarqué ses chaussures ?

— Oui, je les ai remarquées. (Chester buvait à petites gorgées en fronçant les sourcils.) Je viens de me rendre compte que nous n'avions pas vraiment besoin de lui après jeudi. A moins que, pour une raison quelconque, nous n'ayons pas de passeports et que nous soyons obligés de dire qu'on nous a volé les nôtres ou quelque chose comme ça. Il a proposé de dire qu'il a passé tout l'après-midi avec nous, tu sais... »

Colette eut un petit rire, juste un souffle contre sa lèvre supérieure, et Chester sentit qu'elle l'avait compris depuis un moment déjà. Chester avait souvent l'impression que Colette avait un meilleur cerveau que le sien, meilleur dans le sens qu'il était plus direct et, par conséquent, plus rapide.

« Il parle le grec, en tout cas, ce qui nous aidera sûrement, dit-elle. De plus, c'est un très gentil garçon, ça se voit.

— Ah ! oui. J'espère. On éteint ?

— Oui. Il m'a dit qu'il était du Massachusetts.

— Ah ! oui, et alors ? Je connais un tas de salopards qui viennent du Massachusetts.

— En tout cas, il n'a pas l'air d'un salopard ! » Elle se pelotonna au creux de son bras et posa la tête contre sa poitrine.

« Tu parlais de ses chaussures.

— Oh ! la barbe avec ses vêtements, dit Colette. On voit qu'il est bien élevé. Il est peut-être d'une famille pauvre, mais c'est une famille convenable. »

Chester sourit avec indulgence dans le noir. C'était une des choses dont il ne discutait jamais avec Colette. Il se disait qu'elle était du Sud jusqu'au fond de l'âme. Elle était de meilleure humeur et Chester se rendit compte que le fait que le jeune homme vînt avec eux lui avait remonté le moral. Il avait pensé qu'il serait obligé d'insister pour qu'elle accepte qu'il vienne. C'était drôle. Il se raidit soudain, se souvenant de la manière dont ils se regardaient tous les deux quand il était sorti de la salle de bain avec la valise, ce soir. Tiens, tiens. Peut-être. C'était peut-être pour cela que le jeune homme n'avait pas fait remarquer qu'ils n'auraient plus besoin longtemps de ses services comme fournisseur d'alibi. Chester se tortilla un peu dans le lit. Le jeune homme l'avait à sa merci aussi maintenant, s'il voulait rester. Peut-être voulait-il plus que quelques centaines ou un millier de dollars.

« Qu'est-ce qu'il y a, chéri ? Je suis trop lourde ?

— Tu n'es jamais trop lourde pour moi », dit Chester. Il était mal à l'aise. Il pensait, comme cela lui était arrivé à plusieurs reprises dans la soirée, que les employés de l'hôtel du Palais-Royal pourraient trouver le corps dès cinq heures du matin, que la police pourrait faire surveiller les trains et les cars à sept heures et commencer la tournée des hôtels. Ils pourraient être arrêtés à huit heures du matin, avant même d'avoir mis le pied hors de l'hôtel des Dardanelles. Ou bien était-il affreusement pessimiste parce qu'il avait eu une si longue et rude journée ? Il avait commandé un bifteck pour le dîner, mais il l'avait à peine touché. Et Colette qui disait que cela le laissait froid !

Chester se réveilla le premier à sept heures et demie et commanda le petit déjeuner : « Café *américain*, toasts et confiture. Toasts beurrés... Oh ! le beurre à côté, très bien, oui... Non, le lait à part. Pas dans le café. Vous avez compris ?... Non, je n'ai pas parlé de café français. Du café *américain*... Bon, si le lait est dedans, tant pis. Mais dépêchez-vous, s'il vous plaît. Et préparez-nous notre note. » Il raccrocha. Ouf !

Colette était réveillée. « Des ennuis, chéri ? » Elle sourit et s'assit dans son lit ; elle se passa les doigts dans les cheveux, puis étira les bras, les doigts cambrés comme son dos. Pendant que Chester se rasait devant le lavabo, elle prit un bain rapide, criant quand elle sentit la fraîcheur de l'eau. « Je t'en fais couler un, chéri ? demanda-t-elle en rinçant la baignoire avec l'éponge.

— Merci. Je n'ai pas le temps, ce matin. »

Il ne s'assit pas pour boire le café grisâtre et ne toucha pas aux choses rondes en forme de biscottes qui passaient pour des toasts ; Colette, elle, en avala plusieurs, les trempant rapidement pour les ramollir puis les couvrant généreusement de marmelade d'orange.

« Sens le beurre, Chess, dit-elle en riant et en lui tendant le plat. On dirait une brebis mouillée. »

Chester renifla, dit que c'était tout à fait ça, puis vaqua à ses occupations qui, pour le moment, consistaient à avaler en cachette une boisson revigorante dans la salle de bain. Colette n'aimait pas le voir boire tôt le matin.

Ils étaient à Olympia Airlines à neuf heures

moins le quart. Rydal lui avait dit qu'il prendrait les billets au nom de Colbert. Chester enregistra les bagages et on ne lui demanda pas son nom, mais seulement le numéro de son vol. Chester dit que c'était l'avion d'Hérakleion de onze heures un quart (il avait vu sur un tableau qu'on avait avancé le départ d'une demi-heure). Puis Chester sortit dans la rue avec Colette. Il avait envie de marcher un peu, de sortir du bureau de la compagnie aérienne, qui paraissait être l'endroit même où la police viendrait chercher Chester MacFarland, bien que l'aéroport lui-même fût un endroit encore plus indiqué.

Le temps se traînait. Chester maîtrisa son envie de passer à l'American Express, comme il le faisait deux fois par jour, pour voir s'il n'avait pas de courrier. Il ne pouvait plus réclamer les lettres de Chester MacFarland. Et il ne pouvait pas signer du nom de Chester MacFarland les chèques de voyage — il y en avait pour cinq ou six mille dollars — qu'il avait dans sa valise. Il se demanda si Rydal Keener trouverait un moyen de s'en débarrasser sans tout perdre.

Chester ramena Colette vers l'endroit dangereux, le bureau d'Olympia Airlines.

« Le voilà », dit-elle, tendant une main gantée de daim gris. Et elle fit un petit signe à Rydal.

Rydal la vit et lui rendit son salut. Il marchait vers eux, une valise brune à la main. Il leva un doigt, pour leur signifier apparemment d'attendre où ils étaient, puis disparut dans le bureau d'Olympia. Des gens descendaient de taxi devant le bureau et des porteurs s'affairaient avec des bagages.

« Il va prendre nos billets, dit Chester.

— Ah ! Il faudra bien que nous entrions à un moment ou un autre. » Elle le tira par le bras, puis s'arrêta, attendant qu'il bouge. Chester traîna presque les pieds pour aller vers la porte du bureau de la compagnie aérienne.

Ils trouvèrent Rydal au milieu de vingt ou trente personnes qui étaient là, à côté de leurs bagages. Rydal les salua d'un signe de tête et Chester et Colette se frayèrent un chemin vers lui, contournant les valises des porteurs chargés.

« Bonjour, dit Rydal, et il ajouta, s'inclinant devant Colette : Mrs. Colbert.

— Bonjour », dit Colette.

Rydal regarda autour de lui, puis dit à Chester :

« Ils l'ont trouvé ce matin vers sept heures.

— Ah ! oui ? dit Chester, avec des picotements au crâne, comme s'il ne s'y attendait pas du tout. Comment l'avez-vous su ?

— Il y a une radio dans le hall de mon hôtel. J'ai attendu les informations de neuf heures, et on l'a annoncé. » Il regarda Colette.

Chester ressentait son sang-froid presque comme du mépris. Ça ne le touchait pas, ce qui s'était passé, bien sûr, pas du tout. Oui, Rydal Keener avait nettement l'air de prendre tout ça de très haut. Mais ce n'était pas le moment de s'en inquiéter. Si, demain après-midi, il demandait cinq mille dollars pour disparaître, bon, il fallait lui donner l'argent et lui dire adieu.

« Voilà votre billet, dit Rydal en le lui tendant.

— Et celui de ma femme ? » demanda Chester.

Rydal regarda la foule jacassante autour d'eux et dit à voix basse : « J'ai pensé qu'il valait mieux prendre celui de votre femme et le mien sous le nom de Colbert, et le vôtre sous un autre nom, Robinson. Il faudrait qu'elle et moi nous nous asseyions ensemble dans l'avion, et vous seul. Ne vous inquiétez pas pour les noms. On ne vous adressera probablement pas la parole. Personne ne vous demandera de passeport. »

Chester se sentait vaguement piqué et, pendant

un moment, il fut incapable de dire quoi que ce soit.

« Si on vous recherche maintenant, continua Rydal, sur les avions, par exemple, on recherchera un homme avec sa femme. J'ai pensé que, de cette manière, cela vous donnerait un léger avantage, c'est tout. »

Chester acquiesça. Cela paraissait raisonnable et le vol ne durait que deux heures. « Bon. Parfait », dit-il.

Ils montèrent dans le car et, en fait, durent tous les trois s'asseoir séparément. Le gros car passa lentement devant les Jardins nationaux et tourna autour des colonnes en ruine du temple de Zeus.

A l'aéroport, il lui restait assez de temps pour prendre un *espresso* au petit bar où ils servaient aussi de l'alcool. Chester commanda un cognac avec son café. Le haut-parleur braillait sans cesse des choses en grec, en français et en anglais, des départs et des arrivées d'avions, des bulletins météorologiques, des messages personnels, et Chester s'attendait presque à entendre l'annonce de la découverte du corps à l'hôtel du Palais-Royal. Rydal laissa son café pour sortir acheter un journal. Seule Colette paraissait calme : elle était assise, les jambes soigneusement croisées, sur le haut tabouret de bar et regardait les gens assis dans de profonds fauteuils de cuir au milieu de grandes plantes en pot, derrière des journaux, derrière de minces écrans de fumée. Rydal revint ; il feuilletait un journal grec tout en marchant et il heurta une ou deux personnes.

Il secoua la tête dans la direction de Chester et sourit légèrement, offrit à Colette une cigarette qu'elle refusa, puis finit son café.

Ils montèrent dans l'avion : Rydal et Colette passèrent devant, Chester suivit avec quatre ou cinq personnes entre eux. Dès qu'ils eurent quitté Athènes, ils furent au-dessus de l'eau, puis au-dessus d'un champ laineux de nuages, ayant perdu le ciel bleu. Chester feuilleta son *Guide bleu*, essayant de se concentrer sur les plages concernant la Crète. Les cartes de Knossos lui paraissaient aujourd'hui indéchiffrables et inintéressantes. Derrière lui, de l'autre côté du passage, Rydal était assis avec Colette. Il se demanda de quoi ils parlaient. Ils plaisantaient, probablement. Colette avait ses humeurs. Il ne l'avait jamais vue aussi troublée qu'hier soir, et pourtant c'était passé en quelques minutes. *Un meurtre.* C'était assurément une mauvaise chose et c'était même étonnant que Colette ne fût pas plus bouleversée qu'elle n'était. C'était un meurtre sans préméditation, se dit Chester, un simple homicide par imprudence même. Certainement. Sans préméditation et accidentel. Non, on ne pouvait pas le condamner à mort pour ça ! Ce qui le troublait, c'était le fait même qu'ils le recherchent, que la mort de l'agent grec n'avait rien résolu, qu'elle n'avait fait que rendre les choses pires, qu'elle ne leur avait gagné que quelques heures, rien de plus.

Les passagers avaient à peine achevé un léger repas de viande froide qu'ils atterrirent. L'aéroport d'Hérakleion offrait un aspect simple et dénudé : un champ plat au bord de l'eau, un bâtiment qui était une sorte de longue boîte basse, quelques cars vides de l'aviation américaine autour desquels se tenaient des aviateurs américains en uniformes bleus. Tous les passagers se retrouvèrent bientôt dans un car délabré qui reliait probablement l'aéroport à la ville. Il y eut un ou deux arrêts dans des villages ou des hameaux puis, à un endroit qui n'avait l'air ni plus grand ni plus important, tous les passagers commencèrent à descendre. Ils se retrouvèrent dans une rue poussiéreuse, d'un rose crémeux et qui descendait vers la mer moutonneuse à deux ou trois rues de là.

« 'Otel Iraklion ! Prix modérés ! Eau chaude ! » dit un type à l'air crasseux dont l'unique insigne d'autorité était une casquette à visière dont la bande disait *Hôtel Hérakleion.*

« Non », dit Rydal qui s'efforçait de mettre la main sur leurs bagages. On était en train de descendre les valises au petit bonheur du toit du car.

« 'Otel Corona ! Tout près ! Par ici !

— 'Otel Astir ! Le meilleur de la ville ! » Un jeune garçon brun en uniforme beige de chasseur d'hôtel salua Chester et commença à ramasser deux valises qui se trouvaient près de ses pieds.

« Ce n'est pas à moi ! » dit Chester vivement, et il alla vers Colette et Rydal. Une forte brise soufflait de la mer. Le soleil brillait d'un éclat vitreux et sans donner de chaleur. « Qu'est-ce qu'on fait maintenant ? » demanda Chester à Rydal, mais voyant que ce dernier était occupé à identifier leurs sept bagages, il commença à l'aider.

« Attendons que la foule soit passée, dit Rydal. Puis nous prendrons un taxi jusqu'au bord de mer, je pense. »

La foule diminuait. Des taxis arrivaient, puis emmenaient gens et bagages. Des chasseurs d'hôtel débrouillards s'éloignaient, titubant sous des monceaux de bagages dont les propriétaires suivaient, en désordre.

« Vous avez une idée d'un hôtel ? » demanda Chester.

Rydal leva la tête et regarda dans la direction de la mer, son profil se découpant contre le ciel bleu. Il glissa une cigarette dans sa bouche. « Notre problème, c'est que nous ne pouvons pas aller dans un hôtel, murmura-t-il. Nous n'avons pas de passeports, vous savez. » Il jeta un coup d'œil à Colette.

« Mais c'est merveilleux ! s'écria-t-elle. Nous allons nous promener toute la journée. Et ce soir aussi ! » ajouta-t-elle avec enthousiasme.

Rydal secoua la tête pensivement ; il continuait à regarder dans la direction du port. Puis il se retourna et regarda la rue bordée de maisons couleur rose et crème de deux et trois étages. Il regarda Chester. « Je ne connais personne ici chez qui nous puissions descendre. Il va falloir passer la nuit dehors. Alors je crois que le mieux, c'est d'économiser nos forces. Et, avant tout, de nous débarrasser des valises.

— Vous, vous n'êtes pas obligé de souffrir, dit Chester. Vous avez un passeport que vous pouvez montrer dans n'importe quel hôtel.

— Oui, dit Rydal d'un ton évasif. Voyons si nous pouvons laisser nos bagages dans un restaurant au bord de la mer. » Il traversa la rue et parlementa avec un chauffeur de taxi rangé sur le trottoir d'en face, un taxi qui avait été laissé là par le flot des passagers et qui attendait qu'eux se décident.

Ils s'entassèrent tous dans le taxi, avec les bagages à leurs pieds, sur les genoux et sur le toit. Le trajet jusqu'à la mer était très court et Rydal fit signe au chauffeur d'arrêter quand ils eurent fait quelques mètres vers la gauche : il y avait là un restaurant avec une enseigne en forme de poisson suspendue devant la porte. Rydal en ressortit quelques instants plus tard en disant que le propriétaire serait heureux de prendre leurs bagages.

« Je pense que nous devrions prendre quelque chose ici, dit Rydal. Déjeuner, ou au moins vider un verre. »

Ils restèrent plus de deux heures dans le restaurant : ils commencèrent par boire de l'ouzo, accompagné de petites assiettes de radis, de raifort et d'oignons, puis ils firent un déjeuner de poisson grillé et de frites insuffisamment cuites qu'ils arrosèrent de plusieurs bouteilles d'un vin blanc assez aigre. Mais ils donnèrent un bon pourboire et le propriétaire se déclara prêt à garder leurs bagages jusqu'au lendemain. Rydal dit à Chester qu'il avait raconté à cet homme qu'ils devaient tous les trois passer la soirée chez un ami en ville, un ami chez qui ils avaient couché, qu'ils avaient raté l'avion du retour pour Athènes et qu'ils ne voulaient pas importuner leur ami en rapportant tous leurs bagages dans sa maison dans les collines. Chester prendrait son sac de voyage, et c'était tout. Ils reprendraient leurs bagages demain après-midi, vers une heure. Puis ils remontèrent la grande rue, celle où s'était arrêté le car de l'aéroport.

Le musée des Antiquités d'Hérakleion était ouvert.

Ils y tuèrent encore une heure, regardant les statues, les amphores et les bijoux et, pendant que Colette allait se refaire une beauté, Rydal dit à Chester ce qu'il avait entendu à la radio.

« Ils ont dit que la mort de Georges Papanopoulos était due à une fracture du crâne. C'était une annonce très brève. Ils n'ont pas cité votre nom, mais ils ont dit celui de l'hôtel et depuis combien de temps l'homme était mort : douze heures environ. »

Un frisson glacé parcourut Chester. C'étaient des faits. On l'avait annoncé à la radio. Des milliers de gens l'avaient entendu. « Ce sera sûrement dans les journaux aujourd'hui.

— A Athènes, oui, dit Rydal. Ici les journaux arrivent probablement par bateau, avec une journée de retard. Oh ! il est possible que ce soit dans les journaux de Crète ce soir. Je suppose qu'ils ont un journal du soir. En ce cas, ils citeront peut-être votre nom. Je veux dire : MacFarland. »

Chester acquiesça et avala sa salive. MacFarland. Quelque chose dont il fallait se cacher. Il l'avait redouté dès l'instant où il avait rempli sa demande de passeport à New York. Pourquoi ne s'était-il pas procuré un faux acte de naissance ? *Chester MacFarland*. C'était lui. C'était affreux.

« Et il y a la radio en Crète, bien sûr, poursuivit Rydal. Ils sont probablement en train de diffuser la nouvelle en ce moment même, avec votre signalement peut-être.

— Oh !... » Chester eut un autre spasme de peur. « La photo qu'avait cet agent date de plusieurs années. Elle ne me ressemble plus beaucoup. Je suis plus gros maintenant, et j'ai une moustache. Je devrais peut-être la raser », ajouta-t-il.

Rydal battit calmement des paupières. « Voilà votre femme qui revient. Ils demanderont votre signalement au personnel de l'hôtel. Ne rasez pas votre moustache. Vous pourriez vous laisser pousser la barbe. Cela vous changerait peut-être davantage. »

A l'heure du cocktail, ils essayèrent le restaurant de l'hôtel Astir. Il n'y avait pas de bar proprement dit et on leur servit des cocktails dans la salle à manger parsemée de tables blanches jusque dans trois coins plongés dans l'obscurité, à des kilomètres vides de la leur. Chester commençait à être fatigué. La conversation de Rydal et de Colette l'ennuyait et l'agaçait tout à la fois. C'était un bavardage stupide. Colette parlait de la Louisiane et des voyages qu'elle y faisait deux fois par an à l'époque où elle était en pension en Virginie, de joyeuses réunions pendant les vacances et de ses efforts pour monter un groupe théâtral à Biloxi, trois années de suite, efforts qui s'étaient heurtés à l'indifférence de la population. Rydal compatit. Il répondit aux questions de Colette sur le Massachusetts, dit que lui-même avait fait ses études à Yale, mais Chester remarqua qu'il ne s'attardait pas sur ses réponses. Puis Rydal s'excusa, disant qu'il voulait sortir pour chercher un journal du soir et qu'il serait de retour dans un instant.

Chester se frotta le menton. Sa barbe crissait sous ses doigts. Est-ce qu'il devait la laisser pousser ? Et la photo de son passeport, le bon ? Que valait ce conseil de Rydal ? « Je crois que je vais prendre un autre scotch.

— Oh ! chéri, dit Colette d'un ton désapprobateur.

— Sinon... enfin, peu importe, j'ai la bouteille ici. Du scotch meilleur et beaucoup moins cher », ajouta-t-il avec irritation, tapant sur son verre presque vide.

Rydal revint avec un journal et Chester allait demander à le voir quand il s'aperçut qu'il était en grec. L'air grave et assuré, Rydal s'assit et plia le journal de manière à pouvoir voir un article sur la première page. « Ce matin Stefanie Triochos, vingt-trois ans, fille d'étage à l'hôtel du Palais-Royal, a trouvé dans... un placard de l'hôtel le cadavre de Georges Papanopoulos, trente-huit ans. Papanopoulos, inspecteur de la Police nationale, est mort d'une fracture du crâne. On soupçonne l'assassin d'être un certain Chester Crighton MacFarland, quarante-deux ans, Américain recherché pour hm-m... détournement d'investissements, de fonds investis », fit Rydal, se corrigeant lui-même. « C'est cet Américain que l'inspecteur serait venu chercher à l'hôtel. MacFarland occupait une chambre à l'étage du placard où l'on range les ustensiles de nettoyage et où le cadavre de l'inspecteur a été découvert. On a trouvé des traces de sang sur le sol de la salle de bain et sur le tapis de la chambre occupée par MacFarland et sa femme Elizabeth... Elizabeth ? (Rydal regarda Colette qui acquiesça nerveusement), et aussi sur le tapis du couloir menant au placard à balais. » Rydal fit une pause et but une gorgée d'eau sans regarder ses auditeurs attentifs. « MacFarland a quitté l'hôtel hier soir peu après dix-neuf heures, poursuivit-il d'une voix calme et impersonnelle. Il a dit à un employé de l'hôtel qu'il prenait un train de nuit en direction de l'Italie... Des recherches ont été effectuées à bord des trains, des cars et des avions... mais elles n'ont rien donné », acheva Rydal.

Colette était silencieuse, sa main était posée sur la table, l'ongle rouge du pouce jouant avec celui des autres doigts. Chester vit qu'elle le regardait d'un air apeuré, et avec reproche aussi.

« Ce n'est pas tout, dit Rydal. Les autorités pensent par conséquent que MacFarland n'a pas franchi la frontière grecque et... qu'il a peut-être essayé de changer d'identité. Georges Papanopoulos laisse derrière lui, *et caetera.* »

Colette regarda Rydal. « Continuez. Laisse derrière lui ? »

Rydal s'éclaircit la gorge et lut : « Une femme, Lydia, trente-cinq ans, un fils, George, quinze ans, une fille, Doria, douze ans, deux frères Philip et Christopher Papanopoulos, tous deux de Lamia, et une sœur, Mrs. Eugenia Milous, d'Athènes. » Rydal reposa le journal.

Chester croisa le regard de Rydal, mais il ne dit rien, il se sentait vidé. Il se redressa un peu sur son siège.

« Ce ne sont pas de mauvaises nouvelles, dit Rydal. Ils ne font pas allusion à une piste en Crète et ils ne donnent même pas votre signalement. C'est vraiment ce qu'on peut espérer de mieux, étant donné les circonstances.

— Mais il est mort », dit Colette. Elle se frotta le front du bout des doigts.

Chester se versa un autre verre, puis retourna la bouteille pour achever de la vider. Il avait envie de se remonter, de se soûler un peu, même. Pourquoi pas ? Qu'était-il censé faire, rester toute la nuit à ruminer la sale situation dans laquelle il était, éveillé toute la nuit sans même l'oubli provisoire du sommeil ?

A onze heures, ils se trouvaient dans une énorme écurie servant de restaurant et aussi, apparemment, de sorte de boîte de nuit, au bord de la mer. Colette et Rydal dansaient sur la petite piste qui semblait à Chester à près d'un kilomètre de là où il était assis, bien que l'orchestre jouât si fort et si mal qu'il en avait les oreilles cassées. Chester regardait d'un air morne la table voisine, une grande table ronde autour de laquelle avait pris place toute une famille de Grecs : le papa, la mama, la grand-mère et tous les gosses. Les gosses avaient leurs habits du dimanche. Quelques minutes plus tôt, Chester (qui revenait, d'un pas hésitant, des toilettes pour hommes, un trou infect), avait relevé le menton d'une des fillettes et en avait été récompensé par un regard froid et qui ne comprenait pas. Chester s'était rendu compte alors qu'il était en Grèce, et non en Amérique, dans quelque pizzeria de la 3e Avenue, à Manhattan, que la petite fille n'avait pas compris un mot de ce qu'il lui disait et que sa famille, qui l'avait foudroyé du regard, avait probablement cru que c'était quelque chose de terrible. Chester s'endormit.

Il fut réveillé par Rydal qui lui tapait sur l'épaule. Il était debout à côté de lui, en pardessus, bien éveillé et souriant, et disait : « Ils ferment. Il faut partir. »

Il n'y avait pas de taxi, ce qui était pire que

tout. Chester marchait entre Colette et Rydal, en partie soutenu par les deux, ne pouvant se passer de leur soutien et en éprouvant de la honte.

« C'est la plus mauvaise heure, dit Rydal. C'est dur. »

Chester les entendit discuter à son sujet pendant quelques secondes, se demander ce qui était « le mieux pour lui », et, bien que cela ne lui plût guère, il se dit qu'il pouvait bien les laisser s'inquiéter pour lui, après tout, car n'était-ce pas *lui* qui avait tout le poids sur les épaules, *lui* qui s'était attiré tous ces ennuis en essayant de protéger sa femme tout autant que lui-même ? Et qui avait demandé à Ryburn — ou comment s'appelait-il ? — de venir avec eux ? Un banc, un banc de pierre dur et froid, le réveilla brutalement. Il était assis dessus. Il tourna la tête à gauche et vit Colette, assise à côté de lui, qui blottissait sa tête contre l'épaule de Rydal, et qui allait s'endormir. Rydal fumait, regardant droit devant lui, le sac de voyage entre ses pieds. Chester pensait qu'ils étaient sur la petite place près du musée d'Hérakleion où ils étaient déjà venus l'après-midi, mais il n'en était pas certain. Peut-être ce café de l'autre côté de la rue était-il celui où ils avaient pris du thé. L'aube commençait à poindre, elle commençait seulement. C'était la plus mauvaise heure, comme avait dit ce type. Rien n'était ouvert, c'était clair. *Qu'ils aillent au diable tous, qu'ils aillent tous au diable de ne pas être ouverts*, pensa Chester, mais il était trop fatigué pour le dire. Il vit que Colette et Rydal se tenaient la main. Il eut un petit sourire condescendant. Personne ne pouvait lui prendre Colette. Ils pouvaient toujours essayer, cela ne les mènerait pas loin. Chester ferma les yeux.

Il se réveilla parce qu'il avait froid ; il ne savait pas combien de temps il avait dormi, mais l'aube n'avait pas fait beaucoup de progrès. Colette et Rydal étaient maintenant endormis tous les deux, ils se tenaient par la main, leurs têtes étaient penchées l'une vers l'autre, se soutenant l'une l'autre. Chester se mit à arpenter le trottoir en frappant du pied ; ses dents claquaient et tous ses muscles étaient raides de froid et tremblaient. Pendant ce qui lui sembla être des heures, il observa, cyniquement et amèrement, l'ouverture du café de l'autre côté de la rue. Tout d'abord, un homme, le propriétaire peut-être, arriva à bicyclette, commença à ouvrir le cadenas sur la porte, puis s'arrêta pour se lancer dans une longue conversation avec le livreur de lait, qui était à bicyclette, lui aussi ; ils échangèrent une cigarette, puis quelques plaisanteries, le propriétaire tapa sur le dos du livreur, ôta une de ses chaussures et, un pied déchaussé, se mit à expliquer quelque chose d'apparemment très important à propos de la semelle et remit sa chaussure ; sur quoi le livreur de lait hissa son pied sur le guidon de sa bicyclette et se mit à parler de sa propre chaussure. Il était six heures dix-sept.

A six heures trente-deux, lorsque les portes du café s'ouvrirent enfin, Chester secoua durement et avec plaisir Rydal pour le réveiller, lui disant que c'était ouvert en face et qu'ils pouvaient aller boire du café chaud.

VI

De tous les dons de l'homme, se disait Rydal tout en roulant vers l'aéroport dans le car de la compagnie aérienne, la mémoire était le plus mystérieux, le plus agréable, le plus pénible et, sans aucun doute, le plus trompeur par moments. Pendant toute la nuit, qu'il fût éveillé, somnolent ou marchant dans son sommeil, il avait été à moitié dans le présent, à moitié dans le passé. Le fait de danser avec Colette avait remué en lui l'ancien désir qu'il avait éprouvé pour Agnès et qu'il n'avait plus jamais vraiment ressenti depuis. Et pourtant, Colette n'était *pas* comme Agnès, pas du tout. Colette était plus superficielle... dans un sens. Non, ce n'était pas vrai. Comment être plus superficielle, légère, insensible qu'Agnès quand elle lui avait dit au revoir ? Hier soir, le souvenir d'Agnès. Mais elle flirtait à peu près comme elle, ça c'était une chose certaine !

Colette avait joué simplement, elle s'était amusée à lui faire éprouver du désir pour elle, elle avait joué, faute d'avoir mieux à faire durant cette longue nuit sans un lit chaud pour y dormir, avec son mari, lequel avait perdu conscience. S'il allait un peu plus loin, s'il la prenait au mot, elle dirait non. « Mais non, *bien sûr*, stupide que vous êtes. Vous croyez que je ferais ça à Chester ? » Rydal l'entendait d'ici.

Ils arrivaient à l'aéroport. Rydal regarda les six ou huit passagers du car qui devaient prendre l'avion de trois heures et demie pour Athènes. La moitié avaient l'air carrément pauvres, l'autre moitié devaient appartenir à la petite bourgeoisie, économiquement parlant. Aucun d'eux n'était Américain. Aucun n'avait l'air d'un policier en civil. Rydal tordit doucement son journal dans ses mains. Dans le journal du matin, il y avait un signalement de *Chester MacFarland* avec une moustache, bien que la photo reproduite eût été celle, sans moustaches, du carnet de l'agent. La veille au soir, avant d'aller chez les MacFarland, Rydal avait arraché les feuilles du carnet, les avait déchirées et les avait jetées dans trois boîtes à ordures différentes. Il aurait pu vendre les papiers d'identité du Grec à Niko pour quelques centaines de dollars, c'était certain, mais il n'avait pas eu le cœur de le faire. Ç'aurait été comme de vendre des morceaux de sa chair après sa mort. Il n'avait fait que son travail, un travail honnête et il ne méritait pas de mourir. Rydal avait jeté les papiers, après les avoir déchirés, et aussi le portefeuille, mais il avait pris les drachmes, deux cent quatre-vingts seulement.

Niko était assis sur un banc, dans l'aérogare sinistre, ses pieds chaussés de sandales étalés par terre. Son sourire rêveur s'élargit quand il vit Rydal. Il lui fit un salut de la main et se leva. Rydal lui rendit son salut ; il était content de le voir. Cela voulait dire qu'il avait les passeports. Rydal lui fit signe d'approcher de la porte qui menait vers le terrain.

« Vous les avez ? demanda-t-il.

— Je les ai », dit Niko.

Ils se mirent à marcher au bord du terrain, échangeant des commentaires sur le temps ; ils passèrent lentement devant un car de l'aviation américaine qui attendait là et qui était vide à l'exception du chauffeur.

« Qu'est-ce qu'ils ont fait pour les âges ? Sur les passeports, je veux dire ? demanda Rydal, incapable d'attendre plus longtemps pour s'assurer de ce point important.

— Les âges ? (Niko haussa les épaules.) J'ai oublié. Je crois que ça va. »

Rydal se dit que Niko s'en fichait pas mal et il soupira. Ce qui démangeait Niko, c'était de toucher les dollars, de repartir pour Athènes avec ses mille dollars américains. Rydal ralentit le pas et s'arrêta.

« Bon, faites-les voir. »

Ils étaient dans un coin vide du terrain, sous le grand ciel bleu.

Niko porta la main à une poche de son blouson kaki, défit un bouton et sortit les passeports. Ils étaient encore vaguement chauds du contact de sa peau.

William James Chamberlain, lut Rydal. Epouse Mary Ellen Forster Chamberlain. Taille : 1,75 m. Cheveux bruns, yeux gris. (Première mauvaise chose : les yeux de Chester étaient bleu pâle.) Signes particuliers : néant. Lieu de naissance : Denver City, Colorado. Date de naissance : 15 août 1922. Et la signature.

« C'était Chambers avant, dit Niko, désignant la signature d'un ongle sale. Frank l'a changée. Il a changé aussi le numéro du passeport. »

Rydal acquiesça. Il ouvrit l'autre passeport et chercha la couleur des yeux : bleus, Dieu merci. Il éprouva un profond soulagement. La date de naissance lui donnait vingt-neuf ans et elle avait dit, la veille au soir, qu'elle en avait vingt-cinq, mais ce n'était pas trop mal. Rydal regarda sa photographie, qu'il n'avait pas encore vue, et se dit : mon Dieu, même le photographe, elle l'a gratifié de son regard direct, son regard « venez-donc-chez-moi » ! Il constata que le cachet PHOTOGRAPHIE ATTACHEE SERVICE DES PASSEPORTS NEW YORK, qui s'étalait sur le bas de la photographie et dépassait sur la page, se raccordait bien et vérifia la même chose sur la photographie de Chester et trouva qu'elle avait un bon air, quoique un peu usée. Les deux passeports étaient sales, comme si on les avait foulés aux pieds plusieurs fois. Rydal se demanda par combien de mains crasseuses ils étaient passés avant d'en venir aux siennes. Il les referma et les mit dans la poche de son pardessus.

« *O.K.* ?

— *O.K.* », dit Rydal. Puis, se ravisant, il les ressortit. Il regarda les dernières pages, pour vérifier les cachets. Bien. Il n'y avait pas de cachet grec EXODOS, mais seulement un EIZODOS, daté pour les deux passeports de décembre de l'année précédente. Cela voulait dire que les anciens propriétaires de ces passeports étaient entrés en Grèce, mais qu'ils n'en étaient pas ressortis, pas avec ces passeports-là, en tout cas. « Marchons », dit-il, et il reprit la direction du bâtiment de l'aérogare, les mains dans les poches de son pantalon. Il sentait dans sa main gauche les billets de cinq cents dollars cassants que Chester lui avait donnés le matin pour Niko. Les cinq mille dollars étaient dans la poche revolver de son pantalon. Transporter une pareille somme rendait Rydal nerveux par principe, en admettant, se disait-il, qu'on pût être nerveux par principe. S'il perdait cet argent, Chester ne s'en apercevrait pas. Il le revoyait, ce matin, traînant la grosse valise brune que Rydal était allé chercher pour lui dans le restaurant au bord de la mer, et allant la porter derrière le rideau qui cachait le w.-c., à la turque, du café. Chester éprouvait le besoin de se cacher pour toucher à son argent.

« Vous avez l'argent ? » demanda Niko avec inquiétude.

Rydal sortit sa main gauche. « Tenez, voilà le vôtre. »

Niko regarda les billets et les enfouit quelque part, comme un écureuil.

Rydal se retourna. On ne les observait pas, pour autant qu'il pouvait voir. Il déboutonna sa poche revolver et sortit l'autre somme. « Ce n'est pas la peine de les compter. Il y a dix billets de cinq cents. » Il vit la main de Niko trembler quand il les prit.

Niko sourit. « Bon. Merci. »

Rydal sourit aussi. Il se retourna de nouveau, vers le bâtiment de la gare.

« Qu'est-ce qu'ils vous ont donné ? demanda Niko.

— Oh-h ! Je ne sais pas encore, dit Rydal.

— Il a tué un homme, non ? Je l'ai vu dans les journaux de ce matin.

— C'est un accident, dit Rydal.

— Oui, mais... il a été tué. »

Donc, extorquez-lui le maximum, aurait pu ajouter Niko. « On va voir, dit Rydal d'un ton vague.

— Quand revenez-vous à Athènes ? » Niko leva les yeux vers lui en souriant, montrant sa dent couronnée de plomb, comme un absurde cadre miniature faisant ressortir ce chef-d'œuvre de mauvaise nourriture et de manque de soins, l'incisive jaune de Niko.

Rydal songea aux dents blanches de Colette, à ses lèvres fraîches. « Je ne le sais pas non plus. Il faut que je fasse un peu de tourisme d'abord. Je ne suis encore jamais allé en Crète. »

Niko avança sa lèvre inférieure, regarda autour de lui cette chose qu'on appelait Crète, parut sur le point de faire une observation peu flatteuse mais importante, mais ne dit rien. Au lieu de cela, il eut un petit rire et dit : « Je n'y suis encore jamais allé non plus. »

Au bout d'un moment, Rydal dit : « Je crois qu'on charge votre avion. »

Niko bondit vers l'avion, comme s'il s'agissait d'un autobus qu'il allait manquer, puis se maîtrisa et eut un sourire gêné. Il était à quelques mètres de Rydal. « Hé ! fit-il, en faisant un geste avec le doigt dans sa direction ; Frank dit qu'il veut la rencontrer... la fille ! »

Il fallut un moment à Rydal pour comprendre qu'il s'agissait de Colette. Il rejeta la tête en arrière, rit, et fit un signe d'au revoir à Niko. « Mes amitiés à Anna ! » Puis il se dirigea vers la gare aérienne.

Il avait manqué le car d'Hérakleion et il prit un taxi. Dans la voiture, il ferma les yeux et se laissa aller contre le siège inconfortable. Ses yeux lui picotaient parce qu'il manquait de sommeil.

Il trouva Chester à l'endroit qu'ils avaient fixé, un modeste restaurant auprès d'une fontaine ronde, en remontant un peu dans la grande rue qui partait de la mer. Quand il s'approcha de leur table, tous deux le regardèrent avec inquiétude et Rydal sourit et fit un signe de tête pour les rassurer. Ils avaient apparemment fini de déjeuner.

« Salut, dit Rydal, en approchant une chaise pour lui.

— Vous les avez ? demanda Chester.

— Oui. » Rydal leva les yeux vers un garçon solennel, au visage las, qui s'était approché de leur table. « Juste un café, s'il vous plaît », dit-il en grec. Lorsque l'homme s'éloigna, Rydal regarda autour de lui pour voir si le vague intérêt que son arrivée avait causé s'était dissipé — c'était le cas — puis alluma tranquillement une cigarette et déboutonna son pardessus. Il n'y avait que trois clients dans le restaurant : un gros homme qui lisait un journal à une table du fond et deux Grecs qui avaient également fini leur déjeuner et se querellaient à trois mètres de là. Rydal tira les passeports de sa poche de pardessus et les passa sous la table à Chester, les lui posant sur la cuisse.

Chester regarda nerveusement par-dessus son épaule, puis ouvrit l'un des passeports et l'examina au-dessous du niveau de la table. Son visage se détendit. Il sourit. Puis il regarda l'autre passeport. Il regarda Rydal et fit un signe approbateur. « Ça va, non ? Ils ont l'air bien. »

Rydal acquiesça. « C'est ce que je pense. »

Leurs valises étaient toujours chez le propriétaire du restaurant de poissons, à l'exception de la valise de toile de Chester avec l'argent dedans. Ils décidèrent de descendre à l'hôtel Astir, qui semblait être le meilleur de la ville. Quand Rydal eut terminé son café, Chester paya la note et ils partirent ; Rydal et Chester allèrent chercher les bagages, tandis que Colette les attendait dans le hall de l'Astir.

« Vous feriez peut-être bien de vous exercer aussi vite que possible à imiter la signature de Chamberlain, dit Rydal. On va vous faire signer une fiche à l'hôtel, vous savez.

— Oui. Vous avez tout à fait raison. Je vais le faire tout de suite », dit Chester. Il semblait plutôt nerveux, mais il s'assit sur le petit parapet de ciment près de la mer, sortit le passeport et un petit carnet à reliure spirale, ouvrit le passeport à la deuxième page et commença à copier la signature de William James Chamberlain. Il écrivit vite, raya avec impatience ses deux premiers essais et étudia le troisième à bout de bras. Il fit un quatrième essai, puis un cinquième.

Rydal s'approcha. Même vue d'en haut et à l'envers, l'imitation que Chester avait faite de la signature semblait très bonne, les derniers essais surtout, bien meilleure que ce qu'auraient pu faire la moyenne des gens avec l'écriture de quelqu'un d'autre. Mais Chester n'était évidemment pas un débutant, se dit Rydal.

Chester arracha la page du carnet, se leva, referma son stylo, et mit le passeport et le carnet dans sa poche. Il jeta la feuille roulée en boule par-dessus le parapet, et Rydal et lui prirent la direction du restaurant de poissons.

Cinq minutes plus tard, ils étaient devant l'hôtel Astir avec leurs bagages dans un taxi. Le grand chasseur en uniforme beige les aida à les sortir. Rydal et Chester demandèrent des chambres à la réception, sans se donner la peine de dissimuler le fait qu'ils étaient amis ; Rydal se disait que toute la ville devait sûrement le savoir maintenant. C'était une ville d'une certaine importance, mais il y régnait l'atmosphère d'une petite ville, peut-être parce qu'il n'y avait pas de grands immeubles. Et il y avait peu de touristes à cette saison. C'était ennuyeux. Rydal se demanda si un malin quelconque n'allait pas les aborder, aujourd'hui ou demain, pour savoir si Chester était Chester MacFarland. S'ils seraient obligés de sortir le passeport de Chester et de montrer son nom pour s'en débarrasser. Rydal n'avait pas peur d'un civil, mais si un policier leur posait des questions...

« Monsieur ? Vous m'avez dit : avec salle de bain ? » L'employé de la réception essayait d'attirer son attention.

« Oh ! oui. Je vous en prie. Avec bain. »

Chester et Colette avaient la chambre 414, au quatrième étage, et Rydal la 408, au même étage.

Ils décidèrent, d'un commun accord, de tout simplement prendre un bain et faire la sieste tout l'après-midi.

Le bain parut délicieux à Rydal : l'eau était chaude, la baignoire grande et blanche. Puis il enfila son pyjama, afin de mieux se détendre et peut-être dormir, se rasa et envoya sa chemise sale à laver par la femme de chambre. Il se mit au lit, installa des oreillers sous sa tête et lut les journaux, un moment. Il relut l'article concernant Chester. « ... On pense qu'il n'a pas franchi la frontière grecque. » Mais on ne disait pas dans quelle partie du pays on le recherchait. Partout peut-être. Rydal se dit soudain qu'ils feraient peut-être mieux d'aller dans une plus petite ville de Crète. Il vaudrait mieux aussi que Chester, et Colette également, achète des vêtements à meilleur marché et moins élégants. Quant à lui, Rydal, ce qu'il aurait de mieux à faire, cc serait de mettre quelque distance entre lui et les MacFarland, désormais Chamberlain, pendant qu'il le pouvait encore. Il y avait probablement un bateau pour Athènes le lendemain matin. Rydal avait pris un aller simple d'avion seulement. Oui, il y avait beaucoup de choses qu'il ferait mieux de faire et qu'il ne faisait pas pour le moment.

On frappa légèrement à la porte. Rydal leva sa tête. Il ne savait pas combien de temps il avait dormi. Probablement un quart d'heure à peu près. Il se leva, la tête lourde, et alla à la porte. « Qui est là ? » demanda-t-il, sans ouvrir. Puis il répéta sa question en grec.

« Colette », entendit-il chuchoter.

Rydal baissa les yeux pour voir si son pyjama était correctement boutonné — il n'avait pas de peignoir — puis ouvrit la porte.

« Oh ! je vous dérange », dit-elle en entrant. Elle avait son étole de vison et son chapeau, mais elle enleva ce dernier et le lança sur le fauteuil.

« Chester ronfle tout ce qu'il sait et je n'ai pas voulu le réveiller. Il a besoin de se reposer, vous savez.

— Um-m. Où étiez-vous ? » Rydal s'assit précautionneusement sur le lit, conscient de ses pieds nus, mais ce n'étaient pas ses pieds que regardait Colette.

« Je suis allée faire un tour. J'ai pris un bain mais je n'avais pas envie de dormir, alors j'ai exploré l'église à côté. Celle qui a les arcs et les vitraux, vous savez ? »

Rydal acquiesça. Il se souvenait vaguement avoir vu une église à gauche de l'hôtel.

Elle s'assit sur le lit, non pas à côté de lui, mais de l'autre côté, à demi tournée vers lui. Puis elle s'allongea, et sa tête se trouva à côté de la hanche de Rydal.

« Fatiguée ? Vous devriez faire une sieste, lui dit Rydal avec un certain agacement. Dans votre chambre », ajouta-t-il.

Elle allongea le bras vers son poignet et l'attira vers elle. Rydal hésita — deux fois il s'arrêta dans son élan — puis hissa ses jambes sur le lit, étreignit Colette et l'embrassa. Les bras de la jeune femme l'encerclaient comme un délicieux nuage. Son haleine était tiède et parfumée au dentifrice américain, au Colgate probablement, et elle tremblait d'une passion qui se communiqua à Rydal ; mais, tout en ressentant cette passion, il se disait : n'y fais pas attention, c'est seulement parce que ça fait longtemps — un mois ? deux mois ? — que tu n'as pas eu de fille, et tout ça n'est que la suite d'hier soir, du baiser qu'elle voulait amener et que tu n'as pas pris.

« Rydal ! » murmura-t-elle, comme si elle venait de le découvrir. Il s'éloigna d'elle, souriant un peu, le cœur battant.

« Revenez », dit-elle, tendant de nouveau les bras.

Elle se débarrassa de ses chaussures d'un coup de pied et se hissa jusqu'aux coussins. Rydal tomba de nouveau sur elle. Ils demeurèrent côte à côte, serrés l'un contre l'autre, et s'embrassèrent, les yeux clos. C'était comme avec Agnès, toujours avec Agnès. Des baisers fous et merveilleux comme ceux-ci, dix fois par jour, volés dans tous les coins de la maison, et le soir, Agnès l'attendant dans son lit, pour autre chose que des baisers. Son corps se souvenait. Son esprit aussi. C'est la femme de MacFarland, crétin.

De sa main libre, elle ouvrait son corsage. Avec l'autre, elle tenait la nuque de Rydal, appuyant sa bouche contre la sienne. Le corsage, ça va, se dit-il, mais pas la jupe, pas le reste. Il chercha son sein chaud, le caressa lentement. Elle lui prit la main et la poussa à l'intérieur de son soutien-gorge. Au bout de quelques secondes, Rydal retira sa main et se redressa sur le bras gauche, la soulevant en partie avec lui.

« Qu'est-ce qu'il y a ? » demanda-t-elle. Maintenant qu'elle n'avait plus de rouge à lèvres, sa bouche paraissait encore plus pleine.

Rydal essuya la sienne du revers de sa main.

« J'aime autant m'arrêter », dit-il.

Elle sourit, amusée, plissant ses yeux lavande.

« Allo-ons. Nous sommes jeunes. Nous n'avons que vingt-cinq ans, vous et moi, dit-elle doucement. Nous en avons envie. Pourquoi pas ? » Les yeux toujours mi-clos, elle défaisait le haut de sa jupe.

Rydal la regardait. Pourquoi pas ? Sa porte avait une serrure automatique et elle était fermée. Chester allait dormir longtemps probablement. Pourquoi pas ? Maintenant. Puis il se rendit compte tout à coup qu'il regardait Colette d'un air hébété, comme un homme ivre... ce qu'il était, dans un sens. Il cligna des paupières et dit : « Non. Merci. » Colette arrêta ce qu'elle faisait avec sa jupe. Elle le regarda avec des yeux bien ouverts maintenant. « Ché-éri... »

C'était pour Chester ça, se dit Rydal, ce mot-là.

« Je ne voulais pas vraiment dire coucher. Je voulais simplement que vous vous allongiez avec moi. Revenez. » Elle lui tendit les bras.

Il allait le faire, mais à quoi bon continuer ça ? Il se leva et alla vers la fenêtre, puis se retourna et la regarda. Elle n'avait pas bougé, elle avait simplement tourné la tête vers lui et ses bras étaient retombés. Son corps était doucement incurvé sous la taille de sa jupe noire. Son corps ressemblait assez à celui d'Agnès, il fallait l'avouer, à part les petites différences auxquelles on peut s'attendre entre les formes d'une jeune fille de quinze ans et celles d'une femme de vingt-cinq. Colette attendait ce qu'il allait faire. Il vit qu'elle était tendue.

« Vous ne vouliez pas coucher avec moi ? » demanda-t-il, s'approchant d'elle. Il s'assit et la prit par les épaules. « Pourquoi pas ?

— Rydal, non », dit-elle, en souriant ; mais elle voulait se dégager maintenant.

Rydal n'avait aucune idée précise quand il avait retraversé la pièce, mais, brusquement, il la désira. « Bon. Enlevez cette jupe », dit-il, abaissant la fermeture à glissière.

Elle lui échappa et se redressa, se tenant l'épaule droite, comme s'il lui avait fait mal. « Non, je ne le voulais pas », murmura-t-elle, en souriant, articulant bien ses mots. « Je ne le voulais vraiment pas. »

Rydal renonça. Mais maintenant il la désirait. Maintenant oui. Il la regarda remettre son corsage et il sut qu'elle le savait aussi.

Elle se remit du rouge à lèvres et bavarda avec

lui comme si de rien n'était. Rydal répondit à ce qu'elle disait, elle resta peut-être cinq minutes encore puis elle partit, sans qu'il eût la moindre idée de ce qu'ils venaient de se dire. C'était comme si quelqu'un lui avait pris la tête entre les mains et s'était mis à la faire tourner. Elle tournait encore. Il se jeta sur le lit et ferma les yeux. Le parfum de Colette flottait encore sur son oreiller.

Elle avait refusé finalement. Ainsi donc la triste réalité reproduisait ce qui s'était déjà passé dans son imagination, et il n'en fut nullement surpris.

VII

Rydal se réveilla à sept heures du soir et descendit chercher les journaux. Outre le journal du soir crétois, il acheta le *Daily Post* d'Athènes de la veille, en anglais. Il aurait pu s'épargner d'acheter le *Post*, il n'y était pas fait mention de la mort de l'agent grec. Mais le journal du soir d'Héraklieon publiait encore une fois la photographie de Chester et donnait son signalement, ainsi que celui de sa femme : « ... Sa jeune épouse, une ravissante femme blonde aux yeux bleus, élégamment vêtue, apparemment âgée d'une vingtaine d'années à peine... » On savait, disait le journal, que les MacFarland étaient descendus à l'hôtel des Dardanelles, à Athènes, le mardi 9 janvier au soir, c'est-à-dire le soir du meurtre. On ignorait ce qu'ils avaient fait après neuf heures le lendemain matin.

« ... Les autorités pensent qu'ils peuvent avoir pris un avion pour Corfou, Rhodes ou la Crète. Les frontières d'Albanie, de Yougoslavie, de Bulgarie et de Turquie sont alertées depuis mercredi matin et on doute qu'ils aient pu franchir une de ces frontières, à moins qu'ils n'aient réussi à se procurer très rapidement de faux passeports. »

Cela commençait à sentir le roussi, se dit Rydal. La police pensait à la Crète et les MacFarland étaient dans le plus grand hôtel de la plus grande ville de l'île. Rydal se passa la langue sur les lèvres : il imaginait soudain la police tapant sur l'épaule de Chester dans le hall de l'Astir, l'interrogeant, Chester le faisant venir pour dire à la police qu'ils voyageaient ensemble depuis des jours, qu'ils ne s'étaient pas quittés et que, de toute manière, on se trompait totalement d'adresse. Est-ce qu'ils voulaient voir son passeport ? (Evidemment, quelle question.) Rydal n'imaginait pas Chester répondant à leurs questions calmement, sortant calmement son passeport, à moins qu'il ne fût ivre, ivre à un degré bien précis. Rydal ne se voyait pas se parjurant maintenant. Il sentait que ses nerfs le lâchaient. Les choses ne lui paraissaient plus aussi simples qu'hier, ou que le soir du meurtre quand il avait pris des dispositions avec Niko pour les passeports.

Il s'arrêta pour acheter une bouteille de jus de raisin frais dans une petite confiserie et la but, au comptoir, en écoutant la voix saccadée d'un journaliste qui donnait des nouvelles sur le poste de radio, grésillant de parasites, du propriétaire. La voix débita à toute allure les nouvelles d'une conférence à Londres, d'une mesure fiscale envisagée par la France, passa aux prévisions météorologiques puis — slam, bang, bing et ding — revint à la musique populaire grecque. Rydal posa sa bouteille vide et sortit.

Le téléphone sonnait quand il entra dans sa chambre et il sursauta, pris de peur, puis se rendit compte que c'était probablement Colette ou Chester. C'était Colette.

« Chester demande si vous voulez venir prendre un verre avant que nous ne sortions dîner. »

Rydal alla jusqu'à leur chambre avec les journaux sous le bras et frappa à leur porte.

« Entrez ! » lui cria Chester cordialement de sa voix de baryton, mais, comme la porte était fermée à clef, il dut venir ouvrir. Il était en robe de chambre de foulard et en pantalon.

Rydal remarqua que la barbe de Chester, celle qu'il lui avait conseillé de se laisser pousser, commençait à apparaître. « Bonsoir », dit-il, s'adressant à tous les deux. Colette s'était changée depuis qu'elle l'avait quitté. Elle avait revêtu une robe de tweed gris clair, presque blanche, et elle se tenait près de la longue commode basse, une main sur la hanche.

« Que buvez-vous, Rydal ? demanda Colette. Nous, nous prenons encore de l'ouzo ce soir.

— Oui. Fais-en monter une bouteille, dit Chester.

— De l'ouzo, très bien, dit Rydal. Merci. »

Ils avaient aussi de la glace dans un seau de glace.

« Je vois que vous avez les journaux », dit Chester.

Rydal avait enlevé son pardessus et l'avait jeté sur une chaise. « Ils se posent des questions... ils disent que vous n'avez probablement pas encore quitté le pays, dit Rydal, baissant la voix. Ils concentrent leurs efforts sur Corfou, Rhodes et la Crète. »

Chester l'écoutait avec attention. « Ils concentrent leurs efforts ?

— Ils ne disent pas ce qu'ils font. Ils cherchent, je suppose. » Rydal se sentait mal à l'aise. Il regarda Colette. Elle était en train de lui préparer son verre d'ouzo et d'y mettre de la glace, mais elle l'avait regardé aussi au même moment. Elle avait l'air de bonne humeur et très à son aise. « Je ne sais pas quels sont vos projets, dit Rydal à Chester, mais je crois que ce ne serait peut-être pas une mauvaise idée d'aller dans une plus petite ville de Crète. Ou bien... vous pourriez vous servir de ces passeports pour quitter carrément le pays. Pour ça, il faudrait que vous retourniez à Athènes, car aucun avion ne sort de Grèce d'ici. Pas en cette saison, en tout cas.

— Oui. » Chester avait les yeux baissés. Il tenait déjà un verre à la main. Il se passa le bout des doigts sur la mâchoire.

« La barbe va vous aider, dit Rydal. C'est bien dommage que ça prenne si longtemps à pousser.

— Oh ! avec moi ça ne prendra pas trop longtemps, dit Chester en riant, mais sans gaieté. Je suis de ces gens qui sont obligés de se raser deux fois par jour.

— Bien. A Athènes, vous pourriez faire retoucher la photo du passeport et faire mettre une barbe. Niko peut vous arranger ça.

— Oui, oui, j'y ai déjà pensé, dit Chester.

— Je déteste les barbes, dit Colette en se dirigeant vers Rydal avec le verre qu'elle lui avait préparé. C'est dommage, non ? » Quand il eut pris son verre, Rydal sentit les doigts de Colette lui caresser la main. Il ne leva pas les yeux vers elle.

« Si je n'ai pas trop l'air d'un clochard qui a besoin de se raser, nous pourrions reprendre l'avion d'Athènes demain après-midi, hein, Colette, qu'en penses-tu ? »

Colette le regarda. Elle ne semblait pas d'humeur à penser.

Rydal se passa la main sur le front. « Je me disais que j'allais peut-être prendre cet avion, moi aussi. Je voudrais voir Cnossos demain matin et prendre l'avion de l'après-midi. » Son ton était un congé bien net et définitif, ou du moins c'était ce qu'il aurait voulu qu'il fût.

« Hm-m. Moi aussi je pensais visiter Cnossos demain. Ils m'ont dit à l'hôtel que ce n'était qu'à trente ou quarante minutes d'ici par le car. Je leur ai posé la question il y a quelques instants. Nous pourrions y aller vers dix heures, y passer une heure environ... (Chester regarda sa femme.) Est-ce que ça te dit, chérie ?

— Qu'est-ce que c'est que Cnossos ? J'ai oublié.

— C'est là où il y a le Labyrinthe, dit Rydal. C'est le palais du roi Minos. » Il aurait pu continuer. Il savait encore la longue tartine que son père lui avait fait apprendre sur le palais de Cnossos quand il était gosse. Rydal se mit à boire son ouzo.

« Le Labyrinthe ? Je croyais que c'était un mythe », dit Colette en s'asseyant au bord d'un des lits jumeaux. Elle fit tournoyer son verre de whisky, faisant tinter les cubes de glace à l'intérieur.

Rydal ne dit rien.

« Non, ce n'est pas un mythe, celui-là. Le mythe est né de ce palais-là, lui dit Chester. Tu devrais lire ce qu'il y a là justement, lui dit Chester. Tu devrais lire ce qu'il y a dans le guide. » Il se dirigea vers la salle de bain. « Je vais mettre une chemise. » Il entra dans la salle de bain et referma la porte derrière lui.

Colette regarda Rydal ; elle souriait encore mais son sourire avait quelque chose d'intime et d'interrogateur. Que croit-elle que je vais faire, se dit Rydal, lui voler un baiser pendant que Chester n'est pas dans la pièce ? Il alluma une cigarette. Colette s'approcha de lui, se dressa sur la pointe des pieds et, avant que Rydal ait pu reculer, elle l'attrapa par l'épaule et l'embrassa, sur le coin de la bouche. Fronçant les sourcils, Rydal alla se regarder dans la glace, s'essuya, mais ne vit aucune trace de rouge à lèvres. Il se retourna.

« Ne faites pas de choses aussi stupides », dit-il, fronçant toujours les sourcils.

Colette haussa les épaules. « Vous me plaisez », d'une voix à peine perceptible, une voix de souris.

Chester revint, ajustant son nœud de cravate.

Il se regarda dans la glace. « Asseyez-vous, Rydal. On dirait que vous avez besoin qu'on vous remplisse votre verre, non ? »

Ils décidèrent d'aller dîner à l'endroit où ils avaient passé une grande partie de la nuit précédente, au grand restaurant-boîte de nuit au bord de la mer. Ce fut Colette qui suggéra cet endroit. Rydal se dit qu'elle avait probablement envie de danser.

Le garçon leur conseilla le *chich-kebab* et ils en prirent tous. Ils commandèrent du vin, encore de l'ouzo et du scotch pour Chester. Chester dansa avec Colette sur la petite piste, toujours aussi éloignée, où tournoyaient de solides filles en blouses paysannes décolletées et des garçons en complets sombres qui avaient l'air sous-alimentés. Puis Rydal dansa avec Colette, acceptant qu'elle le tienne serré à la nuque, hors du champ de vision de Chester, éprouvant finalement du plaisir à cette étreinte et se disant que demain, demain soir à la même heure, il serait de nouveau libre, libre de ses faits et gestes. Dans une grande ville comme Athènes, il pourrait disparaître tout de suite, rejoindre ses amis dans les *tavernas*, retourner dans son ancienne chambre de l'hôtel Melchior Condylis s'il le voulait. Le vieux Condylis avait brusquement pour Rydal tous les charmes du foyer.

« Est-ce que je vous verrai à Athènes ? lui souffla Colette à l'oreille.

— Oh !... je pense rentrer aux Etats-Unis d'ici quelques jours. »

Silence.

Rydal chercha des yeux le complet gris de Chester, puis s'arrêta de danser. « Venez. Retournons là-bas.

— Qu'est-ce qui se passe ?

— Quelqu'un est en train de parler à Chester. »

Il y avait deux hommes qui lui parlaient, en fait, et, de loin, Rydal voyait que Chester était agité. « Avancez lentement. Ayez l'air calme. » Rydal lui-même ralentit le pas.

L'un des hommes était en manches de chemise, il avait une trentaine d'années et semblait avoir un peu trop bu ; l'autre était plus grand, plutôt blond, avait la lèvre inférieure pendante et il était mieux vêtu et moins ivre. Voyant approcher Rydal et Colette, Chester réussit à les accueillir avec un petit rire.

« Je ne sais pas ce qu'ils me racontent, dit-il. C'est du grec. Vous comprendrez peut-être.

— Qu'est-ce que vous vouliez lui dire ? » leur demanda Rydal aimablement. Il s'assit et Colette aussi.

« Cet homme, dit le plus ivre des deux hommes tendant le doigt. Il ressemble à ce Mac-Far-land. (Il accentuait également chaque syllabe.) Mon ami pense comme moi. Alors nous lui avons demandé son nom.

— Je vous présente Bill », dit Rydal en souriant ; il tapa sur l'épaule de Chester, faisant semblant d'être un peu parti, lui aussi. « Bill Chamberlain. Sa femme Mary Ellen. Et vous, vous vous appelez comment ? »

Les deux étrangers se regardèrent. Puis le plus ivre des deux regarda Colette et dit à son ami : « Elle est blonde en plus.

— Rousse », dit l'homme à la lèvre inférieure pendante.

L'autre haussa les épaules. Ses grosses mains étaient plaquées sur la table.

« Quel est votre problème ? demanda Rydal.

— Comment se fait-il que vous parliez grec ? Vous avez l'air américain », dit celui qui avait les mains sur la table.

Rydal était content qu'ils changent de cible. « Je

suis ici depuis quelques mois. Je suis étudiant.

— Vous étudiez ici ? En Crète ?

— Il se trouve que je suis en Crète pour le moment. Du moins je le crois. »

Les deux étrangers chuchotèrent entre eux et Rydal n'entendit pas ce qu'ils disaient à cause du bruit des voix et de la musique tout autour. Puis le plus grand dit : « Demande-lui, demande-lui.

— Vous avez des papiers, monsieur ? demanda l'homme en manches de chemise à Chester.

— Il veut voir vos papiers », dit Rydal à Chester, en souriant avec indulgence, comme s'il voulait inciter Chester à se plier au caprice des intrus. « Vous avez votre passeport ? Puisqu'ils insistent, laissez-les y jeter un coup d'œil. »

Avec un regard ennuyé dans la direction des deux hommes, Chester tira son passeport de sa poche intérieure, l'ouvrit à la page de la photographie et le tendit aux deux hommes pour qu'ils voient. Le type blond avança la main pour le prendre, mais Chester le lui retira aussitôt. « Voilà mon nom », dit-il, en lui montrant la page précédente, où il y avait WILLIAM JAMES CHAMBERLAIN écrit en grand. Chester eut un petit rire de triomphe.

L'homme en manches de chemise acquiesça. « *O.K.* » Il fit un petit salut de la main, mi-bonjour, mi-au revoir et s'éloigna.

Son compagnon s'éloigna aussi. « Faites attention. Vous avez l'air d'un tueur », dit-il d'un ton facétieux.

Chester, qui n'avait évidemment pas compris un mot, fit quand même : « Ha ! » Puis il fixa la table du regard, courba les épaules, comme s'il voulait se recroqueviller jusqu'à devenir invisible. Il y avait des gouttes de sueur sur son front.

Chester regarda Rydal à la dérobée.

« Que croyez-vous qu'il se serait passé si vous n'aviez pas été là, si vous n'aviez pas été là pour leur parler en grec ?

— C'est absurde, dit Rydal. Il ne serait rien arrivé de plus. Vous saviez bien qu'ils vous demandaient votre nom, n'est-ce pas ? Vous leur auriez montré votre passeport. »

Chester acquiesça. « Je commence à croire que vous aviez peut-être raison tout à l'heure, murmura Chester à Rydal. Il faudrait aller dans une ville plus petite. Juste pour quelques jours, je pense. Jusqu'à ce que... ma barbe pousse et que je ne risque plus que... que les gens m'abordent dans la rue comme ça. » Il fit un geste dans la direction des deux hommes.

Rydal soupira, ne sachant par où commencer. Plusieurs idées lui étaient venues à l'esprit. « Vous n'avez pas de vêtements plus anciens que ceux que vous portez, par hasard ?

— Plus anciens ? Pas ici, non, dit Chester.

— Vos vêtements se remarquent en Grèce. Ils font riche, dit-il carrément. Et c'est ce qu'il faut éviter, si possible. Vous aussi. (Il regarda Colette.) Rangez votre étole de vison, par exemple. Ne faites pas cirer vos chaussures, dit-il, regardant Chester. Procurez-vous d'autres boutons de manchette. Faites quelques taches à votre chapeau. » Rydal prit son verre d'ouzo et le vida. Il avait la sensation de jouer un personnage d'un film de second ordre.

« Quelles autres villes y a-t-il en Crète ? demanda Chester. J'ai vu la carte, mais je ne me souviens pas des autres villes.

— Il y a Chania, plus loin à l'ouest. C'est un port de la côte nord, comme Hérakleion. Vous ne pouvez pas aller dans un endroit trop petit. Vous vous feriez terriblement remarquer. »

Ils restèrent dans le restaurant jusqu'à minuit passé. Chester devint plus ivre et il avait le vin inquiet. Il discourait vaguement sur ce qui pourrait se passer et dit à Rydal tout ce qui était « en jeu » dans son affaire aux Etats-Unis.

Rydal dansa avec Colette, juste pour pouvoir échapper aux discours de Chester.

« Qu'est-ce qu'il y a en jeu exactement ? » demanda-t-il à Colette quand ils furent sur la piste de danse, pris dans une valse rapide dont Rydal, qui n'était pas assez bon danseur, ne pouvait couper le tempo en deux.

« Ses actions. Vous savez ce que c'est, dit Colette.

— Je suppose qu'il n'utilise pas le nom de MacFarland aux Etats-Unis.

— Oh ! non. Quand nous sommes partis, son vrai nom était pratiquement au même niveau que n'importe quel pseudonyme, dit Colette et elle regarda Rydal en souriant. Vous voyez, Chester joue le rôle de plusieurs directeurs dans sa société. Je devrais dire : ses sociétés. Par exemple, il signe les chèques *William S. Haight* pour plusieurs sociétés dont il est trésorier.

— Et il touche un salaire au nom de Haight aussi, bien entendu.

— Oh ! deux ou trois salaires, dit Colette en riant. Ce qu'il fait est peut-être un peu illégal, mais tous ses actionnaires touchent des dividendes et, après tout, c'est tout ce qu'ils demandent. »

C'était un gigantesque système de lancement de chèques, se dit Rydal. Chester devait être sans cesse en avance d'un bond sur lui-même. Charles Ponzi y était parvenu longtemps, mais pas tout à fait jusqu'à la fin de sa vie.

« Est-ce que Chester n'a pas des associés qui peuvent continuer pour lui, je veux dire en ce moment, aux Etats-Unis ?

— Pas des associés exactement. Des représentants, plutôt. Il en a quatre ou cinq, bien sûr. Dans ses actions, il y en a de très bonnes.

— Lesquelles ?

— Celles d'Universal Key. C'est une clef magnétique qui ouvre une serrure magnétique. Il faut que ce soit magnétisé à un degré bien précis, vous comprenez... » Elle se tut : elle était lancée, mais, de toute évidence, elle n'en savait pas davantage.

« C'est sur le marché ?

— Les actions ? Non, pas encore.

— Je veux parler de la clef magnétique.

— Non, on est en train de l'inventer. Je veux dire qu'elle est déjà inventée, mais qu'il faut... oh ! je ne sais pas, la *fabriquer*, je suppose.

— Je vois. »

Elle se serra davantage contre lui. « J'aimerais que nous puissions danser comme ça toute la nuit. »

Rydal lui baisa le front. Ils étaient si près l'un de l'autre que, pour l'embrasser, il n'avait qu'à tourner un peu la tête.

« Je vous aime, dit Colette. Ça vous ennuie ?

— Non », dit Rydal et, à ce moment-là, il était sincère. Il ouvrit les yeux et vit Chester à une table, à trois mètres à peine d'eux, et il en fut si saisi qu'il sursauta et s'écarta un peu de Colette.

« Qu'est-ce qui se passe ? demanda-t-elle en le regardant.

— Chester... Chester nous observe. Il s'est mis à une table plus rapprochée. »

Colette le vit à son tour, lui sourit et lui fit un petit signe de sa main droite... dont les doigts étaient toujours enfermés dans ceux de Rydal.

« Il a l'air furieux, non ? Il a eu une dure nuit.

— Bon, asseyons-nous et puis vous danserez avec lui, pour changer. »

Chester avait apporté son verre avec lui, ou s'en était fait servir un autre. Il était jaloux, c'était évident, et furieux. Mais il se força à sourire et dit avec un détachement feint : « J'ai préféré me déplacer. Ces deux types là-bas continuaient à me regarder.

— Oh ! dit Rydal s'asseyant après Colette. Vous avez peut-être envie de partir. Bientôt. Il est presque une heure.

— Non. J'avais envie de danser avec ma femme », dit Chester, se levant. Son visage semblait deux fois plus rouge, tout à coup. Il tendit la main à Colette d'une manière qui ne souffrait pas de refus. Ils partirent ensemble vers la piste de danse.

Rydal sourit en songeant à sa brusque émotion, sa peur et son sentiment de culpabilité, quand il avait vu Chester le regarder sur la piste de danse. C'est Coleltte qui aurait dû se sentir coupable, mais elle était restée absolument calme. Rydal alluma une cigarette d'un air détaché et fit semblant de regarder tous les danseurs mais, en réalité, ses yeux revenaient sans cesse à Chester et Colette. Chester lui parlait avec force et Rydal imaginait ce qu'il lui disait. Ce n'était probablement pas la première fois qu'une pareille chose arrivait.

Ils quittèrent les lieux à une heure trente-cinq et prirent un taxi pour rentrer à l'hôtel. Chester ne tenait pas très bien sur ses jambes.

« Oh !... euh... Rydal. Ça ne vous ennuie pas que j'entre vous dire un mot ? demanda Chester au moment où ils se quittaient dans le couloir.

— Pas du tout », dit Rydal, mais cette phrase de Chester, et même son ton, lui rappelaient tellement son père que le sang de Rydal s'était glacé un instant. C'était la phrase qu'il avait utilisée quand il lui avait parlé d'Agnès, qu'il lui avait fait ce discours qui n'avait été dépassé en violence que par celui qu'il avait adressé au juge pour recommander la maison de correction pour lui. *J'aimerais te dire un mot dans mon bureau.* C'était vraiment drôle, se dit Rydal. Il allait être puni pour Agnès une seconde fois.

Ils entrèrent dans la chambre de Rydal et fermèrent la porte.

Chester semblait avoir du mal à commencer. Il refusa de s'asseoir. Il gardait les yeux fixés au sol et il se balançait légèrement.

« Hm-m. Je... je suppose que vous savez ce que je vais dire », commença-t-il, toujours sans regarder Rydal.

Rydal avait suspendu son pardessus. Il s'assit sur une chaise et regarda Chester attentivement.

Chester leva alors ses yeux rosâtres et le regarda. « Je vais avoir besoin de vous... quand j'arriverai dans cette petite ville. Oh ! non, attendez une minute », fit-il, interrompant Rydal qui allait protester. « Vous connaissez la langue, vous connaissez leurs habitudes, ça facilitera les choses. Et ce sera plus sûr. Je suis prêt à vous payer d'ailleurs. Je veux vous payer, en fait.

— Mais je n'ai pas besoin de l'argent. Et j'avoue... que je ne suis pas très à l'aise dans ce rôle.

— Qui l'est ? Je sais bien que vous n'êtes pas à l'aise. C'est pour ça que je veux que vous y trouviez votre intérêt. Vous me serez utile... » Il s'interrompit, perdu, comme si l'image de Colette et l'irritation qu'il éprouvait à voir Rydal attiré par elle lui étaient brusquement revenues à l'esprit, effaçant ce qu'il était sur le point de dire. « Je me sentirai... plus à l'aise, poursuivit Chester d'un ton solennel. Je parle pour moi et je sais. Si quelqu'un dit quelque chose de moi, juste derrière mon dos, je veux savoir ce que c'est. Les nouvelles en anglais arrivent ici avec un jour de retard et c'est dangereux. Je suis disposé à vous donner cinq mille dollars si vous restez avec nous... disons : trois jours. Au moins jusqu'à ce que ma barbe ait poussé davantage. Qu'en dites-vous ? Vous avez été... vous avez été très bien jusqu'à maintenant... »

Jusqu'à ce soir ? pensa Rydal. Il se pencha en avant, pressant ses paumes l'une contre l'autre. « Vous pouvez, pour moins de cinq mille dollars, vous procurer une barbe artificielle en attendant que la vôtre pousse, dit-il.

— Oh ! vous savez qu'il ne s'agit pas que de ça, dit Chester, d'une voix basse et passionnée. Dites votre prix. »

Son émotion n'était pas uniquement de la peur, se dit Rydal. Il était blessé dans son orgueil d'avoir à le prier de rester, alors qu'il était assez furieux pour lui casser la figure ce soir. Cinq mille dollars. Pour trois jours. Pour risquer d'être lui-même condamné pour complicité si un policier les arrêtait à Chania. Cinq mille dollars, ce serait un bon petit pécule à avoir à la banque quand il reviendrait aux Etats-Unis. Ou bien alors faiblissait-il parce qu'il voulait rester là où était Colette ?

« Alors ?

— Cinq mille, ça suffit largement », dit Rydal. Il voyait bien que Chester se rendait compte qu'il faiblissait. Il devait savoir déceler ce genre de signes chez les autres.

« Alors, marché conclu ? Nous partons demain matin ? »

Rydal acquiesça. « D'accord. Marché conclu. » Il se leva, évitant le regard de Chester.

Chester alla vers la porte, se retourna et Rydal l'entendit pousser un profond soupir. « Je crois qu'il est temps d'aller se coucher. »

Ils se dirent bonne nuit.

Rydal se rendit compte qu'ils n'avaient même pas prononcé le nom de Colette. Allons, tout s'était passé plus agréablement que dans le bureau de son père, dix ans plus tôt.

VIII

MALGRÉ tout ce qu'il avait bu, Chester dormit mal cette nuit-là. Il s'était endormi presque dès que sa tête avait touché l'oreiller, mais une heure plus tard — il voyait l'heure sur le cadran lumineux de la montre de voyage de Colette — il s'était réveillé le cœur battant, déjà envahi par la sensation nauséeuse de la gueule de bois. Il se souvint s'être juré dans la soirée, quand il regardait danser Rydal et Colette — *danser ?* — qu'il lui ferait l'amour quand ils rentreraient à l'hôtel, mais il n'en avait pas eu envie et il n'avait même pas commencé. Chester maudit son sort. Etre lié à un Rydal Keener, c'est-à-dire un type qui avait juste l'âge et le genre que Colette aimait, dépendre de lui, être obligé de lui demander de rester là et ne pas pouvoir le lâcher !

Chester serra les dents. Trois jours. Demain ou le jour suivant, Rydal porterait probablement quelque chose que Colette lui avait choisi et acheté, une chemise neuve, un pull-over, une cravate. Elle aimait acheter des choses pour les hommes qui lui plaisaient. Ce Hank Meyers qui traînait derrière eux avec Jesse, pendant un temps, à New York. Elle lui avait acheté une montre-bracelet. Chester avait ordonné à Jesse de se débarrasser de Hank et il avait obéi. Hank était beau gosse, il avait à peu près vingt-cinq ans, lui aussi. Mais Colette n'avait pas couché avec lui, Chester en était certain. Il avait eu une scène terrible avec Colette à propos de Hank, il l'avait secouée comme un prunier et elle avait eu trop peur pour lui dire autre chose que la vérité, et elle avait dit qu'elle n'avait pas couché avec lui. Colette avait pleuré toute une journée après cette semonce et elle avait eu des bleus sur les bras pendant quinze jours aux endroits où Chester la tenait, mais il trouvait que ce n'était pas un mal. Une femme aimait qu'un homme s'inquiète de ce qu'elle faisait, qu'il lui flanque la rossée de sa vie si elle s'écartait du droit chemin. Oui, les femmes aimaient ça et ça leur faisait du bien, et cela faisait du bien aux hommes aussi. C'était la philosophie de Chester.

Brusquement, Chester sentit que Colette l'embrassait sur le front, qu'elle le réveillait. Elle était debout en peignoir près de son lit. Il y avait du soleil dans la pièce, et, sur le lit de Colette, un grand plateau était posé avec deux petits déjeuners.

« Je t'ai commandé deux œufs mollets, ce matin, dit Colette en souriant. J'ai pensé que tu en avais besoin. Va te laver les dents et reviens vite.

— Parfait. Tu as eu raison. » Chester se leva et alla pieds nus dans la salle de bain.

Après le petit déjeuner, Chester appela la chambre de Rydal. Il était huit heures trente-cinq. Rydal s'était déjà renseigné pour les cars et il y en avait un qui partait vers l'ouest à dix heures et demie.

« Passez donc ici une minute », dit Chester.

Rydal dit qu'il allait venir.

Quelques secondes plus tard, on frappa à la porte.

Colette était en train de s'habiller dans la salle de bain.

Rydal avait les journaux mais dit qu'il n'y avait rien du tout dedans ce matin.

Chester sourit. C'était déjà quelque chose.

« Pas de nouvelles, bonnes nouvelles.

— Je crois qu'il faut que je parte le premier, dit Rydal. Mes bagages sont faits, alors je vais partir d'ici quelques minutes, et je vous retrouverai à la gare routière. Vous remontez la rue et c'est sur une place à gauche, pas loin du restaurant près de la fontaine. Vous n'aurez qu'à demander à l'hôtel où partent les cars pour Cnossos, je sais que c'est sur la même place. J'en ai parlé à quelqu'un dans la rue ce matin.

— Parfait.

— Dites à votre femme de s'habiller simplement... si possible », dit Rydal, et il sortit.

Chester et Colette quittèrent l'hôtel à dix heures, en taxi. La place était une sorte de terrain où l'herbe ne poussait pas, entouré de quelques bancs sur lesquels des gens attendaient, assis, avec des paquets, des sacs à dos et des valises en carton. Les deux ou trois cars garés là n'avaient pas de plaque indiquant leur direction. Chester vit Rydal à quelques mètres de là, un journal à la main ; Rydal désigna le car le plus proche de lui puis s'approcha et aida Chester à porter les bagages. Ils avaient déjà congédié le chauffeur de taxi. Le chauffeur du car se montra très aimable et chargea leurs bagages en haut du car.

Des gens arrivèrent et montèrent dans le car jusqu'à la dernière minute, c'est-à-dire juste après onze heures. Ils partirent en cahotant, Chester et Colette assis au milieu de la voiture, Rydal dans le fond dans une rangée de cinq ou six hommes installés avec des paquets sur les genoux ou entre les pieds.

Le car avança avec force cahots sur des étendues de mauvaise route, puis fila à une allure terrifiante, s'arrêtant de temps en temps pour laisser descendre des gens dans des endroits où on ne voyait âme qui vive. Le soleil se montra et disparut, changeant le bleu du ciel en clair, puis sombre, puis clair de nouveau. De grands fermiers chaussés de bottes, avec des sacs à dos brodés sur les épaules, s'arrêtaient au bord de la route pour regarder le car et, de temps en temps, le saluaient de la main. Chester tenait la main de Colette. Elle regardait par la vitre, s'intéressant vivement au paysage, faisant des remarques à propos d'un sommet couvert de neige qu'on voyait à l'horizon et d'une bande de chevreaux qui trottaient derrière un fermier, attachés à une corde. Chester ne lui avait pas dit qu'il avait offert cinq mille dollars à Rydal pour qu'il reste trois jours de plus avec eux. Il se dit que c'était un peu curieux que Colette ne lui eût pas demandé combien de temps Rydal allait être avec eux. Elle devait trouver tout naturel de voir Rydal rester, parce qu'il lui plaisait et parce qu'elle lui avait probablement demandé de rester. Chester avait l'intention de lui parler de leur arrangement dès qu'ils auraient un moment de tête-à-tête, et il regrettait de ne pas l'avoir fait ce matin, quand ils prenaient leur petit déjeuner. Si Colette savait que Rydal était payé pour le faire, elle ne jouerait pas avec l'idée qu'il restait uniquement pour elle. D'ici dimanche, la tâche de Rydal serait achevée et lundi, ou même dimanche soir, il pourrait disparaître. Le ronron du car commença à donner sommeil à Chester mais, quand il ferma les yeux, il revit en esprit le baiser qu'il avait surpris la veille au soir entre Colette et Rydal pendant qu'ils dansaient. Les lèvres de Rydal sur le front de Colette, ses yeux fermés... et son regard brusquement apeuré quand il avait ouvert les yeux et vu que Chester les regardait. Et puis plus tard, dans la chambre de Rydal, quand il lui avait dit : « Je suppose que vous savez ce que je vais dire... » Oui, Rydal avait été sur le point de lui dire quelques mots bien sonnés, peut-être tout simplement : « Fichez-moi le camp d'ici ! » et puis Chester lui avait offert de l'argent pour qu'il reste. Chester recroisa les jambes nerveusement et alluma une cigarette. Il regrettait de ne pas s'être donné la peine de mettre un mot, ou plutôt d'envoyer un câble à Jesse, à New York, pour lui demander d'écrire ou de récrire les dernières nouvelles à William J. Chamberlain, aux bons soins de l'American Express, à Athènes. Mais il ne l'avait pas fait.

Ils arrivèrent dans une ville du nom de Réthymnon, où le car s'arrêtait un quart d'heure. Il y avait des marchands ambulants de fruits et de rafraîchissements. Presque tous les voyageurs qui continuaient descendirent pour se dégourdir les jambes. Rydal était descendu avant Colette et Chester achetait quelque chose à un marchand.

« Tu veux du café ? » demanda Chester, mais il se rendit compte qu'elle regardait Rydal, non pas avec attention mais tout de même de manière à être plus consciente de Rydal que de lui.

« Oui, merci. S'il est chaud. »

Chester alla en acheter deux gobelets. Rydal se tenait près de l'étalage avec son gobelet et un petit pain avec une saucisse dedans.

Colette vint les rejoindre. « C'est six heures que dure le voyage ? » leur demanda-t-elle.

Chester avait estimé que cela faisait six heures à Hérakleion.

« Nous devrions être à Chania peu après trois heures, lui dit Rydal. C'est à deux cents kilomètres d'Hérakleion, à peu de chose près. »

Chester n'avait pas d'appétit pour son petit pain. Il désigna de la tête le journal que Rydal tenait sous le bras : « Vous êtes sûr qu'il n'y a pas de nouvelles ce matin ? dit-il d'une voix calme.

— J'ai regardé tout le journal deux fois dans ma chambre », dit Rydal.

Chester remarqua que Rydal ne regardait pas du tout Colette. Il faisait comme si elle n'existait pas. Ce qui ne plaisait pas particulièrement à Chester non plus.

Chania, où ils arrivèrent à trois heures et demie, avait une place peuplée d'hommes oisifs, avec une statue commémorant on ne savait quoi, au centre, et des boutiques diverses et des restaurants tout autour. La ville avait cet air stagnant et de cinquante-ans-de-retard que Chester avait vu à certaines villes des Etats-Unis et qui lui faisait toujours se demander comment les habitants pouvaient gagner leur vie. Chania avait, du même coup, l'air un peu triste. C'était loin d'être aussi grand que Chester s'y attendait. A la vue de leurs bagages, des chasseurs en uniformes plus miteux que ceux d'Hérakleion s'approchèrent d'eux et se mirent à faire la publicité de leurs hôtels. Rydal leur dit quelque chose. Les deux chasseurs se mirent à crier, chacun prétendant de toute évidence que c'était son hôtel qui avait l'eau la plus chaude ou le meilleur chauffage.

« Eau... *chaud* », dit l'un d'eux à Chester en se désignant lui-même du doigt.

Chester laissa faire Rydal. Rydal choisit l'autre chasseur, mais tous deux commencèrent à prendre leurs bagages.

« J'ai offert vingt drachmes à l'autre pour qu'il nous aide à porter les bagages, dit Rydal à Chester. Il dit que l'hôtel est juste après le coin. »

C'était l'hôtel Nikè, situé dans une rue jonchée de papiers et à peine assez large pour laisser passer deux voitures. La rue et les maisons étaient couleur de tan clair, couleur que Chester associait également avec Athènes, mais ici on avait le sentiment que c'était le vent qui, en soufflant de la poussière et du sable sur les pierres des maisons, leur avait donné cette couleur. Rydal s'adressa à l'homme aimable et moustachu qui tenait la réception et l'autre essaya d'abord de lui parler en anglais, mais passa très vite au grec.

« En tout cas, c'est bon marché, dit Rydal en revenant vers eux. J'ai demandé une belle chambre avec salle de bain pour vous, alors nous allons voir. Vous pouvez lui donner vos passeports et signer. »

Chester donna son passeport et celui de Colette à l'employé, puis signa W. J. Chamberlain. Il aurait voulu signer vite et avec détachement, mais il n'y arrivait pas encore, pas de manière que sa signature ressemble à celle du passeport. Il trouvait que Colette se débrouillait mieux avec son Mary Ellen Chamberlain : elle s'était exercée plusieurs fois à l'hôtel Astir. L'employé copia les numéros de leurs passeports à côté de leurs noms. Puis il les rendit à Chester qui les mit dans sa poche de poitrine.

La chambre de Chester et de Colette était tellement nue que c'en était drôle. Un grand lit, une table, une chaise et c'était tout. Pas de corbeille à papier et un seul cendrier minuscule. Il y faisait froid en plus. Le chasseur alla vers le radiateur, tourna la manette d'un air triomphant, leur dit quelque chose, puis attendit son pourboire. Chester le lui donna.

« C'est très amusant, dit Colette. C'est à peu près comme si nous campions.

— Hm-m. Tu veux faire ta toilette la première ? »

Colette acquiesça.

Chester tâta le radiateur qui, pour le moment, ne semblait pas perdre de sa froideur. Il l'imagina restant froid ce soir encore et Colette demeurant debout toute la nuit à danser quelque part avec Rydal au lieu d'essayer de dormir. Chester ne cessait de s'étonner de l'énergie de Colette : elle pouvait patiner tout l'après-midi à Radio City ou faire du cheval à Central Park et puis danser à une réception jusqu'à l'aube, par exemple. C'était l'énergie de la jeunesse, bien sûr. Il ne pouvait suivre le rythme, tout simplement. Ses jambes le lâchaient. Enfin, on n'en était pas encore là et si la chambre ne se réchauffait pas d'ici quelques heures, il changerait de chambre, ou d'hôtel.

« Je serai dans la chambre de Rydal », dit Colette, sortant de la salle de bain et se mettant de la lotion sur les mains.

Ils devaient sortir tous les trois pour un déjeuner tardif d'ici quelques minutes. Chester se contenta d'acquiescer. Il se lava, prit un scotch, tira un complet de sa valise et l'accrocha, puis sortit dans le couloir et se rendit à la chambre 18, dont Rydal avait dit que c'était la sienne. La porte était entrouverte, mais Chester prit la précaution de frapper, tenant le bouton pour que la porte ne s'ouvre pas toute grande. Il entendait les voix de Colette et de Rydal et Colette riait.

« Entrez, lui cria Rydal. Nous sommes en train de comparer nos chambres. Que dites-vous de cette baignoire ? » Il désigna la salle de bain de la tête.

Chester entra regarder. Le réservoir d'eau chaude avançait sur la moitié avant de la baignoire, laissant à peine la place de s'asseoir. Chester revint en souriant. « Et votre chauffage, il marche comment ?

— Ça vient, je crois », dit Rydal. Il mit sa veste.

Chester s'approcha du radiateur de Rydal et posa la main dessus. Il était nettement en train de chauffer. La valise de Rydal était posée, ouverte, sur une chaise. La doublure en était usée et se décollait à un des coins du haut. Chester vit un pull-over, une chemise, un pyjama roulé avec une paire de chaussures dedans.

Ils déjeunèrent dans un des restaurants de la place, au sol carrelé. Des régimes de bananes étaient pendus au plafond au bout de chaînes noires, avec de gros crochets noirs qui passaient dans les tiges. Les portions de riz et d'agneau étaient petites mais convenables, le vin rouge buvable et Chester se sentit beaucoup mieux après le repas.

« Qu'est-ce qu'il y a à faire dans cette ville ? demanda Colette.

— Je ne sais vraiment pas, dit Rydal. Mais c'est un port. On pourrait aller regarder le bord de l'eau.

— Il faut que j'achète des bas, dit Colette. J'en ai laissé deux paires à sécher sur la porte des cabinets à Hérakleion. J'aimerais en trouver avant que les boutiques ne ferment, cet après-midi. »

Ils allèrent dans la direction de la mer que l'on voyait au bout de la rue depuis la place. La ville ne semblait rien avoir à offrir sur le chapitre de la beauté. Les boutiques étaient petites et minables, il n'y avait pas de musée ou de bâtiment public en vue. Le port était une longue courbe avec un large wharf qui s'avançait dans l'eau. Les seuls bateaux visibles dans le port étaient deux vieux bateaux-citernes.

Au bout d'une douzaine de minutes, ils revinrent vers le centre de la ville pour chercher une boutique où l'on vendait des bas. Rydal désigna à Colette une sorte de taverne avec une affiche devant montrant une femme rondelette en blouse paysanne, la bouche ouverte, en train de chanter.

« Je suppose que c'est la grande boîte de la ville,

dit Rydal. Ils disent qu'on y danse tous les soirs. »

Colette se pencha pour regarder l'escalier étroit qui descendait jusqu'à une porte rouge. « C'est excitant. Si on essayait ce soir ? » Elle regarda Chester.

Chester vit, ou crut voir une provocation dans ce regard : viens ou ne viens pas, moi j'y vais. Mais Colette détourna les yeux et il n'en fut plus certain. Chester trouvait que l'endroit avait l'air minable et il ne s'intéressait pas particulièrement aux danses à moitié paysannes. Mais il irait, bien sûr. Il le prévoyait.

Ce fut Rydal qui repéra une boutique où l'on vendait des bas, de l'autre côté de la rue, Rydal qui négocia pour Colette et lui procura la bonne taille.

« Comment dit-on *bas* en grec ? » lui demanda Chester et Rydal le lui dit. Mais, une minute plus tard, le mot était sorti de la tête de Chester.

Puis ils retournèrent à l'hôtel se reposer avant que la soirée commence. Rydal devait leur passer un coup de fil vers sept heures et il dit qu'à cette heure-là il aurait acheté tous les journaux du soir qu'il pourrait trouver. Chester s'allongea à côté de Colette qui lisait en peignoir sur le lit. Elle lisait l'un des romans en livre de poche qu'ils avaient achetés à Athènes. Chester lui passa un bras autour de la taille, mais elle se dégagea vite et se leva.

« Je suis navré que tu n'aimes pas les barbes, chérie, dit Chester, mais, pour le moment, je ne peux rien y faire. Il n'y en a pas pour longtemps.

— Ce n'est pas à cause de ta barbe, dit Colette, le dos tourné. J'allais me faire les ongles. » Elle se retourna avec son vernis à ongles à la main.

Elle revint s'asseoir sur le lit, appuyée contre un oreiller et Chester s'endormit pendant qu'elle mettait son vernis. Quand il se réveilla, la montre de chevet de Colette indiquait sept heures moins dix et il pensa aussitôt au coup de fil que Rydal avait promis de leur passer. Il se dit que si Rydal avait trouvé quelque chose d'important dans le journal — s'il avait lu, par exemple, qu'on croyait que Chester MacFarland avait quitté Hérakleion ce matin, — il aurait déjà appelé. Puis une pensée, ou plutôt une question inquiétante, lui traversa l'esprit : quelle espèce de jeune homme aiderait un homme qu'il savait recherché par la police, un homme qui, il le savait, avait tué quelqu'un, même par accident, et se ferait son complice ? La réponse était : un bandit, évidemment, un jeune homme qui comptait faire du chantage lentement, sûrement et longtemps. Chester y avait déjà pensé mais maintenant, après ce somme qu'il venait de faire, l'idée le frappait avec une force nouvelle. Le pire était encore à venir. Chester frissonna.

« Tu as froid, chéri ? (Colette lisait à côté de lui.)

— Oui, il ne fait pas chaud ici.

— Le radiateur se réchauffe, je viens de le tâter. »

Chester se leva et se versa un scotch. Il vit Colette le regarder parce qu'il buvait, mais elle ne dit rien. Enfin, il était coincé avec Rydal Keener pour quelques jours. Il se dit qu'il allait lui poser un certain nombre de questions sur lui-même, ses études, ses ambitions, s'il en avait, et qu'il pourrait apprendre beaucoup de choses d'après ses réponses.

Le téléphone sonna.

Rydal dit qu'il n'y avait rien dans le journal local de Chania. « J'ai pensé que votre femme et vous aimeriez dîner tout seuls ce soir », dit-il.

Mais Chester s'était mis dans la tête de le questionner un peu.

« Pas particulièrement, à moins que vous n'ayez envie d'être seul vous-même, dit Chester.

— Il ne vient pas avec nous ? demanda Colette, tendant la main vers le téléphone. Laisse-moi lui parler. »

Le front sombre, sans dire un mot à Rydal, Chester passa l'appareil à Colette.

« Bonjour, Rydal. Qu'est-ce que c'est que cette histoire de vouloir être seul ?... Bien sûr que non, ne soyez pas stupide... Pas d'histoire, frappez à la porte vers huit heures et venez prendre un scotch... Oh ! ça m'a l'air intéressant. Bien, je vais le dire à Chester... *O.K.*, à tout de suite. » Elle raccrocha et dit : « Rydal dit qu'ils servent à dîner dans cette boîte que nous avons vue ; alors, si on y mangeait ? »

Ainsi que Chester l'avait prévu, à minuit Rydal et Colette dansaient, lui-même commençait à se sentir fatigué et il n'avait pas découvert grand-chose de plus sur Rydal Keener. Le jeune homme lui dit qu'il avait été à Yale où il avait été diplômé en droit, puis avait fait son service militaire. Les deux années qu'il avait passées en Europe étaient un cadeau de sa grand-mère qui lui avait laissé dix mille dollars en mourant. Chester le crut pour la grand-mère, mais pas tellement pour le diplôme de droit ou Yale. Chester ne gardait qu'un souvenir vague de l'université de Yale, à New Haven, où il était allé une fois. Il avait passé deux ans à Harvard. Chester n'avait pas de questions à poser à Rydal qui lui auraient prouvé s'il était allé à Yale ou pas. De toute manière, Rydal Keener n'avait jamais travaillé et ça, c'était mauvais signe. Lorsque Colette et Rydal revinrent à la table, Chester dit :

« Si on s'en allait ? On a eu une dure journée.

— Oh ! chéri ! Il y a un autre spectacle à minuit

et demi. Avec des numéros différents. Tu ne peux pas attendre jusque-là ? » Elle s'assit.

Chester s'assit, sachant qu'il attendrait jusque-là.

Il se mit à ruminer tristement devant son verre. Il songea aux lettres qui l'attendaient à Athènes. Il devait sûrement y avoir des lettres. Il devait avoir des rapports de son homme à Dallas, qui était également comptable, sur la situation actuelle d'Unimex. Est-ce qu'on enquêtait sur la société ? Et puis il y avait Jesse, à New York, Jesse qui connaissait son vrai nom, Chester MacFarland. Jesse avait pu lire la nouvelle dans les journaux, si elle y était. Jesse pouvait se paniquer, s'il ne recevait pas de réponse à une lettre qu'il avait envoyée à Athènes. Que disaient de lui les journaux de New York ? C'était cela qui importait. A Hérakleion, on ne trouvait même pas l'édition de Paris du *Herald Tribune*.

Rydal et lui se partagèrent l'addition et le pourboire, Rydal disant que cent drachmes seraient bien et Chester en ajoutant cinquante d'un air détaché pour son propre compte. Ils retournèrent à l'hôtel Nikè, dérangèrent un chasseur assoupi qui les fit monter dans l'ascenseur, et dirent bonne nuit à Rydal dans le couloir.

« Bonne nuit. Faites de beaux rêves », dit Rydal avec un petit salut de la main en s'éloignant.

Chester trouva son sourire effronté.

Dans la chambre, Chester enleva sa veste et prit un verre d'eau au robinet. Il aurait préféré se verser un verre de scotch, mais il se dit qu'avec l'eau il ferait meilleure impression à Colette quand il lui parlerait.

« Tu ne t'es pas beaucoup amusé, hein, chéri ? demanda-t-elle en accrochant la robe bleue qu'elle venait d'enlever.

— Je ne trouve pas qu'il soit très sage de ta

part de te lier à ce point avec un maître chanteur. » Elle tourna vers lui ses yeux innocents couleur de lavande.

« Un maître chanteur en puissance. » Il s'approcha d'elle et lui parla doucement, comme si Rydal écoutait à la porte, se disant tout à coup que ce n'était d'ailleurs pas impossible. « Hier soir, à Hérakleion, je lui ai offert cinq mille dollars pour qu'il reste trois jours avec nous. » Chester buvait son eau à petites gorgées et ne quittait pas Colette des yeux.

« J'aime autant te dire qu'il a accepté.

— En tout cas, il ne semble pas qu'il te les ait demandés. » Elle accrocha sa robe et se dirigea vers la salle de bain. « C'est toi qui les lui as offerts. »

Chester fut momentanément distrait par sa culotte noire et son dos nu traversé par la bretelle noire du soutien-gorge. « Je ne peux pas te parler si tu vas dans la salle de bain, dit-il avec agacement, mais sans élever la voix.

— Je vais seulement prendre mon peignoir. Mais enfin, qu'est-ce que tu as à t'exciter comme ça ? » Elle revint, nouant la ceinture de son peignoir.

« Simplement ceci. Je ne sais pas ce que tu lui racontes, mais... il en sait déjà assez comme ça. Après dimanche soir, il s'en ira. Après dimanche soir... je me sentirai un peu plus tranquille. Je me sentirai tout à fait tranquille quand je ne le verrai plus. » Il fit un signe de tête dans la direction de la chambre de Rydal.

Colette ne dit rien, se contenta de hausser les sourcils. Elle s'assit au bord du lit, prit une lime à ongles sur la table de nuit et se mit à se limer un ongle, attendant que Chester continue.

« De toute évidence, il devient très copain avec toi. Ça ne me plaît pas et je veux que tu fasses attention à ce que tu lui dis. Tu me comprends, Colette, n'est-ce pas ?

— Hm-m, dit-elle d'un ton froid. Mais je ne comprends pas pourquoi ça te met dans cet état. (Elle avait les yeux fixés sur l'ongle qu'elle était en train de limer.)

— C'est très simple, dit Chester, se rapprochant d'elle. Je ne suis pas certain de pouvoir me débarrasser de lui dimanche soir. S'il choisit de rester, de demander plus d'argent, que veux-tu que je...

— Pour le moment, il ne t'en a pas demandé *du tout.*

— Pourquoi le défends-tu ? Il tire déjà avantage de la situation en te pelotant tous les soirs !

— Me peloter ! Chester, ne sois pas stupide ! »

Chester grogna, alla prendre sa bouteille de scotch et s'en versa un peu dans son verre où il restait de l'eau.

« Ce que je voudrais savoir, pour comprendre où j'en suis, c'est ce que tu lui as déjà dit.

— A quel propos ?

— A propos de mes affaires. A propos de nous. A propos de n'importe quoi.

— Chéri, tu commences à devenir rouge et je trouve que tu as bu assez de scotch. Je ne lui ai rien dit du tout, fit-elle d'un ton affirmatif. Je parie que je lui en ai dit moins que toi après quelques verres. En fait, ce soir, c'est lui qui a parlé presque tout le temps. Il m'a parlé d'une fille dont il était amoureux à quinze ans.

— A quinze ans ? (Chester fronça les sourcils.)

— Oui. Elle avait quinze ans aussi. C'était sa cousine Agnès. Elle était venue passer les vacances de Pâques dans sa famille, ils ont couché ensemble une dizaine de jours, et le père et la mère de Rydal s'en sont aperçus et l'ont mis dehors.

— Hm-m, dit Chester, assez peu intéressé. Ils

l'ont mis dehors ? Ils l'ont renié ? Et c'est comme ça qu'il a fait Yale ?

— Non, ils ne l'ont pas mis dehors tout de suite. Son père lui a fait de violents reproches. Il l'a accusé d'avoir séduit la fille, bien que Rydal lui ai dit que c'était réciproque. Ce qu'il y a, c'est qu'une fois que la famille a tout découvert, la fille est allée voir la mère de Rydal, elle lui a raconté que Rydal l'avait séduite et qu'elle voulait s'éloigner de lui et tout ça, et elle a demandé aux parents de Rydal de l'éloigner d'elle. C'est affreux, non ? Rydal, lui, croyait qu'ils étaient amoureux tous les deux et qu'ils se marieraient dès qu'ils auraient l'âge. Je veux dire que c'est une affreuse trahison pour un garçon de quinze ans, tu ne trouves pas ?

— Je ne sais pas. (Chester alluma une cigarette.)

— Moi je trouve. Ça a presque démoli Rydal. Juste après, il a cambriolé une épicerie, et alors son père lui est vraiment tombé dessus et a réussi à le faire mettre dans une maison de correction.

— Il doit y avoir appris un tas de choses utiles.

— Pourquoi es-tu tellement cynique ? Non, il a trouvé ça affreux. Il y est resté deux ans. Tu imagines, le fils d'un professeur de Harvard ?

— C'est ce qu'il dit qu'il est ?

— Oui, dit Colette avec fermeté. Puis, au bout de deux ans, sa grand-mère l'a aidé à aller à l'université, parce qu'elle croyait toujours en lui, tu comprends, et son père... il dit que son père lui a donné un peu d'argent, mais qu'ils ne se sont jamais vraiment réconciliés. Agnès s'est mariée à dix-sept ans. Avec un type de son pays qui l'avait mise enceinte. A Great Barrington. »

Chester se laissa tomber dans un fauteuil. « On dirait qu'il t'a raconté toute une histoire ce soir. Et tout ça sur cette piste de danse bruyante ?

— Oui, par petits bouts. Rydal me l'a dit en moins de mots que je ne te le raconte, probablement. Mais c'est le *sens* de tout ça que tu n'as pas l'air de comprendre. Qu'un jeune homme... un garçon puisse vivre tout ça et quand même rester un type convenable, je trouve que c'est quelque chose. Qu'il ait quand même fait son droit à Yale, c'est quelque chose, non ? »

Chester voyait que Rydal l'avait complètement conquise. C'était même plus grave qu'il ne croyait, bien qu'assez drôle, dans un sens. « Et comment sais-tu que tout ce qu'il te raconte n'est pas un mensonge ? »

Colette remit la lime à ongles sur la table et regarda Chester droit dans les yeux. « D'après le ton dont il le dit. Dont il l'a dit.

— Hm-m. Moi, ça ne m'a pas l'air vrai, tout ça. Et qu'est-ce qui l'a poussé à te le raconter ?

— Il m'a dit... oh ! tu ne vas pas comprendre, et tu seras furieux, c'est tout. » Elle se leva, lui tourna le dos et se mit à défaire ses bas.

« Hein, qu'est-ce qui l'a poussé ? demanda Chester lentement, les nerfs tendus.

— Il a dit que je lui rappelais Agnès. Pas ma figure, mais quelque chose dans ma personnalité. La façon dont je suis faite.

— Dont tu es faite ? Hm-m. Il est très renseigné là-dessus ? Oui... je suppose. Il te serre de près en dansant, non ? » Chester se leva brusquement ; il avait envie de cogner dans quelque chose, de déchirer quelque chose, n'importe quoi, mais il ne fit qu'envoyer son poing dans le vide. Colette vit son geste.

« Calme-toi, chéri, je t'en prie. Et va te coucher, dit-elle doucement.

— Je ne veux plus que tu danses une danse de plus avec lui, tu m'as compris ? Pas une seule de plus. » Il pointa le doigt vers elle.

Elle le regarda avec un calme parfait. « Je trouve ça absurde. »

En un éclair, Chester vit qu'ils pouvaient le faire chanter tous les deux. Colette suivant Rydal, Rydal ayant à la fois sa femme et son argent. « Ce n'est pas absurde, et j'ai le droit moral de ne pas avoir à... de ne pas avoir à regarder ma femme être tripotée et même embrassée tous les soirs par un gigolo que nous avons eu la malchance de ramasser.

— Que *nous* avons ramassé ? » Elle leva la tête et le foudroya du regard. « Et qu'est-ce qui te permet de parler de droit moral ? Toi qui as tué un homme, dit-elle doucement, en venant vers lui. Tu peux tuer un homme comme ça, tranquillement, et venir, après, me dicter avec qui je dois *danser* ? »

Chester ne l'avait jamais encore entendue lui répondre de cette façon et, un moment, il fut trop stupéfait pour rien dire.

« Alors, il t'a parlé... il t'a beaucoup parlé, n'est-ce pas ?

— Que veux-tu dire ? demanda-t-elle, toujours agressive.

— Il te fait tenir un raisonnement qui n'est pas le tien. Il fait de son mieux, non ?

— Je pense que tu es fou de jalousie. Ou fou, purement et simplement.

— Je sais quand tu cites quelqu'un d'autre et quand tu penses toute seule, fit-il.

— Je ne veux pas qu'un assassin discute de ma moralité, dit Colette. Je n'aime pas être mariée avec un assassin, si tu veux savoir la vérité.

— N'emploie pas ce mot, tu sais très bien que ce type est mort accidentellement.

— Il est quand même mort et c'est horrible.

— Il y a des choses plus horribles !

— Quoi, par exemple ? »

Cette fois, Colette était elle-même et Chester voyait bien qu'elle ne jouait pas les idiotes ou les innocentes ou les soumises, ni les femelles pour qu'il se sente davantage un homme. C'était comme s'il avait eu un autre homme en face de lui. Non, ce n'était pas vrai. Chester avala sa salive avec difficulté.

« Où veux-tu en venir exactement ? demanda-t-il d'une voix rauque.

— Je veux te dire que je n'aime plus recevoir d'ordres de toi. D'ordres comme ça.

— Tu es amoureuse de ce type ? demanda Chester.

— Je ne sais pas.

— Tu ne *sais pas* ? » Chester sentit comme un boulet de canon exploser silencieusement à l'intérieur de lui et le laisser complètement vide. « Qu'est-ce que... qu'est-ce que tu veux dire par-là ? Parce que, si tu es amoureuse de lui, nous partons d'ici immédiatement, tu comprends ? Immédiatement. Ce soir ! » Sa voix devint un grognement.

Il vit qu'il lui avait fait peur et en fut un peu apaisé.

« Je ne suis pas amoureuse de lui, dit-elle d'un ton calme. Et si tu ne baisses pas la voix, on nous mettra à la porte de l'hôtel dès ce soir. »

Il alluma une cigarette et lança l'allumette dans la direction du plateau sur la table de nuit. « Je préfère ça », dit-il.

Elle se retourna, comme si ces mots avaient rallumé sa colère. « Pourquoi ? Je ne t'ai toujours rien promis. Je n'ai toujours pas envie de recevoir d'ordres d'un... » Elle se tut, sentant les larmes monter dans sa voix ; puis elle se contrôla. « Je trouve que c'est un gentil garçon. Je n'aime pas l'entendre traité de tous les noms et qualifié de ce qu'il n'est pas. Il me plaît. Et je lui plais. » Elle lui lança un regard de défi.

Mais Chester était vidé. Il se sentait brusquement épuisé au point de s'écrouler par terre à côté du lit. Il plissa le front, s'assit lourdement sur le lit et commença à ôter ses chaussures. Assez pour ce soir, se dit-il. Demain, il ferait jour. Il aimait Colette et il ne la lâcherait pas. Il était son mari. Le mariage, c'était quand même formidable !

IX

Le samedi matin, Rydal dormit jusqu'à près de dix heures ; quand il vit l'heure, il sauta de son lit en se disant qu'il aurait dû être descendu depuis longtemps acheter les journaux s'il voulait gagner ses cinq mille dollars. Puis il sourit et se frotta la nuque. Chester était probablement en train de dormir dans sa chambre au bout du couloir ; alors, pourquoi se précipiter pour acheter un journal qui dirait probablement que la police n'avait pas encore trouvé de piste ? Rydal prit un bain et se rasa soigneusement avant de descendre. Le journal de Chania, une maigre feuille de quatre pages, ne disait absolument rien, comme Rydal s'y attendait. Rydal se renseigna et on lui dit que les journaux d'Hérakleion et d'Athènes arriveraient dans la soirée.

Rydal remonta dans sa chambre pour faire son rapport concernant les journaux. Ce fut Colette qui lui répondit au téléphone : « Bonjour. Il n'y a rien dans le journal aujourd'hui... enfin, je veux dire ce matin.

— Oh ! Je vais le lui dire. C'est bien, n'est-ce pas ? » Elle avait l'air très réveillée.

« Je suppose que c'est bien, oui, dit Rydal.

— Ecoutez ? euh... Chester veut rester ici encore

un moment et moi j'ai envie de faire un tour. Pas vous ? »

Elle avait baissé la voix et Rydal se dit que Chester devait être dans la salle de bain. « J'ai une lettre à écrire, dit-il. Mais je n'en ai que pour une vingtaine de minutes. Vous voulez que je vous retrouve en bas... vers onze heures et demie ?

— Je frapperai à votre porte. Au revoir », dit-elle et elle raccrocha aussitôt.

Rydal secoua la tête, ôta son pardessus et sortit le bloc de papier blanc qu'il avait au fond de sa valise. Depuis la veille, quand ils étaient arrivés à Chania, Rydal avait envie d'écrire à son frère Kennie. Il se dit qu'il devrait saisir l'inspiration pendant qu'elle était encore saisissable. Demain, elle aurait peut-être disparu. Il n'avait pas écrit à son frère depuis des mois, il ne savait combien de mois, depuis bien avant la mort de son père en tout cas. Kennie de son côté, désapprouvant sans doute un peu le fait que Rydal ne fût pas venu à l'enterrement de leur père, ne lui avait pas écrit non plus.

« Chania, Crète,
Samedi 13 janvier 19...

« Cher Kennie,

« Comment va ? Je suis dans le plus bizarre des endroits, pour la Grèce s'entend. Un port crétois où il ne se passe pas grand-chose. C'est peut-être plus animé en été. Je ne compte pas y rester longtemps cependant, et mon adresse reste l'American Express, à Athènes. Martha t'a peut-être dit que je lui avais écrit. Comment vas-tu ? Et comment vont Lola et les gosses ?

« Il m'est arrivé une chose étrange récemment. En fait, ça continue. Je t'en parlerai un jour, mais pour le moment je ne peux pas. Il s'agit d'un Américain que j'ai rencontré et qui est le portrait vivant de Papa à quarante ans (je me le rappelle à peine à l'époque, mais j'ai vu un tas de photos). Mais, sur tous les autres plans, cet homme est l'opposé exact de Papa. Le fait de le rencontrer et de rester quelque temps avec lui a eu sur moi l'effet le plus *bizarre*. (Excuse tous ces *étranges* et ces *bizarres* et excuse le ton apparemment léger de ma lettre. Je me sens heureux ce matin. Mais ce n'est pas la même chose que se sentir excité, ce qui n'est pas mon cas.)

« Tu sais que Papa ne m'a jamais fait l'impression d'être vraiment un homme. De chair et de sang. Pour nous autres gosses (pour moi, tout au moins), c'était presque un dieu, que nous voyions au dîner, quand nous parlions une autre langue que celle que nous parlions avant, en dehors de la maison tout au moins. Je ne l'ai jamais vu avoir un geste de tendresse à l'égard de Maman, bien que je me souvienne t'avoir entendu un jour m'affirmer le contraire. Toujours est-il que le fait de rencontrer cet Américain dont je te parle, et dont je ne peux pas te dire le nom dans cette lettre, m'a fait mieux voir Papa, lui donner plus de réalité. C'est très difficile à expliquer... surtout que, comme je te l'ai laissé entendre, cet homme est très loin d'être un pilier de vertu et que je n'ai rien vu encore dans son caractère (à part une certaine générosité en ce qui concerne l'argent) qui puisse être qualifié de louable. Tant mieux pour mon dessein. Je parle de dessein à dessein. J'utilise cet homme à des fins intérieures. Il m'aide à voir Papa un peu mieux, avec moins de rancœur. Je suis plus âgé maintenant. Cela compte, bien sûr. Par une coïncidence étrange, sa femme, qui est beaucoup plus jeune que lui et fort séduisante, me rappelle... cette triste erreur de ma jeunesse. Une sorte de purge psychologique se produit en moi car je revis la situation d'une manière que je ne comprends même pas entièrement... et je suis certain que c'est très bien. Tu as toujours fait preuve de sympathie à mon égard à propos d'Agnès, mon vieux Ken, alors j'espère que ce sera la même chose pour ce que je viens de te dire au sujet de Papa et que tu ne penseras pas que je manque de respect pour sa mémoire en t'écrivant ces choses. Je ne voulais pas lui manquer de respect en ne venant pas à son enterrement en décembre, c'est simplement qu'à l'époque je ne pouvais pas me pousser à revenir pour ça. »

Rydal s'arrêta pour souffler, regrettant déjà de s'être de nouveau lancé dans cette histoire d'enterrement. Il arrêta là sa phrase et commença un nouveau paragraphe.

« Je vais revenir aux Etats-Unis bientôt et je compte prendre immédiatement une situation, à Boston ou à New York, je suppose. D'ici là, mon cher frère, il ressort très nettement de cette lettre quelque peu ambiguë que j'avais grand besoin de reprendre contact avec toi après tout ce temps. Prends-la dans cet esprit. Salue ta famille pour moi. Soigne-toi bien. Que Dieu te bénisse.

Ton frère,
Rydal. »

Colette frappa à la porte au moment où il cachetait l'enveloppe. Il alla lui ouvrir.

« Salut ! dit-elle. Je vous plais en chaussures sérieuses ? »

Rydal sourit. Elle avait des chaussures plates rouges avec des glands. « Ce sont des chaussures américaines ?

— Oh ! Dieu, non. Grecques. Ça ne se voit donc pas ? C'est très bon marché en Grèce, les chaussures. J'en ai acheté cinq paires. » Sa voix aiguë se brisa sur le mot « paires » comme la voix d'une petite fille émue. « On s'en va ?

— Bien sûr. (Il prit son pardessus et sa lettre.)

— C'est par avion ? J'ai des timbres. »

Elle posa son sac sur le lit défait de Rydal, s'assit et sortit des timbres grecs d'une poche de son portefeuille.

Rydal en accepta deux en la remerciant, surpris de nouveau par son efficacité. Qu'était-ce donc hier soir ? Des allumettes pour sa cigarette. Colette avait un paquet d'allumettes dans son sac, alors qu'elle-même ne fumait pas. Elle avait dit qu'elle en avait toujours sur elle. « Comment va Chester ? Il se sent bien ?

— Oh ! je pense, oui. Il a une vague gueule de bois. Attendez !

— Qu'est-ce qui se passe ? (Il lui avait ouvert la porte.)

— Est-ce que vous n'allez pas... » Elle ferma presque la porte et murmura : « Vous vous rappelez ce que vous avez dit hier soir ? Que vous m'embrasseriez chaque fois que je passerais une porte ? »

Il était sûr que ce n'était pas tout à fait ça qu'il avait dit. Il plaisantait hier soir. Il plaisantait maintenant. Il l'embrassa sur la bouche. Puis ils sortirent tous les deux en souriant. Elle lui donnait le sentiment qu'il était de nouveau jeune, qu'il avait quinze ans presque. Mais sans cet aveuglement, cette affreuse vulnérabilité, cette innocence qui, à quinze ans, va de pair avec la stupidité.

Ils allèrent jusqu'au marché et se promenèrent entre les allées de chaussures et de bottes qui sentaient l'urine de bétail, ils regardèrent avec détachement et surprise la viande pendue à des crochets et coupée d'une manière qui rendait les morceaux impossibles à identifier. Ils achetèrent des cornets de glace et continuèrent leur chemin en se tenant par la main pour éviter d'être séparés. Colette trouva une veste large et sans boutons pour Chester et Rydal l'aida à marchander le prix. Ils l'obtinrent pour trente drachmes de moins que la femme en avait demandé tout d'abord.

« Je crois qu'il ne faut pas leur donner le premier prix qu'ils demandent dans des pays comme ici, vous ne pensez pas ? dit Colette. Ce sont les touristes stupides qui font monter les prix partout. »

Rydal acquiesça et sourit. « Vous croyez que Chester va la porter ?

— Oh ! à la maison, oui. Pas dehors. Il est très difficile sur ce qu'il porte en public. »

La paysanne aux joues rouges enveloppa soigneusement la veste dans une feuille de papier journal, rentra les deux bouts et remit le paquet à Colette.

Ils se remirent en marche, Colette passant son bras sous celui de Rydal.

« Vous devez être drôlement doué pour les langues, pour avoir appris le grec si vite. Ça a l'air si difficile. Rien ne correspond à ce qu'on entend, si vous voyez ce que je veux dire ? Avec le français, c'est différent, ou avec l'italien, et même un peu l'allemand, mais le *grec* ! »

Rydal rejeta la tête en arrière et rit. Comme son père se serait amusé de cette remarque ! Il imaginait son expression si Martha ou Kennie ou lui avait dit une chose pareille à la maison. Son père aurait tourné la tête de l'un à l'autre, il aurait eu l'air de souffrir dans sa chair, puis il aurait anoncé que ce qu'il venait d'entendre était la remarque d'un imbécile. Le visage de Chester se superposa dans l'esprit de Rydal à celui de son père et son sourire s'évanouit.

« Vous parlez aussi l'italien et le français ? demanda Colette.

— Oui. Beaucoup mieux que le grec. Mais ça n'a rien d'extraordinaire. J'y ai été obligé quand j'étais gosse.

— Vraiment ? Votre famille voyageait tellement ?

— Oh ! non. Presque pas. Mais mon père nous obligeait à apprendre des langues à la maison. Nous commencions à peu près dès que nous étions en âge de parler. On nous faisait parler un mois le français à la maison, puis l'italien, puis le russe, puis...

— Le *russe* ?

— Oui. C'est une jolie langue. Très agréable. Mon père trouvait que c'était plus facile comme ça. Enfin, pas plus facile, parce que ça, il s'en moquait, mais il estimait que, lorsqu'on apprenait une langue quand on était enfant, on la savait mieux plus tard. Enfin, quelque chose comme ça. »

Rydal sourit en la voyant l'écouter avec une telle attention.

« Seigneur.

— Et s'il surprenait l'un de nous à parler l'anglais pendant le mois où nous étions censés parler l'espagnol ou une autre langue, nous avions des blâmes. Il y avait un tableau des blâmes affiché au premier, où tout le monde pouvait le voir. Même ma pauvre mère y figurait de temps en temps. »

Il eut un petit rire triste.

« Bonté divine.

— Si on mélangeait les langues, on avait des blâmes aussi. La première moitié d'une phrase en italien et l'autre en espagnol, par exemple, c'étaient deux blâmes. Mon frère Kennie ne retrouvait jamais comment on disait tondeuse à gazon en français, mais il le savait en russe. »

Mais il voyait qu'elle pensait déjà à autre chose ; elle était accrochée à son bras et avançait lentement et à grands pas comme une enfant qui essaie de ne pas marcher sur les fissures du trottoir. Il ne dit rien. Ils avaient quitté le marché et se trouvaient dans une rue tranquille bordée de maisons à un étage où ils n'étaient encore jamais venus. Au bout de la rue, pas loin, une brèche de ciel bleu s'ouvrait en dôme au-dessus des toits. L'air était pur et lavé, comme s'il venait de pleuvoir, bien que la rue non pavée fût sèche. Un chat noir et blanc se roulait dans la poussière, le ventre au soleil.

« J'étais en train de penser, dit-elle, que quand nous rentrerons à New York, nous ne pourrons pas être... enfin, nous ne le sommes pas maintenant, bien sûr, ou du moins nous ne l'*étions* pas... » Le vent balayait ses cheveux courts sur son front. Elle fixait toujours le sol tout en marchant.

« Que voulez-vous dire ?

— A New York, Chester s'appelait Howard Cheever. C'est le nom qui figurait sur notre boîte à lettres, celui sous lequel nous avons signé le bail pour notre appartement. Et puis, nous avons été Mr. et Mrs. Chester MacFarland à cause des passeports ; c'est le véritable nom de Chester. »

Elle leva les yeux, regarda droit devant elle et rit.

« Chester m'a dit qu'il avait eu des ennuis, il y a des années de ça, à San Francisco, dans une affaire de voitures d'occasion où il s'était servi de son vrai nom, Chester MacFarland. C'est pour ça que nous ne nous en sommes plus jamais servis, après. J'imagine qu'il s'est dit que tout ça était si vieux, et avait si peu d'importance, qu'il pouvait reprendre son nom pour son passeport. »

Rydal plissa le front dans un effort pour comprendre.

« Hm-m. Il n'y avait pas de Howard Cheever dans le carnet de l'agent grec, je ne pense pas.

Et vous ? — N-non, dit Colette, comme s'il s'agissait d'une joyeuse conspiration, d'un jeu. Et Chester en était rudement content ! Ça aurait voulu dire qu'on lui avait bloqué un certain nombre de comptes en banque et Dieu sait quoi encore. »

Rydal ressentit brusquement du dégoût pour Chester. C'était une sensation passagère, comme une nausée. Il haussa les épaules involontairement.

« Vous n'aimez pas beaucoup Chester, n'est-ce pas ? » demanda-t-elle.

Il la regarda, ne sachant que dire. « Et vous ?

— Moi ? Oh !... » Elle haussa les épaules également.

Rydal pensa que leur geste simultané les liait. Puis il se dit que c'était faux : le haussement d'épaules de Colette voulait dire : « Il faut bien que je l'aime. Je suis sa femme. » Cela ne plaisait pas à Rydal. Il ne lui plaisait d'ailleurs pas davantage que le haussement d'épaules signifie : « Je ne sais pas si je l'aime ou pas. » Une fille convenable et intelligente ne devrait pas aimer un bandit. Rydal fronça les sourcils en regardant le profil de Colette, ses longs cils, son jeune nez, ses lèvres pleines. Peut-être que Chester et elle aimaient coucher ensemble. Peut-être Chester ne représentait-il pour elle qu'un portefeuille bien garni. Qui pouvait le savoir ?

« Je vous aime mieux vous », dit-elle, toujours sans le regarder.

Ils s'étaient arrêtés. Un vieil homme sale et crasseux était assis par terre, sur le seuil d'une porte ouverte, à quelques mètres de Rydal, et les regardait tous les deux les bras croisés. « Et pourquoi ? » demanda Rydal en soupirant.

Elle leva vers lui ses yeux bleus, des yeux mauve clair et Rydal eut l'impression que tout le bleu du ciel était concentré dans ses deux iris.

« Parce que vous êtes honnête, dit-elle. Vous êtes très franc et je peux vous parler. Vous pouvez me parler aussi, n'est-ce pas ? Vous l'avez fait. »

Rydal se passa la langue sur les lèvres et acquiesça d'un signe de tête. Il ne trouvait rien à lui dire. Il eut envie soudain d'être dans sa chambre, seul avec elle, à l'hôtel.

« Voilà, c'est pour ça que je vous aime. » Elle regarda autour d'elle, comme si elle avait brusquement cessé de penser à lui.

Quand ils revinrent à l'hôtel, vers quatre heures, Chester n'était pas là. Colette frappa à la porte de Rydal pour le lui dire.

« Oh !... l'employé de la réception nous aurait sûrement prévenus s'il lui était arrivé quelque chose », dit Rydal. Il voulait dire : si la police était venue arrêter Chester mais, quand il l'eut dit, il ne fut plus si certain que l'employé les aurait prévenus.

« Oh ! je ne pense pas qu'il lui soit arrivé quoi que ce soit, dit Colette, entrant dans sa chambre et refermant la porte. Il a dû juste sortir faire un tour. » Elle s'appuya contre la porte.

Rydal lui passa brusquement les bras autour de la taille, à l'intérieur de son manteau ouvert, et l'embrassa sur la bouche. Ce fut comme s'il perdait conscience ou s'il tombait par-dessus le bord de quelque chose, et puis il s'entendit protester, il essaya de retirer les bras de Colette qui lui enserraient le cou et Colette ne voulait pas le lâcher, elle disait qu'elle pourrait raconter à Chester qu'elle était juste sortie un moment pour le chercher, et Rydal disait : « Non. » Finalement, il parvint à écarter les bras de Colette et il lui maintint les poignets. Elle était bouche bée de surprise, ou alors elle était ahurie, ou choquée, il n'en savait rien.

« Partez, dit-il. Je vous en prie. Partez maintenant.

— Pourquoi ? Qu'est-ce qui se passe ?

— Partez, c'est tout. Partez. » Il la poussa hors de la chambre et ferma la porte.

Il demeura plusieurs minutes assis sur une chaise, sans penser à rien. Il se rendit compte qu'il évitait de penser, d'essayer de ressentir quelque chose, de comprendre même ce qu'il avait ressenti. Et tout cela parce que cela lui rappelait Agnès. Maudite Agnès ! Il se leva. Peut-être était-ce la dernière fois, peut-être que cela n'arriverait plus jamais avec une autre femme, cet accès terrible et absurde de plaisir-douleur. Colette n'était pas comme Agnès, après tout. Cela n'avait pas de sens.

« Elle n'est pas comme Agnès, dit-il doucement. Elle n'est pas comme Agnès. »

Ce soir-là, il but trop, mais Chester but encore plus que lui. Ce soir-là, il se permit de croire qu'il était amoureux de Colette. C'était juste une sensation physique, après tout, se dit-il. C'était un plaisir de danser avec elle. Chester vit que c'était un plaisir pour lui et cela le rendit furieux. Colette but un peu trop, elle aussi. Mais ils se dirent tous « bonne nuit » assez tôt, avant minuit, Chester ayant l'air assez morose et Colette et lui d'excellente humeur. Pendant que Colette était allée aux toilettes se refaire une beauté, Chester avait annoncé à Rydal qu'ils se sépareraient le lendemain soir ou lundi matin. Chester lui avait annoncé ça gravement et Rydal avait solennellement hoché la tête. C'étaient les conditions du contrat, après tout.

Et le prix était de cinq mille dollars.

Rydal fixa son regard embrumé, de manière que les chiffres devinssent bien visibles sur les billets qu'il tenait dans sa main : 500. Cinq, zéro,

zéro. Les billets n'avaient pas l'air réels. Il y en avait dix. Dix billets tout neufs. Chester les lui avait tendus avec le même détachement que s'il s'était agi d'un menu, pendant que Colette était aux toilettes. « Merci », avait dit Rydal. Il n'avait rien ajouté de plus.

Il fourra les billets, tassés en pile bien nette, dans la doublure de sa valise où se trouvaient déjà ses autres billets, plus sales mais plus honnêtement gagnés.

X

Jamais Chester n'avait détesté une ville autant qu'il détestait Chania. Les silhouettes des maisons de la rue où se trouvait l'hôtel avaient pris un sens pour lui : elles étaient le symbole de l'enfer, la marque de fabrique de l'enfer, le visage même de l'enfer. C'est à Chania qu'il avait perdu Colette. C'est à Chania qu'il avait vécu trois jours comme un chien traqué et qu'il avait regardé un minable jeune fainéant séduire sa femme. Chester était certain qu'ils avaient couché ensemble. Colette le niait, mais c'était naturel, et Chester se disait que c'était la première fois qu'elle lui mentait. Il l'avait durement frappée à l'épaule le samedi soir, quand ils étaient rentrés. Le dimanche matin, elle avait un bleu qui devenait de plus en plus sombre. Le dimanche, elle était furieuse contre lui. Chania était la ville où Colette s'était tournée contre lui. Maintenant, elle était décidée à garder le jeune fainéant avec eux, uniquement parce qu'elle savait que lui voulait s'en débarrasser. Chester aurait aimé quitter Chania le dimanche après-midi, mais il n'y avait pas de car pour Hérakleion le dimanche après-midi. Un bateau était entré dans le port pendant la nuit, puis était reparti. Chester aurait aimé être à bord, seul avec Colette. Enfin, ils prenaient un car pour Hérakleion demain matin à neuf heures. Chester se disait que Rydal allait prendre le même car, ce qui serait agaçant, mais, une fois à Hérakleion, ils pourraient le perdre, et si Rydal parlait de prendre le même avion qu'eux pour rentrer à Athènes, Chester lui demanderait d'en trouver un autre.

Chania lui rappelait sa seconde année à Harvard, quand la nouvelle de la faillite de son père lui était arrivée et qu'Annette, la jeune fille à qui il était fiancé, avait rompu les fiançailles — à la minute où elle avait appris la faillite, de sorte que le choc provoqué par la triste situation de son père et celui qu'il avait éprouvé en perdant Annette s'étaient confondus pour lui en une seule catastrophe qui faisait s'écrouler tout son monde. Chester avait abandonné ses études et essayé d'appliquer ce qu'il avait appris de l'administration des affaires à sauver une usine de cuir artificiel dans le New Hampshire. Il ne l'avait pas sauvée. Complètement fauché, il s'était juré qu'il deviendrait riche. Il s'était donc lancé dans des opérations de plus en plus louches, il s'en rendait bien compte maintenant, quoiqu'il n'eût pas eu l'intention, en commençant, de s'enrichir par des voies malhonnêtes. La chose était arrivée graduellement. C'était dommage, Chester le savait bien. Mais maintenant, il ne pouvait plus faire autrement, il était enfoncé, intoxiqué comme un drogué par la drogue.

Chania lui rappelait tout cela. Chania lui rappelait l'échec.

Le dimanche après-midi, à deux heures et demie, Chester était couché avec la migraine. Il aurait aimé boire quelques bonnes bières bien fraîches, mais Chania était la ville où on ne trouvait pas de bonne bière bien fraîche quand on en avait besoin. Chester en avait demandé au téléphone depuis des heures, mais on lui avait expliqué dans un anglais très approximatif une histoire de magasin qui n'ouvrait pas avant quatre heures de l'après-midi. Chester lisait les romans de poche de Colette et dormait alternativement. Chaque fois qu'il dormait, il se sentait un peu mieux après, mais, pendant, il avait de vilains rêves de Rydal et Colette ensemble... ils étaient d'ailleurs ensemble en ce moment même, en train de « faire un tour » quelque part, à moins... Il saisit le téléphone et demanda la chambre 18.

Il n'eut pas de réponse. Il avait parlé dans le silence. Finalement, il entendit une voix d'homme au bout du fil.

« Voulez-vous me passer la chambre 18, s'il vous plaît... 18. Oui... Non, non, la chambre. Au premier étage.

— Oui, monsieur. Je sonne. »

Chester n'entendit rien qui ressemblât à une sonnerie. Plusieurs secondes se passèrent, puis la voix de l'homme répéta : « Je sonne », comme un disque.

Chester soupira, ne sachant pas si l'autre avait déjà sonné ou s'il allait le faire. Il n'entendait toujours pas de sonnerie. Il perdit patience. « Laissez ça, j'aurai plus vite fait d'aller frapper à la porte ! » Il raccrocha.

Deux minutes plus tard, il était entièrement habillé, à l'exception de sa cravate. Il alla jusqu'à la chambre 18, écouta quelques secondes à la porte, n'entendit rien et frappa fermement.

Au bout d'un moment, la voix de Rydal dit : « Oui ?

— C'est Chester. »

Rydal ouvrit la porte. Il était en manches de chemise, mais sa cravate était nouée. Il avait l'air inquiet.

« Ça ne va pas ?

— Oh ! si. Est-ce que je peux entrer ? » Rydal s'écarta et Chester entra, s'attendant à voir Colette, mais la chambre était vide. Sur le lit — il était froissé mais le dessus de lit n'avait pas été enlevé — des feuilles de papier couvertes d'écriture étaient répandues à côté d'un calepin marbré noir et blanc. Chester s'éclaircit la gorge.

« Je me demandais si vous aviez vu Colette. Je croyais que vous faisiez un tour ensemble.

— Nous avons fait un tour, en effet. Elle... est ressortie, je ne sais pour quelle raison.

— Elle est ressortie ? Elle était ici ?

— Nous sommes revenus à l'hôtel et elle est ressortie. » Rydal croisa les bras et regarda Chester avec tranquillité.

Chester acquiesça, fit un pas vers le lit et dit : « Qu'est-ce que c'est que tout ça ?

— Des poèmes, dit Rydal. Il m'arrive d'écrire des poèmes.

— Oh ! » Chester se retourna, regarda de nouveau autour de lui dans la pièce ; son regard tomba sur le sac de Colette qui dépassait de sous un journal dans le fauteuil et il sourit. « Où est-elle ? Elle se cache sous le lit ? »

Rydal laissa retomber ses bras. Il plissa le front. « Il se trouve qu'elle est au... »

La porte de la salle de bain s'ouvrit derrière Rydal et Colette en sortit, le visage tendu par l'anxiété. Elle avait son manteau sur le bras. « Chess, ne fais pas de scène. Au nom du Ciel, j'étais en train de lire les poèmes de Rydal.

— En ce cas, pourquoi as-tu besoin de te cacher dans la salle de bain ? tonna Chester.

— Je ne me cachais pas, dit Colette.

— Mais si, sinon Rydal n'aurait pas dit que tu étais sortie ! rétorqua Chester. Pourquoi te cachais-tu ? »

Rydal lança sur le lit un crayon qu'il tenait

à la main. « Je vais vous dire pourquoi elle se cachait, parce qu'elle savait quelle histoire vous feriez si vous la trouviez ici. Alors maintenant, vous la faites. Allez-y. »

Chester s'approcha de lui, les poings serrés. « Vous avez un rude toupet de me parler sur ce ton. Espèce de sale petit...

— Oui, c'est vrai. » Rydal ne se laissait pas démonter. Il avait serré les poings, lui aussi. « J'ai le toupet de vous tenir tête. Vous avez l'habitude de commander aux gens, n'est-ce pas ? Ils rampent devant vous, tous. Comme votre femme, qui se cache dans la salle de bain.

— Vous reconnaissez que c'est ma femme, hein ? dit Chester, sentant son visage devenir plus chaud. Je vous serais reconnaissant de ne pas la mettre dans votre lit !

— Chester, je t'en *pri-ie* ! » Colette se précipita vers lui, mais s'arrêta avant de l'atteindre, les poings serrés elle aussi, des poings qui suppliaient.

« Ceci est ma chambre, et vous pouvez sortir, dit Rydal allumant une cigarette.

— Je ne permets à personne de me parler sur ce ton, lui dit Chester.

— Je vais vous apprendre une chose. C'est que je ne permets à personne de me parler comme vous venez de le faire. Et d'insulter... d'insulter Colette comme vous venez de le faire. » Rydal tremblait au point qu'il avait du mal à mettre la cigarette dans sa bouche.

Chester remarqua ce tremblement et l'interpréta comme un sentiment de culpabilité. Dans un sens, il se sentait triomphant. Il les avait pratiquement pris en flagrant délit d'adultère, la main dans le sac. Ils ne pouvaient rien dire pour leur défense.

« Je pense que vous êtes deux animaux. Deux animaux !

— C'est comme ça que vous m'appelez ? » dit Rydal, avançant vers lui.

Colette saisit Rydal par le bras. « Non, Rydal. » Elle lui maintint le poignet droit.

Chester demeura un moment les yeux écarquillés, à fixer les mains de Colette sur le poignet de Rydal, puis il leva les yeux vers ce dernier. « Vous savez ce que je vais vous faire ? »

Rydal dégagea violemment son bras.

« Je vais vous faire quelque chose, moi aussi. Je vais vous dénoncer. Essayez de me faire la même chose. Faisons un match. D'accord ?

— Je vous tuerai avant », dit Chester et il sentit un sourire se former sur ses lèvres. Son cœur battait très fort. Il se sentait triomphant de nouveau ! Jamais encore il n'avait dit ces mots-là. Des mots simples et forts.

« Je suis sûr que vous le feriez. Essayez. Je n'ai pas peur.

— Personne ne tuera personne, dit Colette. Je vous en prie. Est-ce que vous ne pouvez pas vous faire des excuses, tous les deux... » Sa voix tremblait.

« Je ne vois aucune raison de faire des excuses, dit Rydal.

— Ni moi, dit Chester machinalement. Mais je pense... je pense qu'il ferait mieux de retirer ce qu'il a dit, quand il parlait de me dénoncer, sans quoi...

— Non. » Rydal alla vers la table de nuit et laissa tomber sa cendre dans le cendrier. « J'ai décidé de vous donner ce que vous méritez, et c'est tout. »

Chester rit. « Que croyez-vous qu'il arrivera à Colette si vous faites ça ?

— Elle n'est pas coupable de vos crimes, dit Rydal.

— Vous avez "décidé", vous avez "décidé", dit

Chester, marchant en rond. Vous n'en voyez même pas les conséquences pour vous-même ! Vous ne vous rendez pas compte... » Chester se tut. Rydal le regardait froidement, le regard dur et fixe.

« Sortez de ma chambre, dit Rydal. Oh ! Encore une chose. Vous voulez récupérer vos cinq mille dollars ? Vous allez les récupérer. » Il se dirigea rapidement vers sa valise.

« Ça ne m'intéresse pas. Qu'est-ce que c'est que cinq mille dollars pour moi ? dit Chester. Allons, viens, Colette. (Il alla vers la porte.) Non, non, non, dit-il, voyant Rydal venir vers lui avec l'argent. Gardez-le pour dénoncer... moucharder... » Il cligna des paupières quand l'argent l'atteignit en pleine figure. Les billets de banque voletèrent, tournoyèrent puis se posèrent par terre.

« C'est complètement idiot », dit Colette d'un ton de reproche, et elle se mit à les ramasser.

Rydal eut un rire que Chester trouva un peu nerveux.

« Ne vous donnez pas cette peine, mon chou, dit Rydal. La femme de chambre les ramassera. Ou Chester.

— Vous l'appelez "mon chou" maintenant ? dit Chester. Je pense que ce sera la dernière fois.

— Et tu sais, dit Colette, continuant à ramasser les billets, je crois que c'est la première fois qu'il m'appelle "mon chou". Je le sais. »

Rydal rit de nouveau et Colette le regarda.

« Viens, il est fou, dit Chester, tirant Colette par le bras.

— Tenez, Rydal. C'est à vous. » Elle lui tendit l'argent.

« Non, merci, dit Rydal et il leur tourna le dos.

— Viens, dit Chester, et n'oublie pas ton sac. » Il lui arracha les billets des mains et les laissa tomber sur un fauteuil. Rydal continuait à leur tourner le dos. Chester se dit que ce dos ferait une excellente cible pour un pistolet.

« Je vous parlerai plus tard, Rydal », dit Colette en sortant.

Rydal ne répondit pas.

Dès qu'ils arrivèrent dans leur chambre, Chester se versa un scotch. Il regarda Colette aller et venir, accrocher son manteau, sortir un peigne de son sac, se coiffer. Au bout de quelques minutes, Chester se sentit assez calme pour s'asseoir dans le fauteuil.

« C'est une menace en l'air, dit-il, désignant d'un geste la chambre de Rydal. Le salaud. Triste type. (Il eut un petit rire.) Me lancer mon argent à la figure. Hé, hé, je parie qu'il s'en souviendra. Je parie que c'est bien la dernière fois qu'il aura cinq mille dollars à jeter à la figure de qui que ce soit. Je regrette seulement de ne pas les avoir pris. » Riant toujours, Chester étira ses jambes et renversa sa tête en arrière.

« Je pense que vous avez tous les deux agi comme des enfants. » Colette souleva le couvercle d'une petite boîte de bonbons posée sur la table de nuit, en prit un, puis ôta ses chaussures. Elle s'assit sur le lit, allongea ses jambes et plaça un coussin derrière elle. « Tu sais, je trouve qu'il écrit de très beaux poèmes. Meilleurs que, comment s'appelle-t-il déjà... tu sais ce livre de poèmes d'amour que tu m'as donné ? Comment s'appelle-t-il ?

— Sais pas, marmonna Chester.

— Chester.

— Quoi ?

— C'était la vérité vraie. Je suis allée dans la chambre de Rydal pour voir ses poèmes. Il ne m'a jamais fait d'avance et je n'ai pas couché avec lui. Tu ne devrais pas dire des choses pareilles.

— C'est bon, c'est bon, je ne veux plus en entendre parler ! » dit Chester très fort, et il se leva. Il estimait qu'il avait le droit d'élever la voix après ce qui venait de se passer. Il avait aussi le droit de prendre un autre scotch.

« Chéri, est-ce que tu n'as pas assez bu ? Pourquoi ne vas-tu pas faire un petit tour ? Cela te ferait du bien.

— Pourquoi ? Pour que tu puisses retourner chez lui ? » Chester se versa un autre verre. Sa migraine revenait. Elle était passée un moment.

« Chester, viens ici, chéri. » Elle lui tendit les bras.

Chester posa son verre, s'assit auprès d'elle sur le lit et enfouit son visage dans son cou. Il poussa un long soupir. Les doigts de Colette étaient délicieux sur sa nuque, ils le calmaient, le rassuraient. Comme son corps, petit, rond et doux sous son bras.

« Tu sais que je t'aime, Chester. Tu ne le sais pas ?

— Oui, chérie, oui. » C'était vrai. Qu'importait le reste ? La menace stupide de Rydal Keener lui semblait lointaine maintenant, lointaine et mesquine.

« Pourquoi ne te déshabilles-tu pas ? » demanda-t-il.

Colette obéit.

Chester dormait quand Colette entra dans la chambre peu après cinq heures. Elle le réveilla en fermant la porte. Il ne savait pas qu'elle était sortie.

« Salut », dit-elle, et il sentit aussitôt qu'il y avait quelque chose de tendu dans sa voix.

« Salut. » Elle est retournée voir Rydal, se dit-il dans son demi-sommeil et il se redressa un peu dans son lit. « Où étais-tu ?

— Ça t'ennuie que j'allume une lampe ?

— Non. »

Elle alluma la lampe de chevet.
« Où es-tu allée ? »
Elle le regarda. Elle avait l'air tendu. « Je crois que je fumerais bien une cigarette.
— Bien sûr. Les miennes sont... là, à côté du scotch. » Il fumait à peu près deux cigarettes par an, généralement dans une grande soirée qui se prolongeait un peu.
« Je suis allée voir Rydal. Allons, ne t'excite pas. » Elle s'assit au bord du lit avec sa cigarette. « J'y suis allée pour voir... comment il allait, je veux dire ce qu'il pensait. Et figure-toi...
— Quoi ?
— Figure-toi qu'il est furieux, Chester. (Elle le regarda d'un air désorienté.) Je ne sais pas pourquoi. Je ne sais pas ce qu'il a. Il est très amer. Il dit qu'il va te dénoncer à la police.
— Hm-m », dit Chester avec mépris. Mais un frisson glacé lui passa dans le dos. « Quand ? S'il veut le faire, qu'est-ce qu'il attend ?
— Athènes, dit Colette. Il dit qu'il le dira à la police à Athènes. »
Chester fronça les sourcils. « Allume-m'en une, tu veux, chérie ?
— J'ai essayé de raisonner avec lui, mais c'était impossible. Il était très calme, mais... (Elle alluma la cigarette et la lui tendit.) Que faut-il faire, à ton avis, Chester ? »
Chester se mordit la lèvre. « Je ne pense pas qu'il ait l'intention de le faire. Sans ça, il n'attendrait pas d'être à Athènes. Et il ne nous le dirait pas non plus. Il est aussi mouillé que nous.
— Je ne pense pas qu'il s'en préoccupe.
— Ne sois pas stupide.
— Non, Chester. Parle-lui toi-même, si tu veux. Tu comprendras ce que je veux dire.
— Je n'ai absolument pas l'intention de lui parler. De lui demander... oh ! mais oui, je comprends

maintenant. Je suis vraiment lent aujourd'hui. Il veut plus d'argent. Un gros paquet, cette fois, je suppose.

— Non. Il ne m'a pas parlé d'argent. Il n'y a pas fait la moindre allusion.

— Il veut que ce soit moi qui y fasse allusion. » Chester sortit du lit, prit sa chemise, qui était sur une chaise, et entra dans la salle de bain où il mit son peignoir. « Attends un peu. Nous allons voir quelle sera son attitude demain... ou ce soir. Je parie qu'il prend le car d'Hérakleion avec nous demain.

— Oui. Il dit qu'il ne veut pas te perdre de vue. »

Chester sourit. « En ce cas, il va faire allusion à l'argent ce soir ou demain matin. Ou alors à toi. A part de l'argent, je ne vois pas ce qu'il peut vouloir d'autre que toi. (Chester se pencha et lui pinça doucement la joue.) Mais ne t'inquiète pas, surtout. J'ai de quoi le payer. Non pas que je sois chaud pour lui faire un second versement, ajouta-t-il, regardant d'un air rêveur le lit défait. Ça en entraîne toujours d'autres.

— Tu n'auras pas à t'inquiéter de ça. Ce ne sera sûrement pas ça, le problème.

— Nous verrons. Je ne veux pas que tu t'énerves pour ça. Qu'est-ce que tu as fixé avec lui pour ce soir ? Vous êtes convenus de quelque chose ?

— Il ne veut pas manger avec nous.

— Bien. Qu'il mange seul. Qu'il paie lui-même son dîner, pour changer.

— Il paie assez, non ? Il ne compte pas manger ce soir. » Elle tira sur sa cigarette et rejeta la fumée en un nuage épais.

Quelque chose dans sa voix, une note de sympathie, fit lever les yeux de Chester vers elle. « Comme c'est triste. Il te l'a annoncé ?

— Non. Je le connais, c'est tout. Je sais de quelle humeur il est.

— Et tu es navrée parce qu'il ne dîne pas ? (Chester s'approcha d'elle.) Cette espèce de cloche ?

— Chester, si tu me frappes de nouveau, je hurlerai ! Je t'ai pardonné une fois, mais je ne le ferai plus ! » Elle avait sauté du lit et allait vers la porte.

Chester se passa les doigts dans les cheveux. « C'est bien, chérie. Mon Dieu, je n'avais pas l'intention de te frapper. Ecoute, chérie... » Il s'approcha d'elle d'un pas lourd, ne s'arrêtant qu'en la voyant reculer. « Chérie, tu vas me rendre fou si tu continues comme ça. Nous allons laisser tomber ce type. A Hérakleion. Et quand nous serons débarrassés de lui, nos ennuis seront finis. Nous ne devons pas... nous ne devons absolument pas nous disputer comme ça.

— Très bien, Chester. »

XI

Le lundi matin, la colère de Rydal était passée par des stades divers. Quand Chester lui avait hurlé que Colette se cachait dans la salle de bain, sa colère avait été « aveugle » comme l'on dit classiquement, et Rydal savait pourquoi. La scène ressemblait trop à celle qu'il avait eue avec son père à propos d'Agnès. Son père l'avait accusé d'avoir séduit, bien pire, violé pratiquement Agnès, à l'en croire elle-même, et Chester, lui, l'avait accusé d'adultère avec sa femme. Rydal n'avait pas tenu tête à son père, mais il avait tenu tête à Chester. Il avait rendu le coup de la seule manière qui lui était possible, en disant à Chester qu'il le dénoncerait. Une heure plus tard, quand il s'était calmé un peu, il avait compris l'absurdité de sa colère, mais il n'avait pas abandonné son idée de dénoncer Chester. Et pourtant, il y avait plusieurs points qui lui déplaisaient : il détestait le rôle de mouchard et, *secundo*, Colette en pâtirait autant que Chester. Rydal pouvait se dénoncer lui-même aussi, comme complice, mais il n'en avait pas envie, ce qui voulait dire qu'il n'en avait pas le courage moral.

Il avait retourné le problème toute la nuit du dimanche, dans son lit, et n'avait pas fermé l'œil. Il n'était vraiment sûr que d'une chose, c'était qu'il ne voulait pas de ces sales cinq mille dollars. Il était certain que Colette les lui reprendrait. Mais Chester ne les accepterait probablement pas, parce qu'il savait qu'ils lui faisaient honte.

Pendant la nuit, la colère de Rydal s'était rallumée, une douzaine de fois, à la pensée de la scène de Colette sortant de la salle de bain. D'autres scènes, qui s'étaient passées dans la maison de ses parents, lui étaient revenues à l'esprit : il avait vu sa mère venant vers lui et lui disant de son air doux, gentil, gêné, en choisissant soigneusement ses mots, qu'Agnès avait dit qu'il l'ennuyait, qu'Agnès avait dit qu'il avait « employé la force avec elle ». « J'ai pensé qu'il valait mieux en parler à ton père, avait-elle dit, et il aimerait te dire un mot dans son bureau, Rydal. » (Oui, Rydal se rendit compte la nuit dernière que c'était sa mère qui lui avait dit que son père voulait le voir, sa mère qui avait utilisé l'expression « te dire un mot ».)

La nuit avait été chaotique, mais une pensée n'avait pas quitté Rydal et l'occupait déjà avant qu'il se couche. C'était qu'il devait continuer à faire croire à Chester qu'il le dénoncerait, continuer à le lui faire craindre, qu'il en ait vraiment l'intention ou pas. C'était pour cela qu'il s'était montré si ferme quand Colette était venue lui en parler. Rydal voulait voir Chester pris de panique. L'idée que Chester pourrait essayer de le tuer était absurde. Comme s'il allait se mettre un autre cadavre sur les bras. Il était déjà au bord de la panique.

Rydal s'était renseigné aussitôt que possible sur l'heure du car d'Hérakleion. Il partait à neuf heures du matin. Rydal appela la chambre de Chester à huit heures moins le quart, eut Colette au bout du fil et lui dit l'heure de départ du car. Rydal paya sa note, alla avec sa valise jusqu'à l'arrêt du car — sur la sinistre petite place — et monta dans la voiture à neuf heures moins vingt. Il avait acheté un journal, non pas à cause de Chester, mais parce qu'il voulait voir les nouvelles. Les cinq mille dollars faisaient un tas élastique dans la poche gauche de son pantalon. Colette et Rydal arrivèrent en taxi à neuf heures moins dix et montèrent dans le car.

Chester et elle prirent place deux ou trois rangs devant Rydal, dans la rangée opposée. On voyait la barbe de Chester de loin maintenant. Rydal remarqua que quelques personnes le regardaient comme s'il était quelqu'un d'important, un savant, peut-être... ou un professeur d'université.

Rydal s'endormit dès que le car commença à rouler. C'était un sommeil superficiel, tendu et plein de rêves incomplets qui le faisaient se réveiller à demi en sursaut et s'agiter sur son siège. Ce n'étaient pas des rêves, se dit-il, mais des espèces de visions d'un esprit fatigué et inquiet. A un moment, il vit Chester lui tirant dessus. Il l'imagina l'attrapant par-derrière et lui passant un bras autour du cou, dans une rue sombre d'Hérakleion ou d'Athènes, à un moment où il n'y avait personne dans les parages et où Rydal n'avait aucune chance de se défendre contre son attaque-surprise. Mais, à côté de ces scènes violentes, il se voyait aussi étreignant et embrassant Colette, ce qui était bien agréable à imaginer.

Le ciel s'assombrit et une pluie fine se mit à tomber. La route devint plus mauvaise, puis s'améliora de nouveau, puis ils furent de retour à Hérakleion et le car déchargea ses passagers sur la place. Rydal vit qu'ils avaient le temps de prendre l'avion de trois heures et demie pour Athènes. Il supposa que Chester allait le faire et il était certain aussi qu'il lui demanderait de ne pas prendre cet avion, s'il semblait en avoir l'intention. Tant pis pour Chester. Il allait avoir du mal à se débarrasser de lui. Peut-être rentreraient-ils même aux Etats-Unis tous ensemble. Rydal resta sur la place d'Hérakleion, sa valise entre ses pieds, à regarder Chester et Colette prendre leurs bagages dans le car.

Chester héla un taxi.

Rydal s'approcha d'eux. « Vous allez à l'aéroport ? demanda-t-il à Colette.

— Non, il veut voir le palais de Cnossos, répondit-elle, sans prononcer le C. Il ne fait pas bien beau pour faire du tourisme, vous ne trouvez pas ? » Elle avait l'air triste et semblait avoir froid. Elle avait les mains enfoncées dans les poches de son manteau.

« Vous restez la nuit ici, alors, dit Rydal. A Hérakleion.

— Je suppose. Si nous allons à Cnossos, nous manquerons l'avion de l'après-midi. »

Rydal vit que Chester éprouvait des difficultés à expliquer quelque chose au chauffeur.

« Chester voudrait laisser les bagages à la consigne quelque part pendant que nous visiterons le palais, dit Colette. Je suppose qu'il demande au chauffeur d'aller dans un autre hôtel que l'Astir. Il n'a pas envie d'y retourner. »

Mais Rydal voyait bien que Chester demandait au chauffeur de lui indiquer un endroit où mettre les bagages, car le chauffeur lui criait en grec : « Il n'y a *pas* de consigne ! »

Rydal les laissa s'arranger entre eux. Il les entendit se mettre d'accord sur l'hôtel Corona. C'était un peu plus loin dans la rue, à côté du musée d'Hérakleion. Chester fit signe à Colette de venir le rejoindre.

Colette regarda tour à tour Chester et Rydal d'un air un peu troublé, puis dit : « Au revoir » à Rydal comme si ce n'était qu'une séparation provisoire.

C'était d'ailleurs bien cela, se dit Rydal. Il prit sa propre valise et alla à pied au Corona. Quand il arriva, Colette et Chester descendaient juste l'escalier devant la porte. C'était un immeuble ni neuf ni vieux, vaguement jaune et vaguement sale, bâti dans l'affreux style des cinémas américains des années 30. Le taxi de Chester attendait au bord du trottoir. Chester jeta à Rydal un regard froid ; c'était le premier de la journée.

« Cela vous ennuie que je vienne avec vous à Cnossos ? dit Rydal. J'aimerais voir le palais aussi.

— Cela m'ennuie, en effet. Je préférerais être seul », dit Chester. Il se dirigea vers le taxi, puis se retourna. « Et si vous ne nous laissez pas tranquilles, je demanderai à un policier de vous enlever de là.

— A un policier ? » fit Rydal d'un ton incrédule. Chester se détourna et monta dans le taxi dans lequel Colette était déjà installée.

Rydal regarda rapidement autour de lui, cherchant un taxi, n'en vit pas et décida d'essayer la place, ou le petit parc, près du musée d'Hérakleion. Il y avait là deux taxis le long du trottoir, dont un avec un chauffeur dedans. Le chauffeur fut content d'avoir une course pour Cnossos.

Ils quittèrent la ville par la route par laquelle ils étaient venus avec le car, mais ne tardèrent pas à tourner légèrement à gauche. Le taxi de Chester n'était pas en vue. Rydal se redressa sur son siège et regarda le paysage. Il se souvint de la photo de Cnossos qu'il y avait dans le bureau de son père, une vieille photo où l'on voyait une partie des ruines du vieux palais, au fond, — pas assez, Rydal s'en souvenait, pour satisfaire sa curiosité d'enfant. « Mais où est le *labyrinthe* ? » demandait-il toujours à son père qui lui expliquait en soupirant qu'on ne voyait pas grand-chose du palais sur la photographie, que le palais avait quatre étages de haut et que, sur la photographie, la plus grande partie était derrière la colline. Rydal se souvenait surtout de cette colline, couverte d'herbe sombre, avec quelques cyprès qui se dressaient comme des points d'exclamation noirs, coupée en deux par un sentier pâle et onduleux qui traversait toute la photo et, au premier plan, deux moutons en train de paître et un âne noir. Quand ils approchèrent de Cnossos, il chercha la colline. *Y avait-il vraiment un labyrinthe ?* Cette question-là aussi, il l'avait posée à son père, car son esprit enfantin était incapable de saisir le mélange subtil de la réalité et de la légende. Plus tard, Rydal avait compris que c'étaient les chambres reliées par un enchevêtrement de couloirs du palais qui avaient donné naissance à la légende du labyrinthe et les danses des jeunes gens à la légende du taureau monstrueux, le Minotaure, qui soufflait des flammes dans les profondeurs du labyrinthe.

La pluie fine continuait à tomber.

« *Knossou* », dit le chauffeur, désignant une clôture de fil de fer le long de laquelle ils roulaient. Ils n'y avait ni bâtiments ni maisons en vue.

« Où est le palais ? demanda Rydal.

— Derrière la colline. »

Ils arrivèrent sur un terre-plein en forme de demi-cercle ; il y avait là une baraque où l'on vendait des billets. Rydal vit Chester et Colette qui montaient sur la colline, plus loin, vers les cyprès, vers les colonnes et le toit du palais que Rydal apercevait maintenant. C'était la colline de la photographie. Rydal paya le chauffeur et lui donna un si bon pourboire que l'autre voulut l'attendre. Mais comme Chester avait apparemment renvoyé son propre chauffeur, Rydal dit aussi de ne pas attendre.

« Il y a des cars toutes les heures, n'est-ce pas ? demanda-t-il.

— Toutes les heures, monsieur. »

Rydal lui fit au revoir de la main et alla à la baraque prendre un billet. Il y avait là un homme à l'air endormi en pardessus et en chapeau, enveloppé jusqu'aux yeux dans un cache-nez.

« *Ena, parakalo* », dit Rydal en tendant son argent.

On lui donna un petit billet blanc.

« Il n'y a pas beaucoup de monde aujourd'hui, hein ? » dit Rydal.

L'homme poussa une exclamation inintelligible, plutôt italienne, du genre « gouah ! » et leva les mains, comme pour dire qu'il fallait être un imbécile pour venir par un jour pareil.

Rydal releva le col de son pardessus, prit sa valise puis, se ravisant, demanda à l'homme s'il pouvait lui laisser sa valise quelques minutes. L'homme dit oui, bien sûr.

« Oh ! elle n'est pas lourde. Je vais la prendre avec moi », dit Rydal. L'homme ne lui inspirait pas confiance.

Rydal monta sur la colline. Lentement, le palais lui apparut ; d'abord un terrain plat et découvert, à sa gauche, pavé de dalles, comme une cour ou une scène, une dénivellation de terrain derrière et, à droite, le palais lui-même qui avait l'air d'une conglomération d'immenses boîtes, des escaliers extérieurs sans rampes, des terrasses découvertes dont les toits étaient supportés par des colonnes rouge sombre : le roux de Crète, bien connu.

Rydal franchit une porte à peine plus haute que sa tête. Des escaliers montaient, d'autres descendaient. Le sol semblait être fait de terre battue. Ici, au moins, il faisait sec. Il y avait, dans la pièce, trois portes ouvertes. Rydal prit celle qui était à sa droite. Elle menait à une autre pièce qui avait également trois portes. Deux longues lances étaient appuyées contre un mur et Rydal, songeant combien ces armes seraient terribles si elles transperçaient un corps humain, frissonna un peu et posa sa valise. Puis il la porta dans un coin de la pièce, à l'écart. Il ne semblait y avoir personne dans le palais, pas même un gardien. Mais c'était janvier, bien sûr, on était lundi et il pleuvait.

Il franchit l'une des portes et écouta. Il entendit la voix de Colette venant d'en haut. Il leva les yeux. Il ne vit qu'une partie d'un escalier de pierre extérieur et le rebord droit d'une terrasse ou d'un toit, avec le ciel gris derrière. Il prit un escalier extérieur pour monter, en veillant à rester assez près du bâtiment car il y avait une chute d'un étage à sa droite. L'escalier le conduisit dans un vestibule dont la décoration murale lui coupa le souffle. Devant lui il vit les danseurs à taille de fuseau, bondissant par-dessus les cornes des taureaux gracieux.

« Chester ? » C'était la voix de Colette, toujours au-dessus de sa tête.

Souriant, Rydal grimpa un autre escalier, en montant deux marches à la fois et émergea sur le toit. Il y avait encore une autre terrasse au-dessus de lui et Chester s'y tenait, sa silhouette se découpant contre le ciel, une main appuyée contre un pilier qui se dressait en haut d'un escalier. Il se détourna, l'air ennuyé. Rydal grimpa encore pour se trouver à son niveau. Colette était sous un portique de pierre, à trois mètres de là, et regardait de grands vases. Chester se promenait, la tête baissée, sur un prolongement du toit de la terrasse, à droite de Rydal. Rydal se rapprocha de lui. L'endroit où marchait Chester ne menait nulle part. A sa droite et à sa gauche, il y avait des trous ronds, d'environ un mètre vingt de profondeur dont Rydal se souvenait avoir entendu son père dire qu'ils contenaient jadis des récipients pour conserver l'huile et le vin. Chester le vit approcher et, immédiatement, revint sur ses pas, comme s'il avait peur que Rydal ne se précipite sur lui et ne le pousse dans le vide. Rydal s'écarta pour le laisser passer, bien qu'il y eût de la place pour que deux personnes se croisent sans se toucher.

« C'est fascinant, non ? dit Rydal. J'imagine que c'était là qu'on rangeait les provisions.

— C'était la partie réservée aux domestiques », dit Chester d'un ton docte et Rydal sourit en songeant à son père.

« Bonjour, Rydal, cria Colette. Que pensez-vous de tout ça ? »

Rydal alla la rejoindre, heureux d'entendre le son de sa voix, heureux d'être près d'elle. « C'est formidable ! Je vois ce qu'ils veulent dire par labyrinthe. Je n'imagine pas qu'on puisse visiter systématiquement les lieux, et vous ? Chaque pièce donne sur trois autres.

— Descendons par le grand escalier ! Chester dit que ce large escalier intérieur est le grand. » Elle lui prit la main, elle était brusquement aussi excitée que lui.

Ils tombèrent sur une autre fresque, cette fois représentant un groupe de femmes élégamment vêtues, mais la poitrine nue, occupées à bavarder et à rire comme si elles étaient dans une loge de théâtre.

« Regardez-moi ces seins ! J'imagine qu'ils sont

célèbres. Non ? demanda-t-elle en riant. Ils devraient l'être.

— Je suppose. Venez. C'est le grand escalier, en effet. Vous voyez ces rainures pour l'eau de pluie ? Mon père m'en a parlé. Elles montent afin de ralentir l'eau dans les courbes pour qu'elle ne déborde pas et ne coule pas sur les marches. C'est de l'hydraulique.

— Colette ? » C'était la voix de Chester. Elle semblait lointaine.

« Je suis ici ! répondit Colette. Sur le grand escalier. »

Mais, un instant plus tard, ils avaient quitté le grand escalier et pénétré dans une pièce intitulée *Bain de la Reine.* Ils se mirent brusquement à marcher sur la pointe des pieds tous les deux.

« Bonté divine, si c'est ça la baignoire, elle est drôlement petite, dit Colette regardant une cuve de pierre installée dans un léger creux du sol.

— Les gens étaient peut-être plus petits en ce temps-là. »

Cette idée fit rire Colette. « Je crois qu'il n'y a que nous dans tout le palais. C'est merveilleux, non ? »

Brusquement, ils s'embrassèrent. Ils demeurèrent un long moment serrés l'un contre l'autre, puis Colette se dégagea, tira Rydal par la main et l'entraîna dans une autre pièce.

« Regardez cette chaise ! » dit-elle.

C'était une chaise à haut dossier.

« C'est le trône, dit Rydal. Le trône du roi Minos.

— Vraiment ? » demanda-t-elle, tout essoufflée. Elle s'y assit avec précaution et leva la tête en souriant. « C'est même confortable. »

De grands boucliers étaient appuyés contre le mur. Et d'autres lances.

« Colette ! » Chester était dans la pièce voisine. Il franchit rapidement le seuil et s'approcha d'eux, l'air furieux, son guide fermé dans la main. « Bon sang, c'est facile de se perdre ici, vous savez !

— Ne vous gênez pas. » Rydal n'avait pu réprimer cette insolence.

Chester rougit.

« Allons, Chester, dit Colette d'un ton apaisant. Il n'y a pas de portes, en tout cas. Nous ne risquons pas de rester enfermés quelque part.

— Je crois que j'en ai vu assez, dit Chester. Si tu es prête à partir...

— Non, pas encore. Je crois que je n'en ai même pas encore vu la moitié. Je trouve tout le temps d'autres pièces. »

Rydal avait envie de rester près d'elle, mais, avec tact et prudence, il s'éloigna un peu et demeura un moment à regarder un récipient intitulé *Bain lustral*, qui était à peine plus petit que la baignoire de la reine. Et puis, il eut brusquement envie de sortir et il franchit une porte, à sa gauche et prit la direction du grand escalier et de ce qu'il croyait être la sortie. Il tourna deux fois du mauvais côté, se trompa deux fois de pièce, puis arriva enfin sur une terrasse, au niveau du sol. Il eut de nouveau la pluie sur le visage. Il avança lentement, cherchant à s'orienter. Droit devant lui, c'était la direction qu'il avait prise pour approcher du palais, celle par laquelle lui-même, ou Chester et Colette devraient partir. Rydal ne cessa de regarder de ce côté, pour qu'ils ne puissent pas sortir à son insu. Puis il se souvint de sa valise, contourna le palais jusqu'à la porte par laquelle il était entré, alla la reprendre et attendit les deux autres dehors.

« Chester ? » On entendait à peine la voix de Colette. « Chester, où es-tu ?

— Où es-tu, *toi ?* » demanda Chester.

Rydal sourit. Est-ce que Chester jouait à un jeu avec elle ?

« Chester ? Dis-moi. Dans quelle pièce ? Tu as l'air plus haut. Tu es en haut ? Moi, je suis en bas. »

Pas de réponse de Chester.

« La sortie est par ici ! cria Rydal. Vous m'entendez, Colette ?

— Oui, mais... criez encore une fois. Je suivrai la direction. »

Rydal posa sa valise et contourna le coin du palais. Il se disait qu'il devait y avoir un chemin plus direct, par la terrasse latérale, ou peut-être celle du fond, mais au moins il savait où était la terrasse. Il alla jusque sous un surplomb, s'arrêta dans une porte et cria :

« *Colette !* Par ici ! Vous m'entendez ?

— Oui. » Puis, joyeusement : « Merci ! »

Rydal regarda les deux autres portes de la pièce, pour le cas où elle apparaîtrait par l'une d'elles, puis répéta : « *Par ici* », en souriant, fit demi-tour et ressortit sur la terrasse. Il alla jusqu'au coin, chercha Chester des yeux et ne le vit pas. Il retourna au centre de la terrasse.

Colette était en train de sortir par la porte où il se tenait tout à l'heure ; elle courait vers lui en souriant.

Puis un léger bruit, une ombre, un sixième sens... *quelque chose* lui fit lever les yeux et, avec un réflexe aussi rapide qu'un battement de paupière, il plongea pour se mettre à l'abri.

Il y eut un craquement, puis un bruit de tonnerre, un fracas de pierre contre pierre.

Rydal, étalé sur le sol de la terrasse, se mit debout en tremblant. « *Dio mio*, murmura-t-il, *dio mio, dio mio* », encore et encore.

Colette était allongée là, sanglante, la tête écrasée. Elle avait la face contre le sol. De chaque côté d'elle, deux fragments gigantesques d'une urne de pierre se balançaient comme d'horribles berceaux aux bords déchiquetés. Rydal leva les yeux. A deux étages au-dessus de lui, Chester serrait le parapet bas d'une terrasse.

« Salopard ! » fit Rydal d'une voix si tremblante qu'elle était à peine audible.

Chester émit un bruit semblable à un sanglot, à la plainte d'un chien.

Rydal se précipita vers l'escalier à sa gauche, trébucha, continua, puis sentit brusquement ses genoux faiblir. Il attrapa les marches qui étaient devant lui avec les mains. Il allait être malade, s'évanouir. Il ne savait pas. Il leva les yeux. Chester se tenait en haut de l'escalier. Il se mit à descendre lentement.

Rydal se redressa un peu.

Chester approchait ; Rydal sentit qu'il allait lui donner un coup de pied dans la figure.

Il plongea vers les jambes de Chester, passa ses deux bras autour et Chester perdit l'équilibre. Chester en tête et Rydal toujours collé à lui, sur lui, dévalèrent les quelque deux mètres cinquante jusqu'à la terrasse. Rydal n'eut aucun mal et Chester parut seulement un peu *groggy* ; il était assis et se tenait la tête. Rydal respira profondément, essayant de récupérer, de ne pas s'évanouir. Il regarda Colette.

« Elle est morte », dit-il à Chester. Puis, à trois mètres de Chester, il plia les jambes et s'agenouilla. Il se mit les mains sur les yeux et céda à la nausée qui lui tordait l'estomac. Il avait envie de vomir, mais il ne pouvait pas.

Chester était près de lui maintenant. « C'est votre faute si elle est morte, dit-il. Votre faute ! » Il s'approcha lourdement de Colette et se mit à quatre pattes devant elle.

Rydal fronça les sourcils en voyant Chester tendre la main pour toucher l'épaule de Colette. Il le regarda avec suspicion, comme s'il pouvait encore lui faire quelque chose. Rydal avait vu sa tête. Il se leva.

Chester se retourna sur un genou vers Rydal et dit : « Vous ne vous en tirerez pas, canaille. Canaille ! » Il baissa les manches de sa veste, d'un geste peut-être machinal mais qui avait l'air du geste d'un gentleman qui tire ses manchettes avant de prendre congé.

Rydal se sentait plus fort. Il s'approcha de Chester.

Chester se leva, s'en alla jusqu'au bout de la terrasse et tourna à gauche. Rydal le suivit.

« Vous allez la laisser ici comme ça ? » cria-t-il.

Chester poursuivit son chemin, silhouette sombre sous la pluie.

Rydal partit derrière lui, faillit tomber sur sa valise et la ramassa machinalement. Mais, quand il eut fait quelques pas avec, il la reposa et repartit en courant vers la terrasse.

« Colette ! Colette ! » cria-t-il, lui touchant l'épaule, regardant sa main gauche avec l'alliance et la bague de fiançailles, apparemment intacte et vivante. La pluie délayait et élargissait le sang et en faisait une grande auréole autour de sa tête. Rydal lécha les gouttes de pluie qu'il avait sur les lèvres. Puis il se leva et repartit en courant, d'un pas décidé ; il récupéra sa valise puis prit la direction par où venait de partir Chester.

Chester n'était pas en vue.

« Il n'y avait pas de taxi ici ? demanda Rydal à l'homme qui sommeillait à l'entrée.

— Quoi ? » L'homme était assis au fond de la baraque. Ses côtés lui bouchaient la vue comme des œillères.

« Est-ce que quelqu'un est parti dans un taxi... à l'instant ?

— Non. Personne n'est parti. Ça je l'ai vu. Combien y en a-t-il là-haut ? (Il désigna le palais.) On ferme dans vingt minutes. »

Rydal partit sans répondre. Il se rendait vaguement compte que, quand on retrouverait Colette, l'homme qui vendait des billets ne se souviendrait que de lui quand la police l'interrogerait. Mais cela lui semblait absolument sans importance. Il courut vers l'endroit où la route tournait. Il faisait encore assez jour pour distinguer quelqu'un sur la route, s'il y avait quelqu'un. La route était vide. Rydal regarda de nouveau derrière lui. Il y avait un « pavillon » pour touristes — un de ces établissements mi-restaurant, mi-auberge, subventionnés par le gouvernement — devant la grille du palais, mais Rydal pensait que Chester n'aurait pas osé y entrer. On voyait briller les lampes jaunes du bâtiments à travers la pluie fine. Non, Chester se cachait quelque part dans un fossé, derrière des buissons. Ou peut-être avait-il eu la chance d'attraper le car. Ou même un taxi. Rydal eut un sourire tendu. Il avait le temps.

XII

Chester se cachait, ou plutôt s'était effondré derrière des buissons à une trentaine de mètres à peine de la grille de Cnossos, de l'autre côté de la route. Il était tantôt tremblant, tantôt inerte sous le choc. La pluie bourdonnait à ses oreilles. Ses vêtements étaient détrempés. Il était mi-assis, mi-couché, appuyé sur un bras, la paume à plat contre le sol dur et mouillé. Un long moment se passa, la nuit commença à tomber, avant qu'il fût en état de penser, et sa première pensée fut seulement que la nuit commençait à tomber. Il continua à partir de là.

Rydal devait être passé. Il devait l'attendre dans cet hôtel d'Hérakleion où il avait laissé ses valises. Et Colette gisait toujours sous la pluie sur la terrasse. Cette pensée le transperça comme une catastrophe et il se retrouva hors d'haleine et tremblant. C'était la faute de Rydal. Rydal allait payer. Chester se leva avec précaution. Il se mit à marcher sur la route dans la direction d'Hérakleion. Il se sentit les mains vides et se rappela qu'il avait laissé son *Guide bleu* au palais, sur la terrasse supérieure. Il sourit, puis pleura un peu. Puis il prit son peigne et le passa plusieurs fois dans ses fins cheveux mouillés. Il devait prendre le car. Il n'avait aucune chance de trouver un taxi sur cette route de campagne.

Il marcha lentement pendant trente-cinq minutes avant de voir un car qui allait dans la direction d'Hérakleion. Il en avait vu au moins trois qui allaient dans d'autres directions. Chester fit signe et le car s'arrêta. Il monta, cherchant frénétiquement Rydal à l'intérieur. Il ne vit que des visages grecs, solennels, certains non rasés, mais pas de Rydal.

Chester chercha de nouveau Rydal sur la place où le car s'arrêta. Rydal était sûrement à l'hôtel Corona. Il se dirigea lentement, d'un pas qui se voulait détaché, vers un café dont il avait vu les lumières allumées de la place. Il avait le sentiment qu'on le regardait. Il regrettait de ne pas avoir son chapeau, mais il l'avait perdu à Cnossos.

En toute autre circonstance, les vingt minutes qui suivirent auraient été un cauchemar pour Chester, mais il les supporta avec une patience extraordinaire. D'abord, il dut chercher les hôtels dans l'annuaire du téléphone sous le nom *xenodochaion* qu'il connaissait. Puis il fallut appeler l'hôtel Corona et demander de faire porter les bagages qu'il avait laissés chez eux sous le nom de Chamberlain à l'hôtel Hephaestou dont il venait de trouver le nom dans l'annuaire. Bien qu'il eût quelqu'un qui parlât l'anglais au bout du fil, au Corona, ou bien il ne sut pas se faire comprendre, ou alors l'autre n'avait pas envie de perdre un client.

« Je vous paierai pour cette nuit, si vous voulez, dit Chester. Vous comprenez ? Faites-moi une note et je vous enverrai l'argent par le chasseur que vous enverrez à l'hôtel Hephaestou avec mes bagages. »

Chester dut le répéter plusieurs fois, et sous différentes formes. L'homme finit par dire :

« Vous le regretterez, monsieur, d'un ton sinistre.

— Pourquoi ? » demanda Chester avec un calme parfait.

Toujours calme, il renonça au bout d'une minute ou deux, s'assit à une table au restaurant et demanda un scotch. Ils n'en avaient pas. Chester demanda un double ouzo. Pour une fois, il se sentit aussi miteux et informe que les autres clients de l'endroit. C'était bien. Il n'était pas voyant, à part le fait qu'il était Américain.

Il s'attaqua de nouveau au téléphone. Cette fois, le propriétaire du restaurant, un homme aimable et souriant, vint l'aider. Chester lui expliqua ce qu'il voulait. L'homme savait un peu d'anglais, mais il ne connaissait ni le mot « bagages » ni le mot « valise ». L'un des clients lui expliqua ce que c'était et il retourna au téléphone et appela l'hôtel Corona. Il y eut une discussion, Chester fit des gestes affirmatifs et dit : « Faites-le. Oui », à l'arrière-plan au Grec, puis Chester eut l'impression que c'était arrangé.

« Merci, dit-il. Merci beaucoup. » Il laissa un bon pourboire et il était sur le point de s'en aller quand il s'aperçut qu'il ignorait où était l'hôtel Hephaestou. Il fit demi-tour, puis se ravisa ; mieux valait demander à quelqu'un d'autre. Il était resté assez longtemps dans cet endroit.

Chester demanda à tant de gens qui ne savaient pas qu'il finit par se dire que l'hôtel Hephaestou n'existait pas, que c'était pour cela qu'ils y avaient mis tant de mauvaise volonté à l'hôtel Corona. Puis il trouva un marchand de journaux qui savait et qui lui indiqua au moins la direction.

C'était dans une rue sombre et étroite. Il y avait

une toute petite lumière au-dessus de l'entrée. Mais il y avait le nom, Xenodochaion Hephaestou, sur une plaque d'un côté de la porte. Chester essaya de demander si ses bagages étaient arrivés. Il ne voyait pas où on aurait pu les cacher dans le hall minuscule s'ils avaient été là.

« Non », dit l'homme en secouant la tête.

Chester n'était quand même pas tout à fait sûr. Cela devait faire une vingtaine de minutes que le Grec avait fait sa commission à l'hôtel Corona. Il demanda une chambre avec salle de bain d'un ton las. L'homme semblait connaître la phrase. Il acquiesça et dit :

« Votre passeport, s'il vous plaît. »

Chester se dirigea nerveusement vers la porte, cherchant son passeport qui était dans sa poche intérieure avec celui de Colette. Il ne voulait pas que l'homme voie qu'il en avait deux. Il revint avec le sien et le tendit. Il se dit qu'il devait se débarrasser de celui de Colette. Ce n'était pas le sien, de toute manière. Et quand on l'identifierait... *pourrait-on* l'identifier ? Lui restait-il assez de visage ? S'ils y parvenaient, elle serait Mrs. Chester MacFarland. Il se demanda si elle avait une photo d'elle ou de lui dans son portefeuille. Pourquoi n'y avait-il pas pensé plus tôt, des jours plus tôt ? *Oh ! ciel, où sont mes bagages, avec mon scotch et mon argent dedans ?* Chester regarda vers la porte vide de l'hôtel. Puis il traversa le hall et se laissa tomber sur une petite chaise.

L'homme lui dit quelque chose, un mot, en souriant.

« J'attends mes bagages », dit Chester, sans se préoccuper de ce que l'homme avait dit.

Un taxi s'arrêta devant la porte. Chester se redressa sur son siège, trop fatigué pour se lever.

Rydal descendit du taxi. Chester sentit une

secousse dans sa poitrine, comme si quelqu'un avait pris son cœur dans la main et l'avait fait s'arrêter un instant. Il se leva lentement. Rydal semblait seul. Il n'y avait pas de chasseur. Mais Chester vit qu'on sortait tous ses bagages du taxi. Rydal regarda à l'intérieur de l'hôtel, le vit et détourna les yeux. Il payait le chauffeur de taxi. L'homme de la réception vint aider à porter les bagages. Chester ne bougea pas. Rydal le regarda en entrant ; il portait sa valise personnelle et son sac en antilope. Il fit un signe de tête. Il avait une expression tendue et étrange. Ses cheveux noirs mouillés pendaient sur son front.

L'homme de l'hôtel dit quelque chose à Rydal que Chester ne comprit pas. Rydal répondit brièvement, désignant Chester de la tête et lui adressant un vague sourire.

« 'Soir », lui dit Rydal. Puis il parla en grec à l'employé de l'hôtel qui sourit, acquiesça et lui demanda son passeport. Pendant que l'homme l'inscrivait sur le registre de l'hôtel, Rydal s'avança vers Chester.

« Vous prenez le bateau demain, ou l'avion ? demanda-t-il.

— Je comptais prendre le bateau, dit Chester vivement.

— Et maintenant ? »

Chester ne répondit pas. Il se sentait le cerveau complètement bloqué.

Rydal retourna lentement au bureau de la réception. Il dit quelques phrases à l'employé, à voix presque basse et l'autre l'écouta et acquiesça gravement. Chester les observait. Rydal était sûrement en train de dire à l'homme qu'il voulait qu'on le prévienne si son ami quittait l'hôtel. Peut-être disait-il à cet homme que Chester avait été très secoué par de mauvaises nouvelles, ou quelque chose comme ça.

Rydal ayant refusé de monter dans le petit ascenseur, Chester y prit place avec l'homme de la réception et deux valises et ils montèrent au second et dernier étage de l'hôtel.

« Où est mon ami ? demanda Chester à l'homme, désignant les étages inférieurs. Dans quelle chambre est-il ?

— Chambre ? » l'homme lui montra la plaque d'une des clefs qu'il avait à la main. Elle portait le numéro 10.

Quand ils arrivèrent devant, Chester constata que c'était sa chambre à lui qui avait le numéro 10.

« L'autre clef, pour lui », dit-il, désignant la seconde clef que l'homme avait à la main.

« Ah ! *Pende !* Cinq », dit l'homme.

A l'étage au-dessous, se dit Chester. Mais, en se laissant tomber dans l'affreux fauteuil bosselé, après avoir jeté son manteau humide sur le lit, pour attendre le reste de ses bagages, il se dit que ce n'était pas la peine d'avoir peur que Rydal ne lui échappe car Rydal, lui, ne le laisserait pas filer. Chester sourit amèrement. Qu'il soit seulement à Athènes, ou dans n'importe quelle grande ville, et il téléphonerait à la police pour leur parler de Rydal Keener. Il n'aurait pas besoin de donner son nom, ni Chamberlain, ni un autre. S'ils le soupçonnaient d'être Chamberlain, ou si Rydal disait à la police qu'il était MacFarland, alias Chamberlain, quand ils l'arrêteraient, lui-même Chester pourrait déjà être à des kilomètres de là, dans un autre pays. Avant toute chose, il allait se procurer un autre passeport par l'intermédiaire de Niko, sans que Rydal en fût informé. Il paierait Niko suffisamment pour acheter son silence. Ce qui voulait peut-être dire beaucoup d'argent, mais, de l'argent, il en avait.

Il arrivait justement, son argent, dans sa grande

valise beige, et le sac aussi, avec ses bouteilles de scotch. Chester donna un pourboire à l'homme haletant et, dès que l'autre partit, se versa un verre. Il en avait besoin.

Demain, il prendrait l'avion. Ils allaient être tous les deux dans l'avion d'Athènes, demain. C'était drôle.

Puis Chester se rendit compte qu'il ne pouvait pas se permettre d'attendre jusqu'à trois heures et demie pour prendre l'avion. Il devait prendre le bateau le lendemain matin à neuf heures, même si le bateau mettait vingt-quatre heures (ce qui était le cas) pour arriver au Pirée. Ils trouveraient certainement le corps de Colette demain matin, quand il ferait jour, dès l'heure d'ouverture du palais au public. Chester croyait vaguement qu'on ne la retrouverait pas ce soir, même si un gardien passait partout pour faire partir les derniers visiteurs. Le gardien ne promènerait pas nécessairement, — il y avait même très peu de chances qu'il promenât, — une lampe électrique sur toutes les terrasses pour voir s'il y restait quelqu'un. Mais d'ici demain matin neuf heures, ou dix heures au plus tard, le corps serait sûrement retrouvé. Chester essaya de ne pas penser au *corps*, mais simplement au fait qu'il serait retrouvé.

Il but son scotch et s'en versa un autre. Il y avait un lavabo dans la pièce. Le propriétaire lui avait dit que la salle de bain était quelque part dans le couloir.

Il enleva sa chemise et se lava entièrement avec une serviette de toilette devant le lavabo. Il puait de sueur. Il eut un choc en voyant sa figure dans la glace : il avait l'air hagard, vieux, et épuisé. Comme un somnambule, il enfila sa veste pour avoir plus chaud, sans mettre de chemise, et s'allongea sur le lit. Il ne dormit pas. La conscience était comme un petit nœud tourbillonnant au centre de son cerveau, indestructible mais en même temps inutile car il ne pensait pas. Le craquement d'une planche du parquet dans le couloir le fit sursauter. Il se précipita vers la porte, vit une clef dans la serrure et la tourna. La porte n'était pas fermée à clef. Son cœur battait comme s'il venait de courir un danger mortel.

Il n'y eut plus de craquements dans le couloir.

Il tomba dans un demi-sommeil. La pluie battait contre les fenêtres à chaque rafale de vent. Quelque part, dehors, il y avait une bataille de chats. Chester vit deux chats galeux qui se battaient au bord d'un toit, et qui, à un moment, tombèrent ensemble. Il se réveilla en sursaut, se dressa sur son séant.

Et si je le faisais maintenant, se dit-il. Si j'appelais la police pour leur dire où est Rydal Keener ? Leur dire qu'il avait tué Colette parce qu'il ne parvenait pas à l'éloigner de son mari. Leur dire que Rydal Keener était fou, qu'il avait tué le policier à l'hôtel du Palais-Royal et menacé de le tuer lui s'il en parlait à quelqu'un. Chester avait été témoin du meurtre dans le couloir. Chester, une victime des circonstances. Chester avait donné cinq mille dollars à ce type pour s'en libérer. Rydal Keener avait l'argent sur lui, les policiers n'avaient qu'à chercher et ils le trouveraient. Oui, il fallait y aller carrément... Non, Chester changea d'avis sur ce point. Il ne pourrait pas dire qu'il était Chamberlain, qu'il l'avait toujours été, alors qu'il était inscrit à l'hôtel du Palais-Royal sous le nom de Chester MacFarland. Comment expliquerait-il qu'il avait un passeport au nom de Chamberlain ? Ma foi, il dirait qu'il se l'était procuré comme une sorte de mesure désespérée pour ne pas être arrêté et accusé du meurtre de l'agent grec, un meurtre commis par Rydal Keener. Le mobile ? Il s'en inquiéterait plus tard. Rydal Keener était un malade mental, voilà. Rydal Keener avait assassiné sa femme pour lui faire du mal à lui, parce qu'il ne pouvait pas l'avoir. Chester avait entendu parler d'hommes qui avaient agi de cette manière.

Pourquoi ne pas le faire maintenant ?

Chester se leva. Il n'y avait pas de téléphone dans la pièce. Il pouvait aller en bas, ou quelque part dehors. Cela vaudrait mieux, d'ailleurs. Chester s'entendit disant : *Vous trouverez le cadavre de Mary Ellen Chamberlain sur une terrasse du palais Cnossos... oui. Maintenant. Le meurtrier est Rydal Keener. Il est à l'hôtel Hephaestou. K-e-e-n-e-r.*

C'était faisable. C'était faisable. Il n'y avait qu'à leur dire. Leur dire : *Rydal Keener est responsable aussi de la mort de Georges Papanopoulos, à Athènes, la semaine dernière...*

Chester ouvrit sa valise pour prendre une chemise propre. Le fait de soulever la valise pour la mettre sur le lit avait provoqué un élancement douloureux de fatigue dans son bras droit. La chemise propre à la main, il se rendit compte qu'il n'allait pas sortir pour téléphoner ce soir. La ville était trop petite. Combien d'Américains y résidaient-ils ? C'était ridicule. Il devrait quitter l'hôtel avant l'arrivée de la police ; Rydal ne le laisserait pas partir... non, c'était impossible. Mais à Athènes, c'était autre chose. Chester décida de descendre pour parler au propriétaire du bateau du matin. Il devrait peut-être acheter son billet d'avance. Il mit la chemise propre.

On frappa à la porte. Puis le bouton tourna. Chester savait que c'était Rydal. Il se dirigea vers la porte.

« Qui est là ?

— Vous le savez bien. Ouvrez.

— Je n'ai pas envie de vous voir. »

Rydal donna un coup d'épaule dans la porte, le bois craqua, mais la serrure ne céda pas.

Chester ouvrit.

« Merci », dit Rydal, et il entra.

Chester crut un moment que Rydal était ivre. Mais il n'avait pas les yeux d'un homme ivre. Il ferma négligemment la porte derrière lui. Il regarda Chester quelques secondes, les pouces dans la ceinture de son pantalon. Chester détourna les yeux, puis le regarda de nouveau.

« Qu'est-ce que vous voulez au juste ? demanda-t-il.

— Je suis venu vous tuer, dit Rydal, déplaçant légèrement ses doigts sur sa ceinture. Vous savez... je dirai que vous vous êtes suicidé, tout simplement. J'ai déjà mis l'idée dans la tête du propriétaire. »

Chester s'était mis à transpirer, bien qu'il n'eût pas peur du tout. C'était trop absurde. Il eut un léger sourire. « Et comment vous proposiez-vous de le faire ?

— Je vais vous pendre. Quelques cravates feront l'affaire. Ce lustre m'a l'air solide. »

Chester leva les yeux. Le lustre n'était pas solide du tout, à son avis, pas du tout. Il se cala plus solidement sur ses pieds.

« Sortez de ma chambre.

— Oh ! non. (Rydal sourit.) Peut-être aimeriez-vous me dénoncer à la police d'abord. Vous ne voudriez pas mourir avant de l'avoir fait, n'est-ce pas ? Faites-le maintenant, qu'attendez-vous ? Voyez jusqu'où vous irez ! Espèce de porc dégoûtant, *vous n'avez donc pas une once de cervelle ?* » Rydal avait brusquement élevé la voix. Il se pencha en avant. On voyait saillir une veine sur son front. « *Espèce de porc !*

— Sortez d'ici. Vous êtes en pleine crise de nerfs. » Chester avait peur de lui maintenant.

Rydal se mordit la lèvre. Il se calma visiblement, aussi vite qu'il s'était enflammé. « Je ne pense pas que je vais me donner la peine de discuter avec vous, dit-il, et il alla vers la porte. Nous reprendrons ceci à Athènes, d'accord ? Vous feriez mieux de prendre le bateau demain, et non l'avion. »

Chester ne dit rien. Il regardait Rydal mais il n'avait pas bougé d'où il était.

« Moi aussi, malheureusement. La police pourrait m'arrêter avant trois heures demain, et cela vous donnerait le temps de me filer entre les pattes. » Rydal sortit et ferma la porte.

Chester n'avait pas envie de descendre demander des renseignements sur le bateau, maintenant. Que Rydal s'en occupe, puisqu'ils devaient le prendre tous les deux. Il alla à la porte et tourna la clef dans la serrure. Puis il se déshabilla lentement et se glissa entre les draps, sans prendre la peine de mettre un pyjama. Mais il laissa la lumière allumée. Il se sentait plus en sécurité avec la lumière. Il se rendit compte qu'il avait peur de dénoncer Rydal à la police, même par un coup de téléphone dans lequel il ne donnerait pas son nom, et même à Athènes. Rydal savait trop de choses sur lui. Rydal pouvait, si besoin en était, faire venir Niko comme témoin, pour corroborer l'histoire des faux passeports. Il pouvait dire à la police que Chamberlain était un faux nom... et Dieu sait ce que Colette avait dit de lui à Rydal, peut-être des tas de choses. Il n'y avait qu'une chose à faire, c'était de se débarrasser de Rydal en le tuant. Pour son second essai, il ne devait pas échouer. Le plus sûr, se dit-il, c'était de trouver quelqu'un qui le ferait pour lui. Peut-être que Niko connaîtrait quelqu'un à Athènes. Il dirait à Niko qu'il avait un travail dangereux à faire faire, quelque chose d'important qu'il était prêt à payer très cher. Niko saurait à qui il faudrait s'adresser. Il ne fallait pas dire à Niko de quoi il s'agissait. Il fallait juste parler à celui qui ferait le travail. Chester saurait bien à quoi s'en tenir dès qu'il verrait l'homme. Si le premier qu'on lui indiquerait ne faisait pas l'affaire, il connaîtrait peut-être quelqu'un qui la ferait. C'était réalisable.

XIII

RYDAL fut surpris lorsqu'il frappa à la porte de Chester, le lendemain matin, à sept heures et demie, de ne pas obtenir de réponse. Il frappa plusieurs fois et cria le nom de Chester. Pas de réponse. Puis il courut au rez-de-chaussée.

C'était toujours le même homme qui était à la réception ; il était assoupi sur sa chaise dont le dossier était appuyé contre le mur. Il se redressa quand Rydal frappa sur le comptoir.

« Excusez-moi. Est-ce que le monsieur du numéro 10 est parti ?

— Oh ! non, il est sorti à... oh ! quatre ou cinq heures.

— Du matin ? Avec ses bagages ?

— Non, non, dit l'homme en souriant. Pas avec ses bagages. Je ne sais pas, il allait peut-être faire une petite promenade matinale.

— Merci. » Rydal sortit sur le pas de la porte et regarda des deux côtés de la rue. Voyons, il ne faut pas s'en faire, se dit-il. Chester allait revenir. A moins, bien entendu, qu'il n'eût pris tout son argent dans sa valise et qu'il fût parti avec, en laissant ses bagages. Rydal ne pouvait pas le croire. Juste au moment où il allait faire demi-tour et rentrer dans l'hôtel, il vit Chester déboucher au coin de la rue. Rydal revint dans le hall et dit à l'homme : « Il arrive.

— Ah ! bon. Il dort mal, peut-être, votre ami.

— Je suppose. Nous allons partir d'ici une demi-heure, alors pourriez-vous nous préparer notre note ?

— Bien, monsieur. »

Rydal se dirigea lentement vers l'escalier, ne voulant pas que le propriétaire remarque une hostilité quelconque entre Chester et lui. Au moment où Chester arrivait devant l'escalier, Rydal, qui était sur la quatrième marche, se retourna et dit : « Bonjour. Je viens de demander qu'on nous prépare notre note. Il faudrait partir le plus vite possible. Le bateau appareille à neuf heures. »

Chester était pâle et avait les yeux gonflés. « D'accord », dit-il.

Rydal alla vers sa chambre au premier et Chester continua vers le second. « Je vous retrouverai en bas à huit heures », dit Rydal.

Vers huit heures, ils payèrent leur note en silence, chargèrent leurs bagages dans le même taxi et partirent pour le port. Il y avait un vendeur de journaux sur le quai près du bateau. Rydal acheta un journal d'Hérakleion. Il jeta un coup d'œil sur la première page et ne vit rien concernant la découverte d'un cadavre à Cnossos. Rydal s'informa auprès d'un steward du bateau sur le quai et apprit qu'on pouvait acheter des billets sur le pont principal dans le grand salon. Il demanda à un porteur de monter leurs bagages à bord.

Heureusement, il restait des cabines libres en première classe. Rydal n'avait pas envie de prendre des secondes sur ce bateau. Il y avait une troisième classe, reléguée probablement dans les entrailles du bateau, et l'arrière, à ciel ouvert, du pont principal était déjà encombré de gens qui n'avaient pas d'abri du tout pour les vingt-quatre heures de voyage, des gens qui mangeaient des oranges, des bananes et des sandwiches et qui jetaient les restes par-dessus bord, ou par terre, à leurs pieds, tout simplement. Le coup d'œil que Rydal leur avait jeté, quand il était monté à bord, avait suffi à le déprimer. On aurait dit du bétail dans un enclos, à cette différence qu'ils se poussaient et se chamaillaient déjà afin de se trouver un endroit pour dormir la nuit, certains se gardant d'avance la place en s'allongeant par terre et en refusant de bouger.

« Je peux vous donner une cabine ensemble, dit le commissaire.

— Non, non, ça ira très bien », dit Rydal, avec presque trop de véhémence. Il s'adressait en anglais au commissaire installé à une table dans le salon principal et Chester se tenait à un peu plus d'un mètre de là. « Des cabines séparées nous iront très bien. » Il sentait que la perspective de partager une cabine avec Chester avait produit chez lui une réaction visible.

On donna la cabine 27 à Chester et la cabine 12 à Rydal. Ils étaient des deux côtés opposés du bateau.

A la grande joie de Rydal, sa cabine, une chambre pour deux, était vide et le resterait très probablement. Il n'avait vu personne d'autre acheter des billets au commissaire. Dès qu'on eut apporté sa valise, il enleva sa veste, tira le rideau du hublot et regarda à l'extérieur — il eut une vue générale d'Hérakleion qui avait l'air d'un tas de pierres jaunâtres jetées au bas d'une colline et un aperçu d'un porteur en casquette bleue qui passait en courant juste devant le quai, puis il s'assit sur sa couchette. Il se dit que ce devait être à peu près maintenant qu'on découvrait le corps de Colette. C'était cela que le jour apporterait avec lui aujourd'hui, le corps de Colette. Rydal était allongé, les mains derrière la tête et les yeux fermés et il écoutait les cris, les chocs, les claquements, les bruits de pas, tous ces sons ordinaires et quotidiens, tout autour de lui et au-dessus de sa tête. La nouvelle arriverait vers midi à bord, par la radio. Les passagers l'apprendraient les uns après les autres. C'était pour le moins bizarre. Rydal pensa au sac à main de Colette — elle le tenait sous son bras droit — et il se demanda ce qu'il y avait dedans. Pas son passeport, probablement, mais peut-être un permis de conduire, au nom de Mrs. Howard Cheever, peut-être une photo d'elle et de Chester, peut-être une photographie de Chester, ou alors Chester avait-il pensé à lui faire enlever de son portefeuille tout ce genre de choses ? Il imagina le vendeur de billets du palais de Cnossos en train de jacasser tout son soûl, de parler à la police du jeune homme à l'accent américain qui lui avait demandé s'il avait vu quelqu'un partir dans un taxi. Oui, ce jeune homme s'était comporté de façon plus suspecte que l'homme plus âgé. En fait, il n'avait peut-être même pas vu partir l'homme plus âgé. Rydal imaginait que la police était en train de se demander si le jeune homme n'avait pas aussi assassiné Chester, si son corps n'était pas encore quelque part sur les lieux, dans un des trous pour cuve à huile, ou dans un coin d'une des pièces du labyrinthe ou gisant dans un creux d'écoulement d'eau, peut-être derrière la baignoire de la reine.

Rydal se rendit compte qu'il pouvait se tirer de tout ça, s'il voulait. C'était Chester qui était sous sa botte ; et pas le contraire. Rydal s'attendait parfaitement à ce que Chester essaie de le tuer, qu'il engage probablement les services de quelqu'un pour le faire, parce qu'il n'aurait ni l'intelligence ni le courage de le faire lui-même.

Oui, Chester était dans une très, très mauvaise position, et son moral était encore aggravé par la mort de sa femme. Rydal aimait à voir Chester dans une mauvaise position, il aimait voir la terreur sur son visage. Ce n'était pas du tout, se dit-il, parce qu'il jouait au policier, au vengeur de Colette. C'était simplement parce qu'il s'amusait, et il s'en fatiguerait d'ici quatre jours à peu près, même si d'ici là ils arrivaient en France ou en Italie, et alors il laisserait tomber. Il quitterait Chester, après lui avoir procuré la pire frousse qu'il eût jamais connue. Après avoir peut-être préparé la voie pour que Chester aille se fourrer tout droit entre les pattes de la police. C'était cela son idée, en principe. Rydal glissa la chaîne dans la porte, pour qu'elle ne pût s'ouvrir que d'une dizaine de centimètres si quelqu'un essayait, puis il se rasa devant le lavabo. A la droite du lavabo, il y avait une petite porte qui donnait sur une douche. Le bateau était en train de partir.

Vers dix heures et demie, il monta sur le pont pour regarder la mer. Mais il ne regarda pas la Crète derrière. Il ne voulait pas voir la Crète disparaître. Devant lui et des deux côtés il n'y avait pas d'île en vue, mais seulement une eau bleue, houleuse, qui clapotait un peu. Le ciel semblait exceptionnellement clair et bleu, comme si la pluie de la veille avait balayé tous les nuages du monde. Rydal explora le bateau, il passa de nouveau dans le petit salon principal où se trouvait le bureau du commissaire, et descendit un escalier central recouvert d'un linoléum usé retenu par des attaches d'étain plaqué cuivre, des escaliers avec une balustrade de bois qui avait peut-être eu une certaine élégance au temps de la reine Victoria. Le petit salon des premières était sinistre. C'était une pièce ronde, située à l'arrière, au-dessus du pont découvert où s'entassaient les passagers sans cabine. Il n'y avait pas assez de fauteuils et un seul canapé, occupé au maximum. Il n'y avait ni piano ni table de jeu. Quelques hommes — deux qui avaient l'air Italiens et l'un peut-être Français — étaient appuyés contre les cloisons qui séparaient les larges fenêtres et fumaient en silence, regardant l'eau dehors. A la radio, un poste grec diffusait de la musique de danse. Le bateau s'était mis à rouler. Rydal entendit une grosse femme assise sur le canapé dire en français que si cela continuait comme ça, il n'y aurait pas grand monde au déjeuner. Avec le roulement du bateau, il sentait tantôt le sol pousser ses pieds, tantôt s'en écarter. Il vit qu'il y avait un petit bar à gauche de la porte : un simple comptoir, sans sièges, ni barman d'ailleurs.

C'est là que, debout devant une fenêtre et fumant une cigarette, Rydal entendit la nouvelle au bulletin d'informations de onze heures. Le speaker commença par là :

« Le cadavre d'une jeune femme a été trouvé sur la terrasse sud du palais de Cnossos.... elle a été tuée par un grand vase venu d'une terrasse supérieure... pas encore identifiée (les parasites coupaient une phrase par-ci, par-là)... on pense qu'il s'agit d'une Américaine... sont certains qu'elle a été attaquée car il n'y avait pas de vase directement au-dessus d'elle sur le parapet... La police se refuse à donner toute autre information tant que... »

« *Knossou ?* » L'un des hommes que Rydal avait cru italiens commentait la nouvelle en grec. « Drôle d'endroit pour un meurtre, non ? » Les deux hommes rirent un peu.

Rydal détourna la tête.

« Quelles nouvelles ? » demanda la Française. Elle tricotait avec ardeur quelque chose de beige.

« Il y a eu crime au palais de Cnossos », lui

répondit son compagnon en français, mais avec l'accent grec.

« *Tiens !* Un crime ! Et nous y étions dimanche, justement ! Qui est-ce qu'on a tué ? » La tricoteuse se redressa.

« *Une jeune Américaine ! Mon Dieu, ces Américains*[1] *!* » L'homme secoua la tête.

Rydal regarda la nouvelle se répandre lentement, comme un petit incendie pas encore dangereux, à travers la pièce : il vit les sourires, les haussements d'épaules, les regards intéressés, mais pour un bref instant seulement. Beaucoup de ces gens étaient sûrement allés au palais. Pour les touristes, c'était un arrêt obligatoire. L'intérêt soulevé par la nouvelle dans le petit salon était tiède, mais suffisant pour que les gens négligent d'écouter le reste du bulletin.

Rydal entendit à la fin que la nouvelle était venue d'Athènes. Elle était allée de Crète à Athènes et avait fait presque tout le chemin en sens inverse. Rydal alla jeter sa cigarette dans un cendrier sur pied puis retourna dans sa cabine. La longue clef de métal était dans sa poche. Il se dit que Chester devait être en train de boire du scotch dans sa cabine. Il sortit son calepin à couverture noire et blanche et nota :

« 16 janvier 19...,
« 11 h 10 du matin.

« Rien pour le lundi 15. Nous sommes le lendemain mardi. Mais je n'oublierai jamais ce lundi, et je sais que je ne pourrai pas le rendre comme il se doit. Je suis en ce moment à bord d'un bateau avec C..., entre Hérakleion et Le Pirée et je viens d'entendre les nouvelles ; ils n'ont cité aucun nom.

---

1. En français dans le texte.

Je suis sur un bateau plein de porcs et d'imbéciles, attaché à l'un d'eux comme par un aimant, comme s'il y avait un lien important entre lui et moi (comme entre père et fils) et comme si nous avions une destinée importante à accomplir ensemble. Cette destinée, je la connais ; elle est claire, simple, sordide, elle n'a rien de mystérieux et il n'y aura pas de surprise. Je le déteste. Je crois que cette haine me fascine. Je n'ai pas le désir de le tuer, je n'ai jamais eu envie de tuer personne. Mais je dois dire que j'aimerais le voir tomber. Tomber seulement, dans tous les sens du terme. Il a d'ailleurs déjà commencé, c'est évident.

« C'est ma propre vie, au contraire, que je dois protéger. Chester a toutes les raisons de se débarrasser de moi, non seulement à cause de ce que je sais de lui, mais parce qu'il croit que j'ai eu sa femme et qu'il me hait à cause de cela. Et elle est morte, en plus. C'est pourquoi j'ai envie de pleurer devant l'absurdité et la stupidité de tout ça, parce qu'elle est morte. Et Chester s'en veut à cause de cela. Comme tous les gens stupides qui s'en veulent, il est prêt à frapper n'importe qui d'autre. »

Rydal attendit qu'il fût très tard pour aller déjeuner. Mais Chester était là dans un coin, avec une bouteille de vin blanc à côté de lui, et mangeait avec entrain. Rydal fit demi-tour sur le seuil et retourna dans sa cabine. Chester ne l'avait pas vu. Vers quatre heures, Rydal commanda un déjeuner léger mais élégant, aussi élégant qu'il était possible sur ce bateau, c'est-à-dire, — après consultation avec le steward, — une omelette aux champignons, une salade d'endives et du brie. Il y avait des plats de viande, mais Rydal n'avait pas envie de viande. Il but du Montrachet frais, c'est-à-dire le vin le plus cher du menu.

Puis il ajouta à son calepin-journal (les premières pages étaient pour les poèmes, dans la seconde partie il tenait irrégulièrement son journal) :

« Ce qui m'ennuie, c'est le côté terre à terre, je veux dire : prosaïque, de tout ça, son côté morne, terne et parfaitement prévisible. Je m'attends que quelque chose me frappe comme un éclair, comme une vive lumière en pleine figure. Je désire une minute de vérité... qui peut aussi me tuer. Je veux une illumination. Je suis sûr que la compréhension vient en un éclair et non pas parce qu'on s'est assis et qu'on a essayé d'y voir clair sur le papier ou par la pensée. Colette commençait à me le donner. *Commençait*, oui, mais avec elle ce serait finalement devenu un éclair aussi. Cela commençait quand elle me faisait sourire, ou rire comme je n'ai pas ri depuis que j'étais gosse. Elle m'aurait soulevé jusqu'à un certain niveau qui aurait duré pendant des jours et puis... vlan ! La vérité. Ça aurait pu arriver si nous avions fait l'amour. Elle m'aurait donné ça et je l'ai laissée mourir ! Si seulement je m'étais précipité en avant et non pas de côté ou en arrière ou je ne sais plus comment, j'aurais pu la prendre par les épaules, la pousser... avec *moi*. Et alors, mon Dieu ! Est-ce qu'elle serait encore restée avec Chester ? Non. Elle aurait dit, avec la simple logique dont tout enfant est capable : « Chester, tu as « essayé de le tuer. Tu es mauvais et je te déteste. » Et peut-être : « J'aime Rydal. » Tout aurait été simple, tellement simple. Et maintenant, il y a des imbéciles qui minaudent dans le salon des premières classes, en écoutant la nouvelle de sa mort. Pour être honnête, je dois dire que je prendrais un grand plaisir à la venger. Ma Pallas

Athéna, Vestale *intacta*. Revenons au latin, qui est, plus que le grec, une langue de guerriers. Le vin est dans mon sang. Je vais dormir un moment. »

A six heures moins dix, Rydal était de nouveau dans le petit salon, avec une verre de metaxa à la main, attendant le bulletin d'informations. Un homme s'approcha de lui et lui demanda dans un anglais avec l'accent italien s'il voulait faire le quatrième au bridge. Rydal regarda et vit qu'une table de bridge avait brusquement surgi dans un coin de la pièce.

« Merci, je... je ne me sens pas très bien. » Rydal leva son verre d'apéritif comme pour indiquer qu'il le prenait à des fins médicinales.

« Vous êtes Italien ! fit l'homme en italien, l'air ravi.

— *Si, signor* », dit Rydal. Son costume était italien, en tout cas. Ses chaussures se trouvaient être françaises.

« Je croyais que vous étiez Américain. »

Le bulletin d'informations allait commencer.

« J'espère que ça ira mieux demain ! » dit l'homme en s'éloignant.

Rydal lui répondit par un petit salut de la main.

Cette fois, la nouvelle du crime de Cnossos venait en troisième lieu. On avait interrogé le vendeur de billets et, comme Rydal l'avait supposé, il l'avait décrit lui et non Chester. Cheveux et yeux bruns, vingt-cinq ans environ. On avait retrouvé sur les lieux un chapeau d'homme en feutre gris de fabrication américaine et un guide de Grèce, mais ils ne portaient ni nom ni initiales. Rydal devait se forcer pour rester où il était, appuyé, les jambes croisées, contre un rebord de fenêtre du petit salon, regardant rêveusement son metaxa. Il ne devait pas dire un mot de grec à qui que ce soit à bord, pas même au steward. Pour faire son menu, tout à l'heure, il s'était adressé au steward dans un mélange d'anglais et d'italien. Le vendeur de billets avait déclaré que le jeune homme parlait couramment le grec, avec un accent « anglais », ce qui pouvait vouloir dire américain ou anglais. Rydal alla lentement jusqu'à la porte et regagna sa cabine. Il se passerait de dîner ce soir.

Il se dit que la police serait très probablement là, au Pirée, au moment du débarquement, pour chercher parmi les passagers un jeune homme d'environ vingt-cinq ans, *et caetera*, qui parlait le grec. Rydal se sentit brusquement paniqué. Chester pouvait se trouver sur le pont, près de la passerelle, et voir qu'on l'interrogeait avant qu'on permette aux passagers de débarquer. Chester pouvait décider que c'était le moment parfait pour s'avancer et dire que Rydal Keener avait tué sa femme, que ce n'était pas vrai que Rydal Keener ne parlait pas le grec, qu'il avait eu l'intention de dénoncer Rydal Keener à la police dès qu'il pourrait se libérer assez longtemps pour s'approcher d'un téléphone. Chester pourrait dire que Rydal Keener avait menacé de le tuer s'il racontait à la police ce qui s'était passé à Cnossos. La panique de Rydal ne dura que quelques secondes. Les choses ne se passeraient pas comme ça. Chester avait trop à perdre de son côté.

Vers dix heures du soir, il mit son pardessus, s'enveloppa la partie inférieure du visage dans son cache-nez — il y avait du vent maintenant et il pleuvait — et sortit sur le pont. On ne pouvait pas faire tout le tour du pont mais seulement marcher sur une petite longueur de chaque côté, au milieu du bateau. Rydal marcha d'un pas régulier et tendu à bâbord. Puis il traversa le bateau par une coursive et monta sur le pont de tribord.

Il était vide. Les embruns qui passaient pardessus le parapet lui fouettèrent le visage. Les étoiles étaient cachées et le ciel noir. Le bateau avançait contre le vent et Rydal, appuyé au parapet, sentait battre les pans de son pardessus. Il était content que le voyage se termine demain matin à neuf heures, content qu'il ne dure pas deux ou trois jours de plus. Le bateau éclairait un peu la mer tout autour de lui et, au-delà de cette lueur, c'était l'obscurité et ni étoile ni lumière n'indiquait où commençaient ni finissaient le ciel ou la mer. Rydal entra dans le couloir pour allumer une cigarette puis ressortit s'appuyer au parapet. La porte s'ouvrit de nouveau et fut claquée brusquement par le vent. Rydal regarda par-dessus son épaule.

Chester était sorti. Il était coiffé d'une casquette. Il parut hésiter, se balança sur ses pieds et Rydal ne se rendait pas compte s'il était ivre ou si c'était le vent qui le faisait osciller en le frappant dans le dos. Il s'approcha de Rydal.

« Bonsoir », dit-il d'une voix ferme.

Rydal se redressa un peu, sur la défensive. « Il vaut mieux qu'on ne nous voie pas parler ensemble.

— Quoi ? » Chester s'approcha plus près.

Rydal répéta plus fort et leva la tête, cherchant s'il y avait quelqu'un en vue, sur le pont supérieur, qui aurait pu les entendre. Il ne vit rien qu'une balustrade blanche vide et les vitres de la timonerie au-dessus de la passerelle.

Chester ne dit rien mais se rapprocha de quelques centimètres et s'appuya au parapet.

Rydal avait seulement envie de s'éloigner de lui, mais pas trop vite, pour ne pas avoir l'air de battre en retraite, de partir en courant. Un roulement brusque du bateau les souleva tous les deux un peu, sur leurs orteils. Encore un comme ça, se dit Rydal, et il pourrait carrément soulever Chester comme une poupée et le jeter par-dessus bord. Chester pourrait probablement le faire avec plus d'aisance avec lui.

« Bonne nuit », dit Rydal en se tournant pour s'éloigner.

Le coup de poing de Chester l'atteignit au creux de l'estomac, c'était un coup incroyablement rapide et qui, même à travers le pardessus, lui fit mal. Chester lui en assena un autre, juste sur la main avec laquelle il se couvrait l'estomac. Celui-là lui fit mal aux doigts de la main droite. Un coup à la mâchoire le jeta par terre. Rydal était à demi allongé dans le creux sous le parapet, immobile, serrant son estomac et essayant désespérément de retrouver son souffle. Puis il saisit la cheville de Chester à deux mains et tira. Chester le frappa avec son autre pied et l'atteignit au cou. La douleur le fit presque s'évanouir. Il devint tout mou et, pendant quelques secondes, fut incapable de bouger. Il sentit Chester le soulever par l'avant de son pardessus, par un bras passé entre ses jambes. Il se trouvait hissé à mi-chemin du parapet quand il commença à se débattre et Chester le laissa tomber.

Il y eut un long moment de silence. Rydal était étendu la joue contre le pont, il remontait lentement ses mains dans une position qui lui permettrait de se redresser.

Il entendit les pas de Chester s'éloigner. Il entendit la porte claquer. Puis quelqu'un siffloter. Sur les mains et sur les genoux, Rydal avança en rampant, vers l'ombre. Le sifflement s'arrêta. Une main toucha le dos de Rydal.

« Hé ! Qu'est-ce que vous avez ? Vous êtes malade ? » Les mots étaient grecs.

Rydal distingua vaguement les chaussettes grossières d'un marin, son pantalon bleu sans pli. Il fit un effort pour se relever. « Merci. J'ai perdu quelque chose. Ici sur le pont », dit Rydal en anglais.

« Qu'est-ce que vous dites ? Vous n'êtes pas malade ? »

Rydal respira profondément et sourit, bien qu'ils fussent maintenant dans la partie obscure juste sur l'arrière du toit du pont, hors de portée du flot de lumière qui venait de la partie couverte du pont. « Je vais bien. Je cherchais seulement quelque chose sur le pont. »

Le marin acquiesça, sans comprendre un mot. « Faites attention. La mer est mauvaise. Bonne nuit, monsieur », dit-il, puis il fit demi-tour et monta une échelle blanche qui menait à la passerelle.

Rydal demeura cramponné quelques minutes au parapet, jusqu'au moment où sa respiration redevint normale. Il avait toujours mal à l'estomac. Pour un homme de son âge, Chester se battait très bien. Bien sûr, ç'avait été une attaque-surprise. Cela n'arriverait plus. Rydal se passa les mains sur le visage puis les regarda pour voir s'il y avait du sang dessus. Il n'en vit pas. Puis il regagna sa cabine.

XIV

PRESQUE sans regarder son visage, l'officier de police grec posa une main sur l'épaule de Rydal et dit en anglais : « Voulez-vous vous mettre de ce côté, je vous prie ? »

Il y avait un second policier de l'autre côté de la passerelle, surveillant les passagers qui débarquaient un à un. Une trentaine des passagers de première et deuxième classe étaient déjà descendus. Ceux des troisièmes et les passagers de l'entrepont descendaient d'un pont inférieur.

Sans protester, Rydal s'était mis un peu derrière l'officier. Comme son collègue, ce dernier continuait à surveiller avec attention les voyageurs dont le flot s'écoulait lentement. Rydal était seul. Puis il vit, à côté de l'autre policier, un jeune homme robuste, aux cheveux brun clair très ondulés et qui regardait dans la direction du quai, le front plissé, cherchant visiblement quelqu'un. Puis il leva la main, sourit, et quelqu'un lui cria quelque chose d'en bas.

« *Non so!* cria le jeune homme aux cheveux bruns. *Non so !* » Puis, toujours en italien, et éclatant de rire : « Ils croient peut-être que je suis trafiquant de drogue ! Est-ce que j'ai l'air d'un trafiquant de drogue ? Attendez-moi ! Attendez là-bas ! »

Chester apparut à la porte du salon et sortit sur le pont ; il était plus grand que les gens devant lui. Il portait sa casquette. Puis il vit Rydal derrière le grand policier. Rydal vit à son expression qu'il avait compris. Un léger sourire, de satisfaction nerveuse, se peignit sur ses lèvres. Chester traîna, laissant plusieurs personnes le dépasser. Rydal se dit que c'était le moment maintenant, pour Chester, de raconter *son* histoire aux policiers, de confirmer leurs soupçons que Rydal était bien le jeune homme que le vendeur de billets de Cnossos avait vu le lundi après-midi. Chester semblait, en effet, retourner la chose dans sa tête, mais son regard évitait prudemment celui du grand policier ; il suivit les autres passagers et se mit à descendre la passerelle. Chester avait peur de trop se mouiller. Rydal le regarda quand il fut sur le quai. Il attendait son porteur avec ses bagages.

Un jeune homme aux cheveux sombres et frisés se joignit à Rydal, le regarda d'un air apeuré, puis s'appuya au parapet à côté de lui.

La police questionna d'abord le jeune homme aux cheveux brun clair. Il parlait l'italien et un peu le français, mais pas le grec. L'un des officiers essaya de le faire parler grec. « Vous êtes stupide ? Vous ne pouvez pas apprendre le grec ? » fit-il avec un petit rire d'excuse. Le jeune homme était totalement déconcerté, il regarda l'autre policier d'un air impuissant car l'autre venait de lui demander en grec s'il avait visité Cnossos. Comme aucune réponse ne venait, le policier répéta sa question dans un français approximatif.

« *Si. Domenica. Dimanche je visite* », dit le jeune homme, les regardant d'un air ouvert.

« *Combien de temps est-ce que vous êtes dans la Crète ?* » demanda l'un des policiers.

Il dit qu'il avait passé trois jours à Hérakleion avec son oncle et sa tante, qui étaient en bas sur le quai. On lui demanda son passeport. Les deux policiers l'examinèrent, puis demandèrent au jeune homme où il se rendait ensuite.

« *Nous allons à la Turquie demain*, dit le jeune homme.

— *Bien.* » Le policier referma le passeport vert bouteille et le rendit au jeune homme qui descendit joyeusement la passerelle en courant.

Puis ils se tournèrent vers Rydal.

« Vous êtes Américain ? » demanda l'un d'eux.

Rydal acquiesça. « Oui. » Il tira son passeport, qui était dans une pochette en peau de vache brune, de la poche de son pardessus, et le tendit, sorti de sa pochette, aux policiers.

Ceux-ci le comparèrent avec la photo. En réponse à leur question, il dit qu'il avait passé quatre jours à Hérakleion.

« Vous êtes en Grèce depuis plus de deux mois. Vous parlez le grec ? » demanda l'un des officiers en grec.

Rydal était attentif, mais il fit semblant de ne pas comprendre. « Qu'est-ce que vous me demandez ?

— Si vous savez un peu de grec », fit obligeamment le jeune homme qui était à la droite de Rydal en souriant.

« Je vous en prie, dit sévèrement l'officier en grec au jeune homme.

— Juste quelques mots, dit Rydal. *Kalispera. Efharista.* (Il eut un haussement d'épaules d'excuse.)

— Quand avez-vous visité Cnossos ? » La question était également posée en grec.

Rydal prit un ton agacé : « Vous ne pouvez pas me parler en anglais ? Qu'est-ce que vous me demandez ?

— *Quand*..., recommença l'autre, *vous avez visité Knossou, sans doute.* »

Rydal sourit. « *Vous — avez — visité* — Knossos.

— Oui. Samedi. Ou peut-être dimanche. Oui, dimanche. *Pourquoi ?*

— *Di — manche ?* » Puis, en grec : « Vous avez des témoins ? Il y avait quelqu'un avec vous ? »

Rydal continuait à s'appuyer au parapet. « Je ne sais pas ce que vous me demandez.

— Avec qui voyagez-vous ? demanda le policier en français.

— *Je... moi... seul,* dit-il, plissant le front. Personne. » Il étendit les mains, les paumes en bas. On lui rendit son passeport et le policier haussa les épaules et s'avança vers le jeune homme qui se trouvait à côté de Rydal.

« *Partir,* dit l'autre policier à Rydal, avec un vague geste de salut.

— Merci », dit Rydal. Il mit son passeport dans sa poche et descendit la passerelle avec sa valise. Pas trace de Chester. Rydal le chercha dans toutes les directions. Puis il monta dans un taxi et dit au chauffeur d'aller à Athènes. Il était absolument sûr que Chester n'approcherait même plus de l'hôtel du Palais-Royal. Il irait très probablement dans un hôtel du côté de la place Omonia, comme le Palace de l'Acropole et le El Greco, qui étaient tous deux des hôtels de première classe, parce que Chester aimait son confort. Il essaierait probablement aussi tout de suite de se mettre en rapport avec Niko.

« A... à l'American Express. » Il voulait parler à Niko immédiatement.

La place de la Constitution, avec ses immeubles blancs qui regardaient l'entremêlement des arbres rabougris et des trottoirs de ciment, tordit le cœur de Rydal et le fit penser à Colette. La place était comme une pièce vide, une pièce qui attendait quelqu'un sans savoir que ce quelqu'un ne viendrait jamais. Il se redressa sur son siège et, tandis que la voiture roulait dans la rue Othonos dans la direction du trottoir de Niko, il chercha ce dernier. Soudain il vit ses éponges.

Il donna un billet de cent drachmes au chauffeur et descendit avec sa valise.

Quand il fut à trois mètres, Niko le vit et son visage s'éclaira d'un sourire surpris. « *Mister Keener !* Je viens de voir votre ami ! Dites donc, ... j'ai à vous parler ! ajouta-t-il dans un murmure.

— Qu'est-ce qu'il voulait ? » Rydal se mit à palper nerveusement l'une des éponges suspendues à la hauteur du coude de Niko.

« Il veut me voir aujourd'hui à une heure. Je dois le rencontrer au coin de Stadiou et d'Omirou. Dites donc, qu'est-ce qu'il a comme ennuis ?

— Il a tué sa femme à Cnossos », dit Rydal.

Niko parut extrêmement surpris, mais il dit en anglais : « Oui. Oui. J'ai vu le journal hier. Alors, c'était cette femme-là. C'était sa femme.

— Oui.

— Vous arrivez du Pirée ? Par bateau aussi ?

— Oui. Ecoutez, Niko, vous savez ce qu'il va vous dire quand vous le verrez à une heure ?

— Quoi.

— Il vous demandera de trouver un homme pour me tuer, dit Rydal.

— Vous tuer, vous ? Qu'est-ce que c'est que cette histoire ? dit Niko, comme s'il n'avait jamais rien entendu de plus scandaleux.

— Oh ! il vous demandera de lui trouver un type qui n'a pas froid aux yeux. Il ne vous dira peut-être pas ce qu'il veut en faire, il sait que vous êtes un ami à moi, mais ce sera pour ça. Ce que je voudrais vraiment que vous fassiez pour moi, Niko, c'est me trouver un endroit où rester. Où me cacher, vous comprenez ? Chez vous, ou chez un ami à vous, si vous connaissez quelqu'un en qui vous pouvez avoir confiance. Je paierai, bien sûr, où que je...

— Chez moi. Venez chez moi, bien sûr, dit Niko chaleureusement. Vous n'avez qu'à y aller, c'est tout. Je n'ai même pas besoin d'en parler à Anna d'abord. Anna vous aime bien. »

Rydal acquiesça. « C'est moi que Chester essayait de tuer quand il a tué sa femme. Elle s'est trouvée sous ce grand vase par erreur. Vous comprenez, Niko ? Vous avez lu les journaux, n'est-ce pas ?

— Bien sûr, et j'ai entendu la nouvelle à la radio. Pourquoi veut-il vous tuer ? Vous l'avez aidé. (Niko regarda Rydal avec plus d'attention.) Vous lui avez demandé trop d'argent ?

— Je ne lui ai pas demandé d'argent du tout », dit Rydal avec une patience qu'il était bien loin de ressentir. « Sa femme s'est entichée de moi et elle me plaisait aussi, et ça n'a pas arrangé les choses. » Rydal attendit calmement, tristement, que cet aspect important de l'histoire entre dans le cerveau de Niko. « Mr. Chamberlain, *alias* MacFarland, est un bandit, vous savez, Niko. Les bandits n'ont confiance en personne. Il a peur parce que j'en sais trop. Vous voyez ? » Il fallait absolument que Niko vît, qu'il comprît, car, bien que Niko fût prêt à faire n'importe quoi pour de l'argent, et, sur ce plan, Rydal ne pouvait songer à faire concurrence à Chester, — il était quand même dans une certaine mesure son ami. Rydal pensait que Niko n'aiderait pas à le faire tuer. Il fallait que Niko connaisse l'histoire, qu'il comprenne bien le pourquoi du comportement de Rydal, après... qu'il gagne autant d'argent qu'il voulait sur le dos de Chester, Rydal s'en moquait. « Il a essayé de me tuer hier soir sur le bateau, ajouta-t-il.

— Ah ! oui. Comment ?

— Il m'a cogné dessus et il a essayé de me jeter par-dessus bord. » Rydal vit que Niko ne le croyait pas tout à fait. Peu importait. Niko croyait probablement que c'était une anecdote supplémentaire, destinée à appuyer le fond de l'histoire qu'il croyait. « C'est une question d'heures, vous comprenez. Je suis sûr que, dans la journée d'aujourd'hui, ils vont identifier... » Rydal se tut, car un petit homme avec un cigare à la bouche s'approchait de Niko.

« Une éponge, monsieur ? dit Niko en grec. Trente, cinquante et quatre-vingts drachmes.

— Hm-m », fit l'homme, sans regarder Niko, se contentant de tripoter des éponges accrochées à Niko comme si elles étaient sur un comptoir devant lui.

« J'en ai eu une un mois seulement et elle est tombée en morceaux.

— Quoi ? (Niko rit.) Pas une de mes éponges naturelles. C'était sûrement une éponge artificielle. Vous l'avez peut-être achetée à un type du Pirée. » Il rit, découvrant sa dent de devant couverte de plomb.

« Lesquelles sont à trente ? »

Rydal resta à traîner à deux mètres de là. L'homme ne l'avait même pas regardé. La transaction se fit et l'homme s'en alla avec son éponge, son mégot de cigare éteint toujours au coin de la bouche. Rydal revint.

« Bon, je vais chez Anna maintenant, dit-il. Mais je voulais que vous sachiez pourquoi, Niko. La police recherche déjà un type de mon âge aux cheveux bruns. Ils retrouveront mon nom parce que j'ai été dans plusieurs hôtels avec Chamberlain, vous voyez ? A Hérakleion et à Chania. Je me suis inscrit en même temps que sa femme et lui. Alors, je ne peux pas descendre dans un hôtel

où on me demandera de montrer mon passeport.
— Vous voulez un autre passeport ? » lui demanda Niko en se rapprochant de lui.

Rydal ne put s'empêcher de rire. « Vous rentrez déjeuner chez vous aujourd'hui ?

— Non. J'ai apporté un sandwich », dit-il. Il exhiba un paquet attaché avec une ficelle blanche sale.

« Rentrez déjeuner, dit Rydal. J'ai besoin de vous parler.

— J'ai un rendez-vous à une heure.

— Je veux que vous alliez à ce rendez-vous. Rentrez déjeuner à midi. *O.K.* ? »

Niko fit semblant d'hésiter, puis dit : « *O.K.* »

Rydal acheta un journal dans une petite boutique entre la place de la Constitution et la maison de Niko. On disait dans le journal que la police faisait une enquête dans les hôtels d'Hérakleion pour rechercher une jeune Américaine aux cheveux blond roux qui y serait descendue seule, ou avec son mari, le jour ou la veille du meurtre, c'est-à-dire lundi. Comme on était mercredi, les nouvelles étaient de mardi ou de mardi soir. Le corps avait été trouvé la veille au matin seulement. Rydal se dit qu'ils enquêteraient ensuite auprès des lignes aériennes et maritimes, pensant que la femme avait pu visiter Cnossos le jour de son arrivée en Crète et sans descendre dans un hôtel. Ensuite — c'est-à-dire aujourd'hui, — ils enquêteraient dans d'autres villes de Crète et découvriraient qu'une femme répondant à ce signalement était descendue à l'hôtel Nikè à Chania avec son mari, William Chamberlain et qu'ils étaient accompagnés d'un jeune Américain brun du nom de Rydal Keener, qui semblait être un ami à eux et qui était sûrement le jeune homme que le vendeur de billets de Cnossos se souvenait avoir vu avec eux.

Rydal continua son chemin en souriant. Chester avait dû veiller à ce que Colette enlève tout papier d'identité de son sac. Ou peut-être Colette, avec son sens pratique, l'avait-elle fait elle-même. Rydal se demanda si Chester serait assez intelligent pour comprendre que, s'il s'inscrivait dans un hôtel sous le nom de William Chamberlain, la police n'en aurait que pour quelques heures avant de venir frapper à la porte de sa chambre ? S'il avait un tant soit peu de cervelle, Chester devait le savoir, sans journaux ni radio. Il y avait un journal du matin en anglais à Athènes, le *Daily Post*. Il supposa que Chester l'avait acheté.

La rue de Niko était à sens unique ; on l'avait creusée pour installer des égouts et jamais repavée. Le numéro de Niko, le 51, était à peine lisible à côté de la porte car la peinture était usée. Rydal frappa fort et attendit. Derrière la porte d'entrée, il y avait un long couloir de ciment qui menait à la porte de l'appartement de Niko et d'Anna. Rydal dut frapper deux fois avant d'entendre les pas rapides d'Anna dans le couloir.

« Qui est là ?

— Bonjour, Anna ! C'est Rydal ! dit-il.

— A-ah ! » Le verrou s'ouvrit. Anna l'accueillit avec un sourire rayonnant, les yeux brillants, les joues vermeilles. Elle était large et plutôt basse sur pattes, son centre de gravité n'était pas loin du sol. Ses cheveux d'un gris doré étaient roulés en tresse autour de sa tête, rappelant à Rydal les statues grecques classiques, mais le visage qui était au-dessous n'avait pas été sculpté par un génie. Elle avait un nez rose et informe, presque pas de menton, mais des yeux vifs et pleins de bonté.

Elle le conduisit dans la pièce chauffée au bois qui leur servait de living-room et de cuisine à la fois. Derrière un rideau de tissu se trouvait une pièce pas plus grande qu'une alcôve qui leur servait de chambre à coucher à Niko et à elle. Rydal accepta une tasse de thé et un coup de l'eau-de-vie à bon marché de Niko qui se trouvait toujours sur une planche dans la cuisine, au-dessus du fourneau. La pièce sentait l'oignon et le poulet. Une grande marmite noire mijotait sur le fourneau.

Au bout de deux ou trois minutes de plaisanteries, Anna devint grave subitement et dit d'un ton solennel : « Vous avez vu ce qui s'est passé en Crète ? Seigneur Dieu, une Américaine assassinée dans le palais de *Knossou* !

— Si j'ai vu ? Oui », dit Rydal. Il lui raconta tout, aussi brièvement et clairement qu'il put, s'arrêtant après chaque phrase pour qu'elle pût haleter, s'exclamer, se signer ou envoyer ses mains dans tous les sens. Lorsqu'il en arriva à l'interrogatoire qu'il venait de subir au Pirée, il y avait à peine plus d'une heure, elle se précipita vers lui, serrant ses épaules entre ses mains petites et fortes, comme pour s'assurer et l'assurer lui qu'il était toujours parmi les vivants.

« Je crois que d'ici quelques heures, ils sauront mon nom. Ils auraient pu l'avoir dès ce matin s'ils avaient été un peu plus rapides. J'ai eu de la chance, c'est tout.

— Qui leur dirait votre nom ? Chamberlain ? »

Elle avait quand même un peu de mal à comprendre.

« Non, comme je l'ai dit, il a peur de me dénoncer,... du moins je le crois. Jusqu'à maintenant, il a eu trop peur. Non, la police pourrait avoir mon nom dans l'un des hôtels où je suis descendu avec Mr. et Mrs. Chamberlain. »

Elle acquiesça. Il se dit qu'elle comprenait au moins le fond du problème. Elle comprenait sûrement que Mr. Chamberlain le haïssait parce que sa femme l'aimait bien. C'était simple, et cela suffisait réellement comme mobile pour Chester.

Elle était au courant, bien sûr, de la mort du policier grec Georges Papanopoulos, mais c'était vieux de plusieurs jours et il ne s'agissait, après tout, que d'un policier inconnu. Ce qu'elle devait probablement se rappeler le mieux, c'était que cela avait rapporté mille dollars américains à Niko. Rydal chercha des signes de prospérité dans la pièce et vit que le tapis était neuf, — c'était une horrible imitation de tapis oriental aux couleurs vives qui semblait avoir été fabriqué ou plutôt imprimé hier, — et qu'il y avait un nouveau poste de radio, beaucoup plus grand, posé sur la table où Niko et Anna prenaient leurs repas ; le poste était en train de jouer de la musique douce.

« Quel beau poste de radio ! » dit Rydal.

Sans un mot, Anna augmenta le son au maximum, se croisa les bras et attendit les compliments de Rydal.

« *Merveilleux ! Formidable ! Baissez le son !* » hurla Rydal.

Anna baissa le son. « On peut prendre l'Angleterre ! *L'Angleterre !* C'est l'Angleterre, ça, dit-elle, le doigt tendu vers le poste.

— Oh ! vraiment ? » dit Rydal avec respect. Il imagina Anna suspendue à des programmes de la B.B.C., des pièces anglaises ou des récitals de poésie, et ne comprenant qu'un mot par-ci, par-là. Anna était anglophile, elle adorait tout ce qui était anglais, bien qu'elle n'eût jamais mis les pieds en Angleterre et que ses efforts pour en apprendre la langue ne lui eussent permis, pour autant que pouvait en juger Rydal, que d'acquérir un vocabulaire de dix à douze mots.

Elle lui reversait de l'eau-de-vie. Rydal regarda sa montre. Il était onze heures trente-sept. Il s'éclaircit la gorge et dit : « Anna, comme je l'ai dit à Niko, je crois que je ferais bien de venir habiter chez vous deux quelques jours. En tout cas ce soir. Je ne sais pas ce que demain nous réserve.

— Habiter chez nous ? Mais, bien sûr. Vous savez que vous êtes toujours le bienvenu ici, Rydal. Toujours. Regardez le divan ! » Elle lui désigna le divan défoncé qui se trouvait près de la partie cuisine de la pièce. Rydal n'avait jamais couché chez eux, bien qu'ils l'eussent souvent invité à « venir passer une semaine », surtout parce qu'ils estimaient qu'il payait trop cher à l'hôtel Melchior Condylis.

Il but l'eau-de-vie. « Il se peut que mon nom soit dans les journaux, ce soir, Anna. Je suis soupçonné de meurtre... du meurtre de Mrs. Chamberlain. »

Anna prit l'expression grave qui convenait.

Rydal fut envahi de ce sentiment de lassitude impuissante que l'on éprouve quand on essaie d'expliquer à un enfant quelque chose qui est trop compliqué pour lui.

Anna vit son ennui. Elle prit la bouteille d'eau-de-vie et lui en reversa gentiment un verre plein.

« Je sais. Mais ça passera. Vous verrez.

— Ce qu'il y a, c'est que je suis effectivement coupable de... (Il chercha les termes exacts en grec.) Je suis coupable d'avoir aidé un homme qui avait tué quelqu'un et alors que je le savais. Dans cet hôtel. L'agent grec. En anglais, on appelle ça être complice d'un meurtre, dit-il. Je n'aurais jamais dû l'aider. Je ne sais pas pourquoi je l'ai fait. Maintenant, Chester va dire que j'ai tué sa femme et je n'ai pas de preuve du contraire. Ce sera juste sa parole contre la mienne.

— Chester ?

— C'est son prénom. Chester. »

XV

Chester avait pris une chambre à l'hôtel El Greco, au coin des rues Athinas et Licourgou, à deux pas de la place Omonia. Comparée à la place de la Constitution, cette dernière était poussiéreuse et prolétaire et Chester avait l'impression d'être du mauvais côté de la ville. Mais, au moins, c'était à bonne distance de l'hôtel du Palais-Royal. Dans sa chambre de l'El Greco — une chambre qui avait l'air complètement neuve, comme si elle était exposée au rayon des meubles de chez Macy —, Chester avait regardé pour la seconde fois le *Daily Post* qu'il avait acheté quand il s'était arrêté pour parler à Niko ; on n'avait pas encore identifié Colette, bien qu'on eût déduit d'après ses vêtements qu'elle était Américaine, et il avait fait l'inventaire des trois valises de Colette pour voir s'il y avait quelque chose dedans qu'il devait garder. Il prit sa boîte de Kleenex et son dentifrice. Ses mains tremblaient et il avait passé les trois valises en revue aussi vite que possible, ayant peur, s'il ralentissait, de faire quelque chose de bizarre comme hurler, tomber sur les valises et s'arracher les cheveux ou même fourrer des choses à elle, par exemple le foulard qu'il préférait ou son parfum, dans sa propre valise. Chester se demanda où on allait l'enterrer et regretta de ne pas pouvoir faire ramener son corps chez elle en Louisiane, dans sa famille. Il ferma deux des valises de Colette avec les clefs attachées aux poignées. Il se dit qu'il devrait trouver un moyen aussi de fermer la troisième, puis décida de laisser l'American Express s'en inquiéter. Il les enverrait à Jesse Doty, à New York, pour qu'il les lui garde.

A une heure moins vingt, fortifié par les scotches qu'il avait bus dans sa chambre, Chester alla à son rendez-vous avec Niko au coin de Stadiou et d'Omirou. Il n'était pas certain que Niko viendrait si Rydal lui avait parlé, ce qu'il devait sûrement avoir fait maintenant. De son taxi sur le quai du Pirée, Chester avait vu la police laisser partir Rydal. Il avait espéré, cru même qu'ils l'avaient arrêté, tellement cela avait duré longtemps. Puis il avait vu Rydal descendre la passerelle avec sa valise et il en avait éprouvé un étrange soulagement qu'il n'avait compris que lorsqu'il s'était rendu compte que, si Rydal avait été retenu, il aurait parlé aux policiers de Chester MacFarland, alias William Chamberlain. Chester aurait été obligé de quitter le pays tout de suite, ou d'essayer tout au moins, de traverser une frontière clandestinement, sans montrer de passeport. Oui, ç'aurait été l'enfer. Mais maintenant, il avait une chance d'avoir Rydal. Il se disait que Rydal n'était pas descendu dans un hôtel, mais chez des amis.

Chester faillit tout d'abord ne pas reconnaître Niko. Il avait un pardessus bleu sombre, neuf, et un chapeau gris, neuf aussi. Chester ne le reconnut qu'aux chaussures de gymnastique sales qu'il continuait à porter.

« Bonjour, Niko, dit Chester.

— Bonjour, monsieur, dit Niko, comme si "monsieur" était un nom.

— Voyons... » Chester regarda autour de lui, vit un café de l'autre côté de la rue et proposa qu'ils y entrent pour parler.

Ils entreprirent de traverser la rue Stadiou, opération compliquée qui les laissa quelques instants plantés au milieu de la rue pendant que les voitures passaient à toute allure derrière et devant eux. Niko avait vraiment un joli pardessus et Chester se disait que c'était son argent qui avait dû servir à le payer. Ils entrèrent dans le café, qui se révéla être assez élégant et, tant qu'ils ne furent pas assis, Chester se sentit très voyant avec son compagnon ainsi chaussé.

« Je suppose que vous avez vu Rydal, dit-il tout de suite.

— Oh ! oui. Je l'ai vu ce matin, juste après vous. » Niko accepta une cigarette américaine de Chester.

Le garçon s'approcha.

Chester commanda un scotch. Niko demanda un café et autre chose que Chester ne comprit pas.

« Et je suppose qu'il habite chez vous ? dit Chester d'un ton détaché.

— Non, dit Niko.

— Où habite-t-il, alors ?

— Chez un ami. (Niko fit un vague signe avec son pouce.)

— Vous savez où ?

— Oui, bien sûr. »

Chester acquiesça. « Où ?

— Oh !... près de l'Acropole. (Nouveau signe du pouce.) Je ne connais pas le nom de la rue.

— Mais vous connaissez l'ami chez qui il est ?

— Oui, bien sûr.

— Qui est-ce ? » demanda Chester.

Niko se pencha sur la table en souriant. « Pourquoi voulez-vous savoir ? »

Chester se redressa aussi. Il sourit aussi, d'homme à homme, de bandit à bandit. Niko avait gagné une somme rondelette avec lui. « Vous savez, Niko, Rydal et moi nous sommes liés... en quelque sorte. Il faut que nous restions en contact. Il m'a rendu service ici à Athènes, pour les passeports. Et vous aussi. Nous avons été séparés ce matin, au Pirée, Rydal et moi, et il valait mieux que nous ne restions pas ensemble. Vous comprenez ? (Il parlait doucement mais distinctement.) Mais Rydal et moi pouvons peut-être nous aider l'un l'autre, et très bientôt. Si vous ne me dites pas où il est, je l'apprendrai d'une façon ou d'une autre. Ou bien Rydal se mettra en rapport avec moi. Je suis facile à trouver. Je suis à l'hôtel.

— Où ? »

Chester sourit. « Je vous le dirai, si vous me dites chez qui est Rydal. Plus l'adresse. »

Niko eut un large sourire et parut un peu gêné. « Oh ! *O.K.*, si vous êtes à l'hôtel, c'est facile. Rydal *vous* trouvera. »

Chester rit nerveusement, machinalement. « C'est exact. Je suis certain qu'il me trouvera. »

Est-ce qu'il vous a dit ce qui s'était passé en Crète ? allait demander Chester, mais il avait décidé dans sa chambre d'hôtel de ne pas aborder ce sujet. S'il disait que Rydal avait tué sa femme, Niko ne le croirait peut-être pas. Il n'avait aucune raison de gaspiller son énergie à convaincre Niko qu'il avait une raison de faire ce qu'il voulait faire. La justice n'intéressait pas Niko.

« J'ai besoin de deux choses, Niko, et je vous promets que je vous paierai bien.

— Oui ? fit Niko, montrant sa dent de devant.

— Je veux acheter un autre passeport. J'ai apporté une photographie avec moi. » Chester parlait doucement, si doucement que Niko était obligé de se pencher en avant, mais Chester regardait à droite et à gauche pour voir si quelqu'un pouvait les entendre. Leur plus proche voisin était un homme qui était plongé dans son journal, à trois mètres de là. « Quand pourrez-vous m'avoir un autre passeport ?

— Hm-m. Après-demain, peut-être.

— Procurez-vous-en un alors. Voici la photo. » Chester la lui tendit à travers la table, cachée dans sa paume, et retenue par son pouce.

Niko avança sa patte sale et fourra la photo dans la poche de son pardessus. Il acquiesça.

« Je vous verserai... l'avance habituelle aujourd'hui, dit Chester.

— La moitié, dit Niko tranquillement. Cinq mille. Un nouveau passeport... c'est dix mille. »

Chester ouvrit de grands yeux. « Dix ? Pourquoi pas cinq ?

— Dix », dit Niko.

Chester fit une grimace. « Très bien. Et pas de moustache sur celui-là. Il faut supprimer la moustache de la photo. Vous avez compris ?

— Bien sûr.

— L'autre chose, c'est... J'ai besoin de quelqu'un de confiance pour faire un travail très important pour moi. Quelqu'un qui n'a pas peur. »

Niko poussa sa pâtisserie dans sa bouche et en mordit un gros morceau. « Quel genre de travail ? demanda-t-il de façon à peine intelligible.

— Un travail dangereux, dit Chester. Trouvez-moi l'homme qu'il faut et je lui expliquerai de quoi il s'agit. Mais il me faudrait quelqu'un tout de suite. Ce soir, si possible. »

Niko réfléchit en mâchonnant.

« Vous croyez que vous connaissez l'homme qu'il me faut ? Quelqu'un de brave. Ou peut-être connaissez-vous quelqu'un qui connaîtrait quelqu'un. Je paierai bien. Cinq mille dollars.

— Oui », dit Niko brusquement, d'un ton affirmatif.

Chester écouta l'écho de ce *oui*, essayant de déterminer s'il était sincère. « Bien, dit-il. La question suivante est : est-ce que vous pouvez arranger un rendez-vous ce soir ? Entre lui et moi. Même tard cet après-midi. Est-ce que l'homme que vous avez en vue est à Athènes ?

— Oh ! oui. Je vais lui téléphoner. (Niko semblait le penser sérieusement.)

— Et... où suggérez-vous qu'il ait lieu, ce rendez-vous ? Vous pouvez me le dire maintenant. Je m'y rendrai.

— Il travaille... rue Leoharos. Vous connaissez la place Klafthmonos ?

— Non.

— Hm-m. Inscrivez-le. Leoharos. »

Chester laissa Niko le lui écrire. Il y avait un restaurant dans la rue Leoharos qui avait un nom du genre de *trapezion*, qui voulait dire « banque ». Chester dit qu'il était sûr de pouvoir le trouver. Niko dit qu'il préviendrait son ami, qui s'appelait Andreou, d'y être à cinq heures, tout de suite après son travail.

« Comment est-il ? demanda Chester.

— C'est un grand type. (Niko étendit les mains.) Fort. Brun. » Mouvement circulaire du doigt, peut-être pour indiquer des cheveux frisés, ou peut-être que le type était un peu bizarre.

« Vous pouvez lui dire que je lui verserai la moitié... ce soir... si nous nous mettons d'accord. Deux mille cinq cents. Compris, Niko ?

— Oui, dit Niko.

— Voyons maintenant pour le passeport », dit Chester doucement et il sortit son portefeuille.

Cinq minutes plus tard, il quittait Niko sur le trottoir devant le café. Il lui avait donné cinq mille dollars pour lui-même quand l'affaire serait conclue. Chester avait accepté. Il remonta machinalement la rue Stadiou dans la direction de son hôtel. Il se sentait mieux, beaucoup mieux. Mais il n'avait pas envie de retourner dans cette chambre d'hôtel. *N'importe où,* sauf là. Chester fit demi-tour. Il descendit la rue Stadiou, songeant à tout le courrier qui l'attendait sûrement à l'American Express. Quand il aurait un nouveau passeport — après-demain — il pourrait tout recommencer, écrire à ses amis à New York et s'arranger pour qu'ils lui répondent et lui adressent leurs lettres à son nouveau nom. Et à l'American Express à Paris. Oui, mon Dieu, à la minute où il aurait son nouveau passeport, il prendrait l'avion pour Paris. C'était aussi bien qu'il ne leur ait pas encore demandé d'écrire à William Chamberlain, à Athènes. Il avait dû le sentir, un sixième sens l'avait averti. Il aurait aimé avoir un sixième sens aussi pour l'avertir de ce qui se passait en Amérique. Il n'était pas du tout rassuré par le fait que le *New York Times* et le *Herald Tribune* de Paris ne parlaient pas de l'enquête concernant Chester MacFarland ou Howard Cheever. Il savait qu'on était en train de faire une enquête sur lui et le silence des journaux lui donnait l'impression que les enquêteurs étaient en train d'amasser une montagne de preuves qui l'écraseraient quand elles lui tomberaient dessus.

Chester se retrouva en train de chercher de l'argent dans sa poche devant la caisse d'un cinéma. Il n'avait pas la moindre idée de ce qu'il allait voir. Cela n'avait pas d'importance. Ce fut finalement un film japonais avec des sous-titres grecs.

Le restaurant Trapeziou ou Trapezion — Chester ne parvint pas à lire les lettres — était situé à un coin de rue ; c'était un restaurant de catégorie moyenne avec des nappes blanches pas très propres et des garçons en longs tabliers blanc sale. Il faisait aussi froid à l'intérieur que dehors et la poignée de clients qui étaient là, des hommes pour la plupart, mangeaient avec leurs pardessus et leurs chapeaux. Chester était en avance. Il s'assit à une table. Quand un garçon s'approcha et lui dit « *Kalispera* » et lui tendit un menu, il murmura qu'il attendait quelqu'un. L'homme arriva une minute plus tard. Chester était certain que c'était lui : c'était un grand type fort, aux cheveux noirs frisés, sans chapeau, vêtu d'un pardessus gris un peu usé. Il avait la bouche entrouverte et il fit des yeux le tour du restaurant, les sourcils froncés. Chester garda les yeux fixés sur la nappe et fuma sa cigarette, certain que l'homme viendrait vers lui. Mais s'il ne parlait pas l'anglais ? Il faudrait mettre la main sur Niko. Non, quelqu'un d'autre, un ami de cet homme.

« Chamberlain ? » demanda une voix doucement.

Chester acquiesça. « Bonsoir. »

L'homme approcha une chaise. Il commanda quelque chose au garçon. Chester demanda un ouzo.

« Je... j'espère que vous parlez suffisamment l'anglais pour me comprendre, dit Chester, agacé par la barrière du langage qui, en tout cas, se dressait entre eux.

— Oh ! oui, dit l'homme.

— Je suis disposé à payer cinq mille dollars américains pour le travail que j'ai en vue. »

L'homme acquiesça, comme s'il entendait ce genre de chiffres tous les jours. « Qu'est-ce que c'est ?

— Vous êtes un homme brave ?

— Brave ? » Il parut troublé.

Chester respira profondément. Si cela ne marchait pas, il n'éprouvait pas le désir de prolonger la conversation.

Le garçon vint placer devant eux un grand verre rempli d'un liquide rose et l'ouzo de Chester.

« Vous êtes un ami de Niko ? demanda Chester.

— Oh ! oui. Oui.

— Un bon ami ?

— Un bon ami », dit l'homme. Il s'était remis à froncer les sourcils.

« Je veux faire tuer une certaine personne. Avec un revolver peut-être. Vous comprenez ? »

L'homme parut hésiter, ou reculer ; l'une de ses mains épaisses se souleva imperceptiblement de la table, mais il acquiesça : « Mais oui, je comprends.

— Mais il y a une chose que je vous demande en échange de l'argent que je vous propose, se hâta d'ajouter Chester ; c'est que vous ne disiez pas à Niko ce que vous allez faire. Je voudrais que vous ne parliez pas du tout à Niko, en fait. Vous comprenez ? Il faut le promettre. »

L'homme acquiesça. « Qui est cet homme ?

— Il faut d'abord que vous promettiez de ne pas en parler à Niko.

— *O.K.* »

Chester ne se sentait pas satisfait par cette promesse. Il sortit lentement son portefeuille, regarda dedans un peu au-dessous du niveau de la table, d'un air aussi détaché que s'il allait en sortir un billet de cent drachmes et en tira trois billets de cinq cents dollars. Il se disait qu'il était temps de montrer de l'argent. « Je vous donne quinze cents dollars tout de suite, en acompte », dit-il.

L'homme regarda les billets verts qui étaient presque cachés dans la grande main de Chester. Il se passa la langue sur les lèvres et dit : « Je veux tout l'argent avant de faire le travail, parce que... ce ne serait pas sûr si je vous vois... après. Compris ? Pas sûr... pour moi ou pour vous. »

Chester voyait ce qu'il ce qu'il voulait dire, mais

il n'avait pas confiance. Il essuya son front humide avec ses doigts. « Peut-être faudrait-il commencer par me dire si vous pouvez, oui ou non, faire le travail ?

— Qui est l'homme ? » Il repoussa d'un signe de tête la cigarette que lui offrait Chester.

Chester alluma la sienne, puis dit : « L'homme est Rydal Keener. » L'autre n'eut aucune réaction. C'était bien. A moins qu'il n'eût été tellement préparé à cette déclaration qu'il n'avait pas eu besoin de montrer de surprise. « Vous le connaissez ?

— Non, dit l'homme.

— C'est un Américain, aux cheveux bruns, de vingt-cinq ans environ, dit Chester bien distinctement. Il est de taille moyenne, plutôt mince. Mais ce sera à vous de retrouver où il habite. Niko le sait. Vous savez où habite Niko ?

— Non », fit l'homme en secouant la tête.

Chester ne savait pas s'il devait le croire. C'était un bon ami de Niko et il ne savait pas où Niko habitait ? « En tout cas... Niko sait où se trouve Rydal Keener. Il est soit chez Niko, soit chez un ami. Il faudra que vous demandiez à Niko. Ce sera à vous de le retrouver et je veux que le travais soit fait le plus vite possible. Ce soir, si possible.

— *Ce soir ?* » L'homme réfléchit, puis haussa les épaules.

« Niko est peut-être toujours devant l'American Express. C'est à vous de lui parler et de trouver où est Rydal Keener. Niko vous le dira. Non ?

— Bien sûr. Il me le dira, dit l'homme, comme si là n'étaient pas toutes ses difficultés, comme s'il en avait d'autres.

— *O.K.* Mais je crois... (Chester regarda autour de lui, puis se pencha plus près), je crois qu'en toute justice vous devriez me donner quelques détails sur la manière dont vous allez procéder...

avant que je vous verse cinq mille dollars. C'est juste, non ? »

L'homme le regarda comme s'il n'avait jamais entendu l'adjectif « juste ».

« Comment comptez-vous procéder ? » demanda Chester.

Fronçant toujours les sourcils, l'homme avança le bras droit, puis ramena son poing vers lui, comme s'il voulait réduire quelqu'un au silence, lui rompre le cou par-derrière.

Ce geste rassura un peu Chester. L'expression anxieuse de l'homme devint l'expression d'une tension normale et même saine avant l'accomplissement d'un travail dangereux. « Vous êtes libre ce soir pour faire le travail ?

— Pour cinq mille dollars ? » L'homme sourit pour la première fois. Il avait deux dents de devant couronnées d'or. « Oui », dit-il.

Ce « oui » parut à Chester plein de conviction. Il posa encore quelques questions. Non, l'homme n'avait pas de revolver. Les revolvers n'étaient pas sûrs, ils faisaient trop de bruit. Il était fort et il pouvait faire des choses avec les mains. Chester en était persuadé.

Quand Chester quitta le restaurant à cinq heures vingt-cinq, Andreou avait ses cinq mille dollars. Andreou avait dit qu'il restait encore quelques instants pour finir son verre et qu'il irait ensuite à l'American Express pour voir Niko. Chester prit un taxi jusqu'à son hôtel. Il comptait prendre un bain chaud, se mettre en pyjama et se faire monter à dîner du restaurant de l'hôtel.

Quand il arriva, la police était dans le hall. Un policier en uniforme et un autre en civil étaient assis sur des chaises capitonnées entre le bureau de la réception et l'ascenseur. Chester vit l'employé de la réception faire un petit signe aux policiers. L'homme se leva et vint vers Chester. Chester ne bougea pas. Il vit un client qui était en train de déposer sa clef à la réception les regarder avec curiosité, le policier et lui, avant de sortir.

« Mr. Chamberlain ? » dit le policier en civil. Il était brun et avait un long nez.

« Oui, dit Chester.

— Platon Stapos, de la police », dit l'homme, faisant un geste avec son portefeuille, trop rapidement pour que Chester pût voir quoi que ce soit, mais Chester était certain que c'était un vrai policier. Il regarda autour de lui dans le hall ; tout était silencieux, mais l'employé de la réception avait visiblement les oreilles tendues et il était même penché par-dessus son bureau pour ne pas perdre un mot de l'entretien. « Pouvons-nous monter dans votre chambre ? Nous serions plus tranquilles.

— Oui, bien sûr. Je serais très heureux de vous parler. » Chester regarda d'un air apeuré par-dessus son épaule, à travers les portes vitrées de l'hôtel. Cela faisait partie de son numéro. Puis il alla jusqu'à l'ascenseur avec les deux hommes.

Ils montèrent, longèrent le couloir et Chester ouvrit avec sa clef. La pièce était pleine de valises, ouvertes et fermées.

« Je suis très content de vous voir. Très, dit Chester. Asseyez-vous, je vous en prie. Ici. Je vais vous débarrasser de ces valises. »

L'homme en civil s'assit sur la chaise que Chester avait débarrassée ; celui en uniforme préféra rester debout.

« Vous êtes William Chamberlain, dont la femme Mary Ellen Chamberlain a été tuée lundi ? demanda l'homme en civil.

— Oui, dit Chester.

« J'avais peur, dit Chester aussitôt. Jusqu'à maintenant, jusqu'à aujourd'hui... (Il marqua une pause.) Le jeune homme qui a commis le meurtre, Rydal Keener, ne m'a pas quitté une minute. Jusqu'à aujourd'hui. Même aujourd'hui, il m'a suivi dans les rues, surveillant tous mes faits et gestes. J'étais dans un... j'avoue que je n'étais pas en état d'affronter la police. Je veux essayer d'obtenir son aide. La perte de ma femme a été pour moi un choc si terrible, j'ai presque perdu l'esprit.

— Dites-nous ce qui s'est passé », fit le policier en civil, tirant de sa poche un carnet et un stylo.

Chester leur raconta. Il dit d'abord que Rydal Keener avait lié connaissance avec eux à Hérakleion, puis qu'il s'était mis à flirter avec sa femme. Cela avait continué trois jours à peu près et ils étaient tous allés à Chania. Rydal parlait le grec, de sorte qu'il leur rendait pas mal de services et comme il n'avait pas beaucoup d'argent, Chester lui en avait donné un peu pour rétribuer ces services ; mais Rydal Keener ne cessait de faire des avances à sa femme que celle-ci rejetait toujours. Le lundi, à Hérakleion, Chester avait demandé à Rydal de partir, mais l'autre avait insisté pour venir visiter le palais de Cnossos avec eux. Rydal était de très mauvaise humeur, parce qu'il n'avait fait aucun progrès avec la femme de Chester et que ce dernier lui avait demandé de partir. Il se vengea brutalement en poussant un vase ou en en laissant tomber un d'une terrasse supérieure sur la femme de Chester.

« C'est moi qu'il essayait de frapper, bien sûr, dit Chester en achevant son histoire. C'est la seule explication qui ait un sens. Je venais de quitter l'endroit où elle se trouvait quand elle a été touchée. Elle avançait pour me parler... ou quelque chose comme ça. Il est difficile de se rappeler les détails. (Chester se passa la main dans les cheveux.) Excusez-moi, messieurs, mais puis-je vous offrir un verre ? Un scotch ?

— Pas maintenant, merci », dit l'homme en civil, qui était en train de prendre des notes sur son calepin.

Le policier secoua la tête.

Chester se versa à boire dans le verre vide qui était sur la table de nuit et alla y ajouter un peu d'eau dans la salle de bain. Il revint et reprit sa position à côté de la commode. « Voyons... où en étais-je ? Oui, je suis resté quelques instants auprès de ma femme. J'étais tellement abasourdi par ce qui venait de se passer que je ne savais pas quoi faire. J'ai appris — plus tard, par les journaux — que Keener avait demandé au vendeur de billets si j'étais sorti, si j'avais pris un taxi pour m'en aller. Déjà, il voulait faire croire que c'était moi qui avais... tué et qui avais fui les lieux. » La voix de Chester tremblait d'une émotion sincère... quelle qu'en fût la cause. Il se tut, scrutant les visages des deux hommes pour voir s'ils le croyaient. Ils semblaient simplement intéressés.

« Continuez, dit l'homme en civil. Que s'est-il passé ensuite ?

— Au bout de quelques minutes — combien, je ne sais pas —, je me suis mis à chercher Keener. J'étais fou de rage. Je voulais l'étrangler de mes mains nues. Je ne l'ai pas trouvé au palais, alors je suis sorti en courant. J'ai regardé sur la route. Il commençait à faire nuit et je ne voyais pas très bien. Je suis allé à Hérakleion, pensant...

— Comment êtes-vous allé à Hérakleion ?

— J'ai arrêté le car. Sur la route.

— Je vois. Continuez.

— Et je l'ai trouvé à Hérakleion, bien sûr. Il était... (Chester hésita, puis décida de continuer.) En fait, il m'attendait à l'hôtel où j'avais laissé mes bagages. Il m'a parlé et m'a dit que si j'appelais la police, il me tuerait. Il m'a dit qu'il avait un revolver dans sa poche. J'étais sûr qu'il parlait sérieusement. Il m'obligea à aller dans un autre hôtel avec lui... je ne sais pas pourquoi, c'était un plus mauvais hôtel et il avait peut-être donné un pourboire au propriétaire pour qu'il se taise s'il nous voyait nous comporter bizarrement entre nous, je ne sais pas. (Chester avala quelques gorgées de son verre.) Puis, le lendemain matin...

— Vous êtes descendus dans la *même* chambre à l'hôtel ? demanda l'homme en civil.

— En fait, non, répondit Chester avec un sourire sinistre. Nous avions deux chambres. Mais il est resté toute la nuit dans la mienne, à me surveiller. » Chester se rappela brusquement la petite promenade qu'il avait faite tôt le matin. Le propriétaire de l'hôtel s'en souviendrait peut-être si on l'interrogeait. Mais peut-être ne le questionneraient-ils pas de si près. Ou alors, s'ils le faisaient, Chester pourrait dire qu'il s'était glissé dehors mais qu'il n'avait pas pu trouver de policier à cette heure-là, où qu'il était simplement trop bouleversé et trop effrayé pour rechercher l'aide de la police.

« Et alors ?

— Le lendemain matin, nous avons repris le bateau pour Athènes. Même... même sur le bateau, il a tenté de me tuer. Il m'a renversé sur le pont et a essayé de me jeter par-dessus bord. Par bonheur, je me suis bien défendu et quelqu'un est arrivé, alors Keener a été obligé de renoncer. J'ai été content d'arriver à Athènes parce que, là, je pensais que je pourrais certainement obtenir de l'aide.

— Et avez-vous essayé ? Aujourd'hui ? demanda l'homme en civil, l'interrompant.

— J'ai passé la journée à essayer de retrouver Keener. Il m'a filé entre les pattes dès que... dès que le bateau a touché le quai. Je l'ai perdu au Pirée. J'ai débarqué le premier. Je comptais le dénoncer à Athènes, vous comprenez. » Chester se couvrit les yeux. Puis il se dirigea vers le lit avec son verre à la main et s'assit.

« Calmez-vous, dit l'homme en civil. Que s'est-il passé quand vous êtes arrivé à Athènes ?

— Excusez-moi, dit Chester. Ces derniers jours ont été très durs pour moi. Je suis certain que ce que je vous dis vous paraît absurde, parce que ça n'a pas l'air logique. Je me disais, à Athènes, il y a assez de policiers. Je m'approcherai de l'un d'eux et, même si Keener est avec moi, même s'il essaie de me tuer, je dirai au policier : « Voilà « l'homme que vous recherchez pour le meurtre « de ma femme. » Sa voix se brisa sur ce dernier mot.

Il y eut un silence de plusieurs secondes. L'homme en civil regarda le policier. Chester aussi. Pas un muscle ne bougea dans le visage du policier en uniforme. C'était comme s'il ne comprenait même pas l'anglais.

« Les gens dont on a assassiné les femmes ne sont pas toujours logiques, dit l'homme en civil lentement.

— Non, dit Chester. J'imagine que non.

— Où essayiez-vous de trouver ce Keener ?

— Je cherchais autour de la place de la Constitution, répondit Chester. Il m'avait dit qu'il y passait beaucoup de temps. Autour de l'American Express.

— Hm. Cet homme est Américain, n'est-ce pas ? Il n'utilise pas un faux passeport ?

— Oh ! non. Non, non, c'est vraiment un Américain. Mais il parle très bien le grec, pour autant que je puisse en juger, et ma femme m'a dit qu'il parlait aussi plusieurs autres langues.

— Hm. » L'homme en civil regarda son collègue, fit un signe de tête et dit quelque chose en grec.

L'autre acquiesça aussi et haussa les épaules.

« Il a été interrogé sur le bateau ce matin, et il nous a glissé entre les mains, dit l'homme en civil.

— Ah ?... que voulez-vous dire ?

— Tous les passagers répondant à peu près à son signalement ont été retenus par nous pour être interrogés. Il a dû être retenu aussi. Mais... c'était la police du Pirée. En tout cas, nous cherchons Rydal Keener dans tous les hôtels d'Athènes depuis aujourd'hui midi. Il ne s'est inscrit dans aucun.

— Non, c'est bien ce que je pensais. Je suis certain qu'il savait que vous auriez son nom tôt ou tard... à propos de notre affaire.

— Oui. Ça n'a pas été très facile. Savez-vous que votre femme n'avait aucun objet permettant de l'identifier sur elle ? Même pas quelque chose avec ses initiales ? »

Chester secoua tristement la tête. « Je ne le savais pas. Généralement, c'est moi qui ai son passeport. » Il regretta d'avoir prononcé ce mot de passeport.

L'homme en civil le regardait maintenant d'un air rêveur. « Non, c'est à un homme de Chania que nous devons de l'avoir identifiée, le directeur de l'hôtel Nikè, qui a parlé à la police de Crète ce matin. Il avait vos noms sur son registre. » Il se leva.

« Est-ce que je peux me servir de votre téléphone ?

— Allez-y », dit Chester.

L'homme en civil parla en grec à la standardiste de l'hôtel. Au bout d'un moment, il commença une conversation en grec, une conversation au cours de laquelle il parla presque tout le temps.

Le nom de « Chamberlain » prononcé tout à coup lentement, presque avec dédain, mit Chester mal à l'aise.

L'autre policier se tenait dans une attitude de soldat, les mains derrière le dos, tantôt posant les yeux sur Chester, tantôt regardant ailleurs.

L'homme en civil couvrit l'appareil de sa main et dit à Chester : « Pouvez-vous nous dire... sauriez-vous par hasard où Keener pourrait encore se trouver ? A-t-il parlé d'une autre ville ?

— Non, dit Chester. Je regrette.

— A-t-il parlé de gens d'Athènes ? Connaît-il quelqu'un ? »

Chester secoua la tête. « Je ne me rappelle personne. Je ne pense pas qu'il ait jamais parlé de qui que ce soit. Mais je suis certain qu'il connaît des gens ici, des gens qui le cacheraient. »

L'homme en civil parla de nouveau dans l'appareil, puis raccrocha. Il se tourna vers Chester. « Nous n'allons pas annoncer dans les journaux que nous avons identifié votre femme. Nous ne voulons pas que Keener s'enfuie plus loin, comprenez-vous ? Nous ne voulons pas qu'il pense que nous vous avons parlé et que vous nous avez raconté votre histoire qui l'accable. Vous comprenez ? Nous avons informé le consulat américain et l'ambassade de la mort de votre femme, mais nous leur avons dit de ne pas transmettre la nouvelle aux journaux. »

Chester comprenait. Mais il se demanda si Rydal ne devinerait pas la vérité. « Jusqu'à ce que vous l'attrapiez... commença-t-il, mais il renonça. Je suis très nerveux, à l'idée qu'il me poursuit. J'aimerais partir pour Paris tout de suite. Si c'est nécessaire, bien sûr, je reviendrai parler avec vous quand vous l'aurez retrouvé.

— Voyez-vous, ce ne serait pas très judicieux, en fait, car nous avons l'intention de vous surveiller. De monter la garde auprès de vous, car peut-être, de cette manière, trouverons-nous Keener. Keener peut être assez imprudent pour essayer de vous tuer avant que vous n'ayez parlé à la police... croira-t-il. Ou bien il peut être impulsif... c'est comme ça que vous dites ? Il peut vouloir se venger et vous tuer de toute manière, même s'il pense que vous avez déjà parlé à la police. Vous comprenez ? » L'homme eut un sourire et un geste curieusement débonnaire de la main.

« Autrement dit, je suis une sorte d'appât », dit Chester.

L'homme réfléchit et acquiesça vaguement. « Je doute vraiment qu'il essaie de vous trouver et de vous tuer. Il doit savoir qu'il est trop tard. Logiquement, il devrait essayer de quitter le pays, de changer son passeport, peut-être. » L'homme boutonnait son pardessus. Il fit un signe au policier en uniforme et ils se dirigèrent vers la porte.

Chester voulait leur demander de rester en contact avec lui, de lui téléphoner ce soir pour lui dire s'il y avait quelque chose de nouveau. Mais il ne dit rien.

« Nous allons mettre un homme en bas dans le hall. Si vous sortez, il vous suivra, dit l'homme en civil. Ne vous inquiétez pas. C'est pour votre protection. (Il sourit.) Merci, Mr. Chamberlain.

— Merci à vous, dit Chester. Merci beaucoup. » Il referma la porte derrière eux.

Puis il respira profondément et s'allongea tout de son long sur le lit. Avec de la chance, on retrouverait le corps de Rydal Keener sur un trottoir, ce soir ou demain matin de bonne heure. Mais il n'aurait quand même pas dû payer ce type d'avance. Chester savait qu'il n'aurait pas dû le faire, par principe. Mais, d'un autre côté, comment aurait-il pu le payer après qu'il eut fait le travail, s'il avait un policier à ses trousses ? Et, s'il n'avait pas touché son argent, Andreou aurait pu décider de lui casser la figure, policier ou pas. Oui, tout était pour le mieux comme ça.

Quand Rydal Keener serait mort, ce serait la fin de l'histoire ; on retirerait le policier qui le gardait et il partirait pour la France avec son nouveau passeport. William Chamberlain disparaîtrait de la surface de la terre. Il se débarrasserait de sa barbe et de sa moustache et il deviendrait M. Untel, inconnu pour le moment en France comme aux Etats-Unis.

Mais si Andreou ne réussissait pas à tuer Rydal, — s'il l'avait doublé, s'il était un ami de Niko, et peut-être aussi de Rydal, — alors une petite manœuvre serait nécessaire qui demanderait une coordination précise. Le tout était de savoir si les policiers retrouveraient Rydal. S'ils trouvaient Rydal et qu'il leur raconte son histoire à lui, Chester devrait avoir son nouveau passeport en main, semer son gardien, même si cela voulait dire quitter l'hôtel avec tous ses bagages dans sa chambre et filer sur Paris. Chester ne pensait vraiment pas que les choses en arriveraient là. Il avait beaucoup de considération pour l'intelligence de Rydal et Rydal n'avait pas envie d'être pris. Rydal pouvait avoir envie de se venger de lui, mais pas en se servant de la police. Chester se disait que, dans un sens, leurs mobiles étaient très semblables... et, en fin de compte, lui, Chester, se considérait comme le moins vindicatif des deux. Tout allait se traduire finalement par un duel privé.

Chester était plein d'espoir et de confiance. C'était quelque chose qui chantait dans ses veines, une vieille sensation familière. L'optimisme l'avait toujours emporté chez lui. Un homme ne valait rien sans optimisme, rien du tout. Chester étendit rêveusement le bras droit, s'attendant inconsciemment à trouver Colette à côté de lui. C'était un lit à deux places. Il était vide et plat.

XVI

Au milieu de l'après-midi, après que Niko fut revenu de son rendez-vous avec Chester et eut dit ce que Chester attendait de lui — un passeport et un assassin — Rydal avait fait une sieste. Il connaissait vaguement Andreou. Il était venu chez Niko un soir de décembre. Andreou était fleuriste. Il avait des serres chez lui, à la bordure ouest de la ville, et il apportait des fleurs fraîches tous les matins dans sa boutique de la rue Leoharos. Sa femme s'occupait de la boutique. Rydal était content qu'Andreou et sa femme, qui étaient des gens honnêtes et travailleurs, touchent les cinq mille dollars de Chester. Aussi, après que Niko fut venu et reparti peu après deux heures, Rydal avait dormi sur le divan près de la marmite noire qui mijotait. Il avait dormi environ une heure et s'était réveillé, merveilleusement reposé, pour trouver Anna assise de l'autre côté de la pièce en train d'éplucher des haricots verts dans une marmite posée sur ses genoux, une bande de lumière venue de l'étroite fenêtre horizontale, derrière elle, venant baigner ses épaules et son cou. On aurait dit un Vermeer.

« Vous avez bien dormi ? C'est bon pour vous », dit-elle.

Il remarqua qu'elle avait éteint la radio, sans aucun doute par courtoisie à son égard. Elle lui fit une tasse de thé. Il la but à petites gorgées, allongé sur le lit, et se réveilla peu à peu. Il pensa à Andreou et au fait qu'il allait rencontrer Chester à cinq heures. Niko avait dit qu'il avait demandé à Andreou d'avoir l'air très dur et de dire le minimum. Andreou avait travaillé quelque temps dans la Marine marchande grecque et appris un peu d'anglais au cours de ses voyages. Rydal se disait qu'Andreou s'en tirerait très bien. D'ailleurs, Chester n'avait guère le choix. A qui d'autre qu'à Niko pouvait-il demander un assassin ? Chester devait bien savoir qu'il était chez Niko ou qu'en tout cas Niko savait où il était. Mais Chester ne dirait pas à la police de questionner Niko, ou de le suivre pour voir où il habitait. Chester ne ferait même pas allusion à Niko parce qu'il ne voulait pas que la police lui parle, à lui Rydal. Rydal se sentait très en sécurité chez Niko et Anna Kalfros. Mais il pensait que c'était dangereux pour lui de sortir ; aussi lorsque, à quatre heures, Anna dit qu'elle devait sortir pour acheter du beurre, Rydal ne lui proposa pas d'y aller à sa place et lui expliqua pourquoi. Anna comprit. Elle approuvait grandement qu'Andreou touchât de l'argent pour un meurtre qu'il ne commettrait pas. Cela satisfaisait à la fois son sens de la justice et son sens de l'humour.

Niko rentra peu avant sept heures. Il dit qu'il avait parlé à Andreou vers trois heures et que celui-ci avait accepté de rencontrer Chester à cinq heures dans un restaurant près de sa boutique de fleuriste.

« Andreou a dit qu'il passerait ce soir pour vous dire bonsoir, annonça Niko en souriant.

— Ah ! oui. Vers quelle heure ? » Rydal se demanda si Andreou serait suivi, si la police avait parlé à Chester — dans l'après-midi, par exemple — et si Chester avait été suivi jusqu'au restaurant.

« Après son travail », dit Niko vaguement. Il laissait tomber avec précaution et méthode ses chapelets d'éponges à terre, dans un coin de la pièce. « Il travaille jusqu'à huit heures environ ce soir.

— Vous lui avez parlé après qu'il a vu Chester ? demanda Rydal.

— Non. Je ne lui ai pas parlé depuis trois heures. » Niko s'exerçait obstinément à utiliser l'anglais — c'était une petite façon de se faire valoir devant sa femme qui n'y comprenait pas grand-chose, pour ne pas dire rien — mais Rydal lui parlait quand même en grec, surtout parce qu'il voulait être certain que Niko comprenait ce qu'il disait.

« J'espère que Chester n'était pas suivi par la police, dit Rydal.

— La police ?

— S'ils suivaient Chester, ils vont interroger Andreou. Il ne saura peut-être pas expliquer pourquoi il avait un rendez-vous avec Chester. » Rydal prit le journal que Niko avait apporté. L'affaire de Cnossos était maintenant en seconde page et n'occupait pas beaucoup de place : la police continuait à suivre des pistes pour identifier « la jeune femme rousse », mais elle n'avait pas fait de progrès jusqu'à ce jour. Les policiers recherchaient Rydal Keener, le jeune homme aux cheveux bruns dont le signalement avait été donné par Périclès Goulandris, le vendeur de billets. On pensait que Keener se cachait à Athènes.

Et s'ils avaient son nom, se dit Rydal, ils avaient aussi celui des Chamberlain, puisqu'ils venaient du même endroit, c'est-à-dire d'un registre d'hôtel, alors qui croyaient-ils duper avec leur histoire ?

« Hm-m. Je l'ai lu aussi », dit Niko. Il versait trois verres de retsina.

« Je ne le crois pas, dit Rydal, se parlant à moitié à lui-même.

— Quoi ? demanda Niko.

— Qu'ils n'ont pas identifié Colette. Anna, quel est le meilleur poste pour les informations en Grèce ? »

Anna alla, toute contente, vers son poste de radio et le brancha sur une station d'Athènes.

Les nouvelles arrivèrent presque tout de suite. Il était sept heures. Au milieu du bulletin, il y eut une courte phrase : « La police d'Hérakleion poursuit ses efforts pour déterminer l'identité de la jeune femme trouvée morte au palais de Cnossos, mais jusqu'à maintenant elle n'y est pas parvenue. »

« Ils ne veulent pas diffuser l'information, dit Rydal.

— Pourquoi ? » demanda Anna.

Rydal le lui expliqua. Il dit que la police savait sûrement maintenant que la femme trouvée morte était Mrs. William Chamberlain. C'était très facile pour la police de rechercher un William Chamberlain inscrit dans l'un des hôtels d'Athènes. Chester ne verrait pas d'inconvénient à être retrouvé et interrogé par la police car cela lui fournirait l'occasion de leur dire que Rydal Keener avait tué sa femme. « La police refuse probablement qu'on publie la nouvelle dans les journaux, dit Rydal, parce que — s'ils croient Chester — ils imagineront que j'essaierai de le tuer avant qu'il ne puisse leur parler.

— Oh ! c'est horrible, dit Anna avec un soupir. Qu'ils puissent penser que vous tueriez un homme, Rydal. »

Rydal sourit. « Après tout, c'est ce que Chester essaie de faire avec moi. Si j'avais du sang dans les veines, j'essaierais d'ailleurs de tuer Chester, c'est évident. » Il fléchit les bras. Il se sentait nerveux, mal dans sa peau, comme s'il jouait un rôle qui n'était pas fait pour lui.

Niko, par contre, riait avec satisfaction, comme s'il voyait une pièce qui lui plaisait.

« Mais... poursuivit Rydal, sirotant sa retsina, cela ne m'intéresse même pas de savoir dans quel hôtel Chester est descendu. Je parie que c'est l'Acropole ou l'El Greco. Il y restera jusqu'à ce qu'il ait son passeport, après-demain. C'est après-demain qu'il l'aura, n'est-ce pas, Niko ?

— Oui. J'ai donné la photo à Frank cet après-midi.

— Et après, il va essayer de quitter le pays », dit Rydal.

Anna et Niko le regardèrent un moment sans rien dire.

« Et après, qu'est-ce que vous allez faire, Rydal ? demanda Anna. Le laisser partir, j'espère. Il est mauvais. »

Rydal savait qu'elle avait raison. Qu'il devrait le laisser partir. Son bon sens le lui disait aussi. Mais il ne pensait pas que c'était ainsi que cela se passerait. Il sourit à Anna. « Je saurai son nouveau nom sur ce passeport. S'il échappe à la police, Anna ? S'il arrive dans un autre pays ? (Rydal fronça les sourcils.) Il peut très bien y arriver, avec un nouveau passeport. Un homme mauvais ne devrait pas être laissé en liberté, vous ne pensez pas ? »

Lentement, Anna commençait à comprendre. Posséder un faux passeport n'était pas un méfait terrible pour elle, elle en avait tant entendu parler. C'était comme si elle ne s'était jamais rendu compte qu'un faux passeport cachait toujours d'une façon ou d'une autre un personnage malhonnête. « Vous voulez dire que vous donnerez le nouveau nom à la police ? » fit-elle.

Ce n'était pas du tout ce que Rydal avait pensé faire, mais il acquiesça. « Je vais y réfléchir. C'est possible. »

Niko rit de nouveau et se frotta les mains. « Bravo ! Alors il me demandera un autre passeport. Ce sera encore une affaire pour Frank et moi. »

Anna lui lança un regard de côté. « Hm-m. Non. Laisse quelqu'un d'autre le faire. Si cet homme est pris, il va dire à la police qui lui a donné son faux passeport, non ? Et alors ? » Elle donna une bourrade affectueuse à son mari et se leva pour aller remuer la marmite.

Andreou arriva au moment où ils achevaient leur pot-au-feu à la grecque. Une joie tranquille émanait de lui. Un coup d'œil sur son sourire contenu et ses yeux noirs brillants leur apprit que sa transaction avec Chester s'était bien passée. Il dit qu'il avait les cinq mille dollars. Il mit la main dans sa poche.

« Ma femme est seule dans la boutique. Il pourrait y avoir un hold-up, dit-il en plaisantant. Je ne voudrais pas laisser l'argent là-bas, alors je l'ai apporté. »

Il l'avait apporté aussi pour le montrer, se dit Rydal. Il regarda les billets de cinq cents dollars neufs posés sur la table de bois près des assiettes à soupe sales. Pendant quelques secondes, ils regardèrent tous l'argent, Niko et Andreou en souriant à belles dents, Anna et Rydal plus discrètement. A chacun d'eux, cette vision inspirait des pensées très différentes. Pour Niko et Anna une telle somme pouvait représenter une maison à la campagne. Pour Andreou, peut-être un voyage en Amérique avec sa femme. Pour Rydal, il pensait : voilà ma vie, ma mort, ma vie et ma mort mêlées dans une poignée de papier vert.

Andreou éclata de rire.

« Qu'est-ce que vous allez en faire, Andreou ? demanda Rydal.

— Oh ! je pense qu'Helen et moi, nous irons en Amérique cet été. (Il désigna joyeusement Rydal du doigt.) Nous vous y verrons peut-être ! »

Rydal eut une curieuse sensation de *déjà vu*. Ou peut-être était-ce de la prescience ? Cela le déprima.

Niko palpait l'argent avec amour, le caressant vaguement, comme on fait pour un petit animal. Il s'était lavé les mains au lavabo, mais ses ongles étaient encore sales.

Anna versa du café à Andreou. Il dit qu'il mangerait plus tard avec Helen.

« Vous êtes sûr que vous n'avez pas été suivi, Andreou ? dit Rydal.

— Sûr, dit Andreou gravement. J'ai regardé.

— Vous n'avez vu personne vous surveiller au restaurant ?

— Non. Je suis arrivé juste à l'heure. Mr. Chamberlain était déjà là. »

Rydal demanda combien de temps ils y étaient restés, qui était parti le premier, si Chester semblait très nerveux. Andreou n'avait pas trouvé.

« Il voulait ne m'en donner que la moitié, dit Andreou en souriant, mais j'ai demandé le tout.

— Alors, vous ne le rencontrez plus ? Vous n'avez pas fixé d'autre rendez-vous ? demanda Rydal.

— Non.

— Bien. » Rydal se renversa sur sa chaise, soulagé. Il toucha le rouleau de billets dans la poche gauche de son pantalon. Il les sortit impulsivement, souriant à Andreou, et dit : « Je vous fais un échange.

— Quoi ?
— Cinq mille dollars.
— Cinq mille ? » Les yeux d'Andreou s'agrandirent.
Niko et Anna avaient sursauté aussi et se penchaient en avant pour regarder.
« Les mêmes que les vôtres. Comptez. Je vous fais un échange », dit Rydal, tendant son argent à Andreou.
Patiemment, souriant de plaisir, Andreou compta les billets de Rydal un par un, en les déposant sur la table. « Dix ! annonça-t-il. Pourquoi voulez-vous faire un échange ?
— Parce que je n'aime pas cet argent. Je préférerais celui qui a été payé pour ma mort.
— Où l'avez-vous eu ? demanda Niko en anglais.
— Au même endroit. Pour me taire. Mr. Chamberlain a insisté.
— *O.K.* On fait un échange », dit Andreou et il mit l'argent de Rydal dans sa poche.
Rydal prit l'argent d'Andreou. Il le mit dans la poche où il avait l'autre. Niko le regardait, fasciné. « Mr. Chamberlain a insisté », répéta Rydal.
Andreou le regarda affectueusement, les yeux embués de rêve.
« Andreou, j'ai autre chose à vous demander, dit Rydal. Un service que je vous paierai... disons mille dollars.
— Dollars ? demanda Andreou.
— Oui. Il faut que je passe la frontière. Pour aller en Yougoslavie. J'ai pensé que vous connaîtriez peut-être quelqu'un qui y va en camion.
— Comment ça ? Pourquoi la Yougoslavie ? » demanda Niko.
Et Rydal sut brusquement qu'il allait être vaincu, que son projet était dangereux, qu'il avait plusieurs raisons d'échouer. « Je veux suivre Mr. Chamberlain », dit-il.

Andreou et Niko le regardèrent un moment d'un air déconcerté.

« Il vous faut un passeport, dit Niko.

— Les passeports, c'est votre spécialité ! dit Rydal, mais il rit.

— Mr. Chamberlain prendra l'avion avec son passeport, non ? demanda Niko.

— Probablement », dit Rydal.

Niko échangea un regard avec Andreou.

« Je demanderai un passeport à Frank. Quel genre voulez-vous ? »

Rydal s'assit sur la chaise où il était déjà assis avant : « Italien, peut-être. Je ne peux pas me permettre un passeport américain.

— J'en parlerai à Frank ce soir. » Niko regarda gravement sa montre, énorme chose en faux or. « J'essaierai de l'appeler vers onze heures. Vous avez une photographie ? Je la lui ferai passer ce soir. »

Rydal en avait une.

Quand Andreou partit, Rydal l'accompagna jusqu'à la porte au bout du couloir. Il éprouvait le besoin irrésistible de voir s'il y avait quelqu'un qui rôdait dans la rue, qui attendait Andreou, qui surveillait la maison. Il vit un jeune homme s'éloigner sur le trottoir d'en face, mais pas de rôdeur. Il serra vigoureusement la main d'Andreou pour lui dire au revoir. Une bonne poignée de main, bien franche.

« Mes respects à votre femme », dit Rydal.

Andreou rit. « Merci. Et toutes nos bénédictions pour vous ! »

Niko posa encore quelques questions à Rydal à propos des cinq mille dollars qu'il avait reçus de Chester. C'était juste pour ne pas parler ? Est-ce que Rydal avait dû menacer Chester pour les obtenir ? Rydal essaya d'expliquer que Chester était de ces hommes qui se sentent plus à l'aise quand ils ligotent les gens, ou essaient de le faire, avec de l'argent.

« A un moment, je le lui ai balancé à la figure, dit Rydal. Les billets sont tombés à terre. Sa femme les a ramassés et me les a rendus. » Rydal haussa les épaules. Il avait le sentiment que Niko ne croyait pas cette histoire-là non plus, que, pour lui, elle était uniquement destinée à produire un effet dramatique. Il sourit. La franchise totale avec laquelle Niko parlait des questions d'argent était plutôt reposante. Rydal voyait les rouages tourner dans la cervelle de Niko. Peut-être se demandait-il, par exemple, s'il ne pourrait pas garder les cinq mille dollars du passeport de Chester sans lui donner le passeport et sans mêler Frank à l'histoire ? Mais c'était un peu tard maintenant. Niko avait dit qu'il avait donné la photographie à Frank.

« Oh ! si vous continuez à fréquenter Chester, il aura probablement toujours un petit service à vous demander par-ci, par-là, dit Rydal.

— Il a beaucoup de fric, hein ? demanda Niko d'un ton rêveur.

— Des tas, dit Rydal. Il le garde dans une doublure de valise.

— Vous l'avez vu ?

— Non. La valise seulement.

— Vous croyez... vous croyez qu'il y a cinquante mille dollars ?

— Je ne sais pas. Peut-être. »

Cette conversation enfantine se poursuivit pendant qu'Anna faisait la vaisselle.

« Ce serait vraiment dommage que la police l'attrape avec tout ça, dit Niko en secouant la tête. Ils prendront le fric, non ?

— Oui. S'ils découvrent qu'il est Chester MacFarland, l'escroc. »

Niko prit un air de plus en plus pensif.

Rydal lui sourit. « Vous ne savez pas dans quel hôtel il est ?

— Je peux le savoir.

— Il faudrait que quelqu'un d'autre le fasse pour vous. Vous ne pouvez pas menacer Chester parce qu'il peut vous menacer en retour de vous dénoncer, Frank et vous, à cause des passeports.

— Hm-m. Oui. Mais il y a des moyens.

— Oh ! oui. Mais... ne demandez pas à Andreou de le faire.

— Pourquoi pas ?

— Il en a fait assez. Il est heureux. Vous ne voudriez pas qu'il se fasse prendre après avoir gagné cinq mille dollars, n'est-ce pas ?

— Non, non, fit Niko, secouant vigoureusement la tête.

— Trouvez un autre compatriote dans le besoin. »

Niko sourit. « Je peux en trouver des tas », dit-il en anglais.

A dix heures et demie, Niko sortit avec la photographie de Rydal et quinze cents dollars de l'argent de Rydal pour verser une avance pour le cas où on lui demanderait deux mille dollars pour un passeport italien. Il revint avant midi, disant que Frank pouvait le faire.

Le lendemain matin, les journaux ne parlaient même pas du meurtre de Cnossos. Rydal avait envoyé Anna chercher le *Daily Post* aussi bien que les journaux de langue grecque.

Rydal se dit que si la police avait interrogé Chester, et il était certain qu'elle l'avait fait, elle le ferait probablement une seconde fois, et peut-être une troisième, pour essayer de lui soutirer plus de détails, et peut-être de trouver un trou dans son histoire. Il pensa à la photographie de Chester sans barbe et avec une moustache qui figurait sur son passeport. Chester comptait la faire retoucher à Athènes, faire mettre une barbe. Il ne le ferait sûrement pas maintenant. Rydal se demanda si la police verrait une ressemblance entre la photographie et celle de Chester MacFarland, alias il ne savait plus quoi, sur le calepin de l'agent grec ? Et pourquoi l'Amérique n'envoyait-elle pas la photographie du passeport de Chester enregistrée comme celle de Chester MacFarland ? Y avait-il une raison à ce retard ? Rydal pouvait seulement supposer que cela venait de ce que l'Amérique recueillait lentement des preuves des fraudes et escroqueries de Chester. Ils récoltaient probablement le maximum de faits un peu partout et ne voulaient rien dire avant d'avoir tout. MacFarland n'était donc pas encore lié au Chamberlain de la tragédie de Cnossos. Rydal fut tenté d'aller téléphoner dehors — Niko et Anna n'avaient pas le téléphone — pour voir si Chester était à l'Acropole ou à l'El Greco. Mais il se retint et resta dans la maison.

Le soir, Niko n'apporta aucune nouvelle. Personne, ni policier ni autre, ne lui avait posé de questions. Frank devait avoir le nouveau passeport de Chester demain, demain matin peut-être.

« Je veux connaître le nom qui est dessus, aussi vite que possible, dit Rydal.

— Oh ! je l'ai dit à Frank, dit Niko.

— Vous ne pouvez pas le joindre maintenant ? Je croyais que vous le sauriez déjà », fit Rydal anxieusement.

Niko parut pensif un moment. « Frank n'a pas le téléphone où il est. Mais j'ai une idée. Il y a une *taverne* près de chez lui. »

Niko sortit pour téléphoner. Rydal l'avait forcé à prendre un crayon et un papier. Il voulait avoir le nom exact.

Niko revint au bout de trente-cinq minutes. Le nouveau nom de Chester était *Philip Jeffries Wede-*

kind. Frank enverrait le passeport à l'hôtel de Chester, l'El Greco, le lendemain matin à neuf heures et demie, dans une boîte à chaussures. Le messager devait demander à un chasseur de mettre la boîte à chaussures dans la chambre de Mr. Chamberlain, au cas où il ne serait pas là, sur la demande de Mr. Chamberlain. Le passeport italien de Rydal devait être prêt le lendemain matin à la même heure et remis à Niko dans la rue.

« Amenez-le ici tout de suite, dit Rydal. Avant le déjeuner.

— Avant le déjeuner. *O.K.* (Niko se frotta le nez et regarda Rydal en souriant.)

— Deux mille dollars. C'est très raisonnable. Vous méritez d'être remercié vous aussi, Niko. »

Niko fit un geste de ses larges paumes sales. « Oh ! non. Nous sommes amis, vous et moi. Quand je serai en Amérique... »

XVII

19 janvier 19..

« A l'attention de la police grecque :

« Ainsi que vous le savez, Rydal Keener est toujours en liberté et son objectif n'est rien de moins que ma mort. Après avoir assassiné ma femme, il compte maintenant m'assassiner moi. On peut penser qu'il se trouve dans cette ville. Je suis reconnaissant de la protection que vous m'avez donnée jusqu'à maintenant, mais j'ai le pressentiment que vos efforts ne seront pas toujours couronnés de succès, même pendant les quelques jours qu'il vous faut encore pour mettre la main sur Keener. Je suis toujours disposé, car je suis un honnête homme qui préfère collaborer avec la loi, à rester dans la ville, sous les yeux mêmes de Keener, j'en suis sûr, afin de provoquer une autre tentative de sa part contre moi. Mais c'est un jeune homme fort intelligent, et il peut nous vaincre tous, c'est-à-dire réussir à me tuer sans être lui-même appréhendé. Je le répète : il ne s'agit peut-être là que des pressentiments d'un homme anxieux et accablé de douleur. Mais je voulais vous faire part officiellement de mes craintes et de mes inquiétudes. Si je disparais ce ne sera pas par panique, lâcheté ou découragement. Ce sera parce que Keener aura trompé votre vigilance.

Wm. J. Chamberlain. »

Chester avait emprunté, pour rédiger cette déclaration, une machine à écrire à l'hôtel. Il acheva par la signature à laquelle il commençait à bien s'habituer maintenant, celle de son passeport. Il était neuf heures moins le quart. Chester commanda un petit déjeuner substantiel : jus d'orange, deux œufs mollets, du jambon, des toasts et du café. Puis il prit le reste de son argent américain dans la doublure de sa valise beige, en mit autant qu'il put dans sa poche revolver gauche qui se boutonnait, un peu dans son portefeuille de maroquin noir et le reste dans la poche intérieure de son pardessus qui pouvait se boutonner aussi.

Il venait d'achever son petit déjeuner quand on frappa à la porte. Chester regarda sa montre. Dix heures moins vingt. « Oui ? dit-il.

— Un paquet pour vous, monsieur. »

Chester ouvrit la porte. « Oh ! oui, mes chaussures. Merci beaucoup. »

Le chasseur lui tendit une boîte enveloppée de papier gris sombre et Chester lui donna un billet de dix drachmes.

Le paquet était lourd, à peu près aussi lourd que s'il y avait une paire de chaussures dedans. Chester ouvrit la boîte, sourit en voyant qu'il contenait une vraie paire de chaussures jaunes usées, regarda sous le papier de soie qui les enveloppait et trouva le passeport. PHILIP JEFFRIES WEDEKIND. Ses propres yeux le regardaient avec innocence sur la photographie au-dessus de la signature. Wedekind ? C'était un nom de quelle origine ? Allemande ? Juive ? L'écriture était haute et légèrement inclinée vers la droite. Le W était un grand zigzag penché, sans fioriture. Chester prit son stylo et s'exerça plusieurs fois à le reproduire sur un morceau de papier arraché au napperon de son plateau de petit déjeuner. On frappa à la porte et il s'arrêta, mit le passeport dans le tiroir de la table de nuit et froissa le papier dans sa main.

C'était le garçon qui venait reprendre le plateau.

Quand il fut parti, Chester ressortit le passeport du tiroir et le regarda de nouveau. Profession : représentant de commerce, ce qui était parfait car il pouvait vendre n'importe quoi. Age : quarante-cinq ans d'après la date de naissance, ce qui n'était pas mal. Lieu de naissance : Milwaukee, Wisconsin. Sur l'emplacement réservé à l'épouse et aux enfants mineurs, il y avait trois *x*, ce qui était bien aussi. Adresse : 4556, Roosevelt Drive, Indianapolis, Indiana. Chester mit le passeport dans la poche intérieure de son veston. Puis il alla dans la salle de bain et se rasa avec soin. Il veilla à bien rincer le lavabo de tous les poils de moustache et à ne pas en laisser non plus dans son rasoir. Il allait brûler le papier sur lequel il s'était exercé à faire la signature, puis se ravisa. Il allait emporter le papier, roulé en boule, dans sa poche. Sa déclaration à la police était posée sur la table près de la machine à écrire et Chester la relut. Il espérait que Rydal était mort, qu'il l'était depuis douze heures, mais au cas où il ne le serait pas...

Chester mit sa veste et son pardessus et quitta la pièce. Il ne prit avec lui que la paire de chaussures enveloppée dans le *Daily Post* de la veille. Il était au quatrième étage. Il prit l'escalier de service pour descendre ; un homme en veste blanche qui faisait le ménage au second étage le regarda, mais il ne lui adressa pas la parole et continua à balayer. Chester émergea dans une ruelle derrière l'hôtel et se dirigea vers la rue qu'il voyait à une vingtaine de mètres de là. Il prit la rue Stadiou dans la direction de la place de la Constitution et jeta les chaussures dans une boîte à ordures métallique au premier coin de rue. Puis il entra dans un café et téléphona de la cabine au fond de la salle. Il y avait deux avions qui allaient vers l'ouest, un à onze heures et un à une heure et demie. L'homme à qui il s'adressa parlait l'anglais et Chester essaya de réserver une place au nom de Wedekind sur l'avion de onze heures, mais l'autre lui dit qu'on ne faisait pas de réservations par téléphone.

Chester prit un taxi place de la Constitution, descendit au coin des rues Stadiou et Voukourestiou et trouva un magasin où l'on vendait des bagages, pas loin. Il acheta une valise noire assez grande en peau de vache grenée et la paya avec ce qui lui restait de drachmes. Puis, en vingt-cinq minutes, il réussit à acheter trois paires de chaussures, un pantalon, une veste de tweed, un pyjama, des chaussettes et du linge dans deux boutiques, sans donner l'impression d'être pressé. Il enleva les étiquettes des articles qui en avaient. Puis il acheta une brosse à dents — fabriquée en Amérique — et du dentifrice dans une pharmacie. A onze heures moins vingt, il roulait vers l'aéroport dans un taxi. Le policier qui le gardait ne s'apercevrait pas de son absence avant midi, se disait-il, peut-être même deux heures. La veille, il n'était sorti qu'à onze heures du matin. On pouvait très bien penser qu'il avait passé la matinée et qu'il se ferait monter son déjeuner dans sa chambre.

Il arriva bien à temps pour l'avion, lequel n'était qu'aux trois quarts plein. Le premier arrêt était Corfou, puis c'était Brindisi, puis Rome où il devrait changer pour prendre un avion à destination de Paris. Ses compagnons dans l'avion lui parurent être en majorité des Grecs, des hommes à l'air grave et réservé qui devaient voyager pour affaires. L'examen du passeport s'était passé rapidement et sans heurts à l'aérogare. Les faux passeports n'inquiétaient plus Chester. C'était comme une sorte d'armure, un déguisement impénétrable. Il avait signé son nom très vite et d'un air détaché au bas de sa déclaration.

Chester se détendit et s'endormit même un peu tandis que l'avion survolait la mer Ionienne. Au déjeuner, il mangea avec appétit. A dix heures du soir, il était en France, dans un taxi qui l'emmenait avec ses bagages d'Orly à Paris. Il se sentait presque de retour chez lui, à l'aise, heureux. En France, il comprenait presque la langue. Il pourrait envoyer des télégrammes simples, courts, mais vitaux qu'il rédigeait dans sa tête dans l'avion d'Athènes. Un à Jesse Doty. *Salut, Jessebelle !* Pas tout à fait, peut-être. C'était un petit nom idiot qu'il mettait parfois sur des cadeaux destinés à Jesse, ou dont ses amis se servaient pour se moquer de lui. C'était une manière, évidemment, de s'assurer que Jesse comprendrait que le télégramme signé Wedekind était de lui.

Chester fit arrêter le chauffeur aux Invalides. C'était le seul endroit d'où il savait pouvoir envoyer un télégramme à cette heure. Il expédia un message à Jesse Doty :

ADRESSER FUTURE CORRESPONDANCE PHILIP WEDEKIND, AMERICAN EXPRESS, PARIS. RENVOYEZ MESSAGES DIX DERNIERS JOURS. CABLEZ, SI NECESSAIRE. PHIL.

Au bas, où il fallait mettre le nom au complet, il écrivit PHILIP JEFFRIES WEDEKIND. Puis il ajouta encore une phrase au message : PREVENIR VIC ET BOB.

Il regagna ensuite le taxi qui l'attendait et dit au chauffeur de le conduire à l'hôtel Montalembert. Chester et Colette avaient plusieurs fois bu un verre au bar du Pont-Royal, voisin du Montalembert, mais il n'avait jamais séjourné au Montalembert. Il se disait que l'endroit avair l'air suffisamment cossu pour que le chauffage et le service fussent bons. Il aurait préféré le George-V mais, hélas ! il y était connu. C'était la punition, se dit-il, pour le fait de se sentir chez soi à Paris. Il fut brusquement pris de peur, en franchissant la porte du Montalembert, que Philip Wedeking n'y fût personnellement connu aussi. Mais tout se passa très bien. On lui donna une chambre avec salle de bain au cinquième étage. Chester resta dans sa chambre juste assez longtemps pour sortir de sa valise son pantalon et sa veste et les suspendre et pour étaler son pyjama sur le lit.

En prenant un léger repas au coin de la rue du Bac et de la rue de l'Université, Chester eut soudain une vue qui lui parut plus réaliste des choses. Il avait évité les dangers en puissance qu'il courait à Athènes, mais il en voyait maintenant d'imminents et de nouveaux. La première chose, c'était que si Rydal Keener était encore vivant, il devait connaître son nouveau nom. Chester avait demandé que Frank garde le secret, il avait même payé pour cela, cela faisait partie du marché, et Niko avait dit qu'il dirait à Frank de ne pas parler à Rydal... mais jusqu'à quel point pouvait-il compter là-dessus ? Très peu, probablement. A peu près autant qu'il pouvait compter qu'Andreou ferait le travail pour lequel il avait touché cinq mille dollars. Il ne pouvait qu'espérer, en fait.

Et son seul espoir était que Rydal aurait peur de se retrouver accusé d'avoir tué Colette s'il essayait de mettre la police sur sa piste. Chester n'imaginait pas Rydal désirant cela. Si Rydal parlait de l'agent de police grec, il avait aussi aidé Chester à cacher le cadavre. Cela ne ferait pas tellement bon effet dans son dossier non plus. Tout cela était bel et bon. Mais Rydal n'avait qu'à décrocher son téléphone et qu'à dire à la police que son nouveau faux nom était Philip Wedekind. Il n'avait pas besoin de dire qui il était, où il était et comment il avait obtenu ce renseignement. C'était cela le vrai danger, le danger actuel. Et Chester était obligé de jouer le jeu, de prendre le risque. Il y était contraint, parce qu'il n'avait pas d'autre solution. Il devait recevoir des nouvelles des Etats-Unis, retourner aux Etats-Unis un jour.

En parcourant la courte distance qui le séparait de son hôtel, sa confiance en lui et en sa force physique lui revinrent. S'il fallait abattre les cartes, il en donnerait pour son argent à Rydal Keener. Il savait des tas de choses sur son compte, des tas. Chester se rendait à lui-même cette justice qu'il avait du cran. Alors si on en arrivait-là, il leur montrerait ce qu'il avait dans le ventre. Il n'allait pas se laisser mener par Rydal Keener, ce vagabond invétéré, ce médiocre soldat du hasard.

Chester se dit que Jesse aurait son câble au début de la matinée, heure de New York. Il dormit très bien cette nuit-là.

Le lendemain à midi, il se rendit à l'American Express pour voir s'il avait du courrier. Il savait que Jesse ne pouvait pas lui avoir répondu aussi vite, mais il ne put s'empêcher d'aller voir quand même. C'était probablement la plus mauvaise heure pour venir chercher du courrier. Le sous-sol du bâtiment était plein de touristes bruyants et de jeunes Américains en sandales et en *blue-jeans* et de filles en pantalons fuselés et en ballerines qui attendaient aux différents guichets. C'était un risque énorme aussi de s'exhiber ainsi à des compatriotes dont l'un pouvait reconnaître Howard Cheever.

« Wedekind », dit Chester en arrivant devant la jeune fille du guichet. Il avait son passeport ouvert.

Elle alla voir et revint en secouant négativement la tête.

Chester la remercia, remonta l'escalier et sortit du bâtiment. Il avait très envie d'écrire à Bob Gambardella, dans le Milwaukee. Bon vieux Bob. Une longue lettre à la main. Bob comprendrait. Quand les choses allaient mal, Bob disait seulement : « Oh ! Jé-ésus », d'un ton las mais résigné, puis il souriait et se passait les doigts dans les cheveux. Bob ne perdait jamais la tête. Chester le connaissait depuis quatre ans. Chester parlerait à Bob de Rydal Keener, il lui ferait comprendre que c'était un maître chanteur depuis l'instant où il s'était approché de lui pendant qu'il parlait à l'agent grec. La dernière version de Chester c'était que Rydal Keener le suivait depuis quelques jours, — comme il suivait probablement tous les Américains qui avaient l'air riche qu'il voyait, — avec l'idée de lui soutirer un peu d'argent. Rydal Keener avait suivi l'agent grec dans l'hôtel et, après avoir jugé la situation, avait assommé l'agent et l'avait tué, puis avait menacé d'accuser Chester du meurtre si ce dernier ne payait pas. Chester se disait que le fait de raconter cette histoire à un ami américain aurait plus de poids devant un tribunal que tous les discours qu'il avait tenus à la police grecque à Athènes. Chester parlerait aussi à Bob des avances que Keener avait faites à Colette, de la mort tragique de Colette alors que Keener essayait de le tuer, des menaces, des dangers qui avaient suivi et qui avaient eu pour résultat que Chester avait été obligé de prendre une autre identité pour fuir l'affreux Keener qui se cachait toujours, libre, à Athènes. Aussi, après avoir déjeuné tranquillement aux Champs-Elysées, Chester donna un pourboire au garçon pour se faire apporter du papier à lettres, et installé devant le reste de sa bouteille de vin blanc, se mit à écrire tout ça. Il continua avec un scotch ou deux jusque près de cinq heures, puis retourna à l'Opéra et à l'American Express.

Il y avait un câble pour lui maintenant.

Chester l'emporta dans un coin de la pièce et l'ouvrit rapidement.

NOUVELLES PAS BONNES ICI. RESTEZ LA-BAS. PREVIENS BOB, PAS VIC. AMITIES COLETTE. JESSE.

La phrase RESTEZ LA-BAS apprit beaucoup de choses à Chester. Cela voulait dire que Howard Cheever était lessivé. PAS VIC voulait dire que Vic s'était défilé, ou qu'il avait parlé à la police. Cela voulait dire que la société Unimex était soumise à une enquête ou qu'elle avait été déclarée illégale, malhonnête, ou il ne savait quoi. Chester serra les dents. Illégale, pas *tout à fait*. C'était une sorte de société de jeux, un peu comme tout à la Bourse. Si les sociétés avaient de quoi fonctionner par leurs propres moyens, est-ce qu'elles vendraient des actions, de toute manière ? Howard Cheever et Jesse Doty étaient très liés à la Canadian Star Company. La Canadian Star n'avait pas d'autres noms derrière quoi se cacher, pas de noms attachés à des gens en tous les cas. Les nouvelles étaient mauvaises.

Chester acheta un journal, le premier de la journée. Il y avait bien pensé ce matin, mais le courrier, les communications avec l'extérieur, lui avaient semblé plus urgents. Il acheta le *Herald Tribune* de Paris et *France-Soir* et commença par regarder le *Tribune*. C'était là, en première page, mais heureusement sans photo. L'article n'avait que quelques lignes. Il disait :

« Athènes, 19 janvier. — La police s'interroge sur la disparition de William J. Chamberlain, quarante-deux ans, un touriste américain qui était descendu à l'hôtel El Greco. Les autorités se montrent réticentes sur ce qui peut lui être arrivé mais on a révélé que Chamberlain se trouvait sous la surveillance de la police, selon toute probabilité pour le protéger d'une attaque possible. Tous ses bagages sont restés dans sa chambre, comme s'il était simplement sorti faire une promenade. A côté de la machine à écrire qu'il avait empruntée à l'hôtel, il a laissé une lettre dans laquelle il exprime des craintes pour sa sécurité personnelle. La police se refuse à donner toute autre information pour le moment. »

C'est curieux, se dit Chester, très curieux. Ils ne voulaient pas lier le nom de Rydal Keener avec le sien. Chaque fois que le nom de Keener était cité dans les journaux, celui de Chamberlain ne l'était pas. Chester ne comprenait pas leur répugnance ; il ne comprenait pas pourquoi ils ne recherchaient pas carrément Rydal Keener pour le meurtre de Colette, Mrs. William Chamberlain. Il ne pouvait pas croire que la police grecque avait mis en doute son histoire. S'ils avaient douté de lui, pourquoi ne l'avaient-ils pas réellement cuisiné, ou tout au moins soumis à un interrogatoire plus serré qu'ils ne l'avaient fait par deux fois à l'El Greco le jeudi ?

Brusquement, Chester se demanda si Rydal était

allé à la police de son côté, avant-hier, et s'il leur avait raconté sa propre version de l'histoire ? Etait-ce possible ? Etaient-ils en train de comparer la version de Rydal et la sienne ? Etait-ce possible ? Chester avait entendu parler de cas semblables, bien sûr. La police enregistrait les versions de chacun, qui pouvaient varier, puis elle confrontait leurs auteurs, ou bien elle confrontait chaque auteur avec la version de l'autre pour voir comment il réagissait. Mais Chester, au cours de son second interrogatoire de jeudi, n'avait pas eu le moins du monde l'impression que les policiers avaient parlé à Rydal. Ce second interrogatoire, à dix heures du soir, aurait pu être une répétition du premier. Chester n'était pas sorti de l'hôtel depuis qu'il avait vu la police. Il n'avait rien de nouveau à leur dire. Non, ce n'était sûrement pas ça. La police avait eu largement le temps de les confronter, et elle ne l'avait pas fait. La seule pensée de ce que Rydal pourrait dire de lui — en plus des mauvaises nouvelles qu'il venait de recevoir de Jesse — fit frissonner Chester tandis qu'il entrait au Montalembert.

Rydal Keener était assis dans le hall.

Ce ne fut pas un frisson, mais une brusque sensation de vide, de choc, qui s'empara de Chester et il serra contre lui le journal et la bouteille de scotch qu'il avait failli lâcher. Il hésita rapidement, sur la pointe des pieds, entre retourner à la porte et demander sa clef ; il choisit d'aller demander sa clef et dut souffrir la gêne de ne pas connaître le numéro de sa chambre et d'être obligé de réfléchir pendant ce qui lui parut être une minute entière avant de pouvoir même extraire son nom de sa mémoire.

« Wedekind, s'il vous plaît », dit-il à voix basse.

On poussa sa clef vers lui. Chester se déplaçait doucement. Il aurait dû réfléchir à ce qu'il devait faire. Il n'en était pas capable. Il continua à marcher, sans regarder Rydal, vers les ascenseurs. Rydal ne se levait pas. Rydal était assis dans un gros fauteuil devant une colonne, de sorte qu'il lui suffisait de tourner la tête un peu à gauche pour avoir une vue de la porte et à droite pour avoir une vue des ascenseurs. Bien que Chester ne l'eût pas regardé directement, il avait vu, du coin de l'œil, son signe de tête et son léger sourire. Non, Rydal ne lui semblait pas s'inquiéter à l'idée que le personnel de l'hôtel pouvait savoir qu'ils se connaissaient. Lorsque les portes de l'ascenseur se fermèrent, dissimulant Rydal à la vue de Chester, Rydal était toujours assis, le menton nonchalamment appuyé sur son poing, simplement il ne le regardait plus.

Dans sa chambre, Chester se débarrassa immédiatement et solennellement de son pardessus et s'empressa de se verser un scotch. Il en avait grand besoin.

Le téléphone sonna. Chester décrocha aussitôt, avant d'avoir le temps de réfléchir, d'avoir peur.

« Salut, dit la voix affable de Rydal. Comment va, Phil ? Ici Joey. Est-ce que je peux monter vous voir ?

— Qui ? demanda Chester, s'enlisant nerveusement.

— Joey, dit Rydal. J'aimerais vous voir un moment.

— Laissez donc. Merci. Une autre fois.

— Ecoutez, Phil... »

Chester entendit l'employé en bas interrompre Rydal.

« Oh ! il me verra, j'en suis certain », dit Rydal. Puis, à Chester : « J'arrive, Phil. »

Chester raccrocha.

Le téléphone sonna de nouveau immédiatement.

« Allô ? dit Chester.

— Monsieur, si vous ne désirez pas voir ce monsieur, nous ne lui permettrons pas de monter.

— Oh ! c'est que... non, merci, ça va très bien. C'est un ami à moi. » Chester avait dit ces mots très vite. Il raccrocha. Il se croisa les bras et regarda la porte, le front plissé. Mauvaise posture. Il laissa retomber ses bras. Il ne devait pas avoir l'air fâché, ni même irrité. Surtout, il ne devait pas avoir l'air inquiet.

Rydal frappa à la porte.

Chester ouvrit. Il s'attendait à voir Rydal sourire, mais celui-ci entra, le visage solennel et calme.

« Bonsoir », dit-il. Il regarda autour de lui, vit la valise neuve de Chester sur le porte-bagages, puis dit : « Alors, quelles nouvelles de la maison ? » Il sortit un paquet de Gauloises. « Cigarette ?

— Non, merci. Ecoutez, Rydal, si c'est de l'argent que vous voulez, on peut s'entendre.

— Oh-h ! » Rydal sourit et éteignit son allumette. « Je ne suis pas contre un peu d'argent, mais je doute que vous et moi puissions jamais nous entendre. »

Chester rit avec mépris. « Je ne donne pas d'argent à des gens avec qui je ne m'entends pas.

— Non ? Allons, réfléchissez.

— C'est dommage que vous n'ayez pas expliqué clairement depuis le début que vous étiez un maître chanteur. Vous auriez pu me le dire avant que nous n'allions en Crète.

— Je ne me rendais pas nettement compte avant d'aller en Crète. Je crois que c'est votre contact qui m'a rendu si intéressé par l'argent. Quoi qu'il en soit, c'est comme ça. » Il s'assit dans un fauteuil, regarda autour de lui pour chercher un cendrier puis secoua froidement ses cendres sur le tapis.

Chester s'approcha de sa bouteille de scotch sur la table de nuit et en versa dans le verre qui se trouvait là. « En tout cas, vous n'aurez pas un *cent*, dit Chester.

— Oh ! ne me faites pas rire. Je voudrais dix mille, et tout de suite. »

Chester secoua la tête en souriant. « Je vais vous dire, pour le moment, il ne me reste que vingt mille. Est-ce que ça vaut...

— Je veux vos dix mille et je ne veux pas rester là toute la nuit à en discuter. (Rydal se pencha en avant en fronçant les sourcils.) Vous n'avez que vingt mille. Mon œil ! Je parie que vous avez cinquante mille dans chaque chaussure. »

Chester avança d'un pas et s'arrêta tranquillement, son verre à la main. « Je ne paie pas les maîtres chanteurs, Keener. Je pourrais très bien vous faire chanter, moi aussi... si vous aviez quelque chose. » Chester le regarda droit dans les yeux, mais c'était un effort pour lui. La haine de Rydal, la colère qu'il lisait dans ses yeux le troublaient. Il n'avait jamais rien vu de pareil. C'était de la colère, du mépris et une hostilité qui semblait pouvoir éclater et se traduire par une action non préméditée. Chester reposa son verre.

« Ne vous inquiétez pas, dit Rydal. Je ne vais pas vous flanquer mon poing dans la figure. J'aimerais. Mais il y a de meilleures méthodes. Des méthodes plus civilisées, plus mortelles. (Il se leva.) Je ne vous retiendrai pas plus longtemps, Mr. Wedekind. J'aimerais les dix mille... en billets de cinq cents, comme d'habitude. Vingt billets, je vous prie. »

Chester dit : « Je crois que je vais téléphoner pour faire monter deux chasseurs bien bâtis qui vous flanqueront à la porte. »

Rydal avança lentement vers Chester et ce dernier remarqua qu'il avait des chaussures neuves... de belles chaussures noires avec d'épaisses semelles de caoutchouc.

« Vous allez me faire flanquer à la porte ? Moi, je vous ferai flanquer en prison, crétin. » Son regard devint moins intense et il sourit légèrement.

Chester savait qu'il avait parfaitement raison. C'était une lutte inégale. En tout cas ici, maintenant, dans cette pièce. Des pensées se bousculèrent au hasard dans l'esprit de Chester : déménager dans un petit hôtel demain. Il y avait des centaines et des centaines d'hôtels à Paris. Il téléphonerait à la police et dirait que Rydal Keener était à Paris. Ah ! mais il était déjà venu ici. Il ne pouvait pas faire ça. Il pouvait seulement essayer de se débarrasser de Keener. Autrement dit, partir pour l'Amérique aussi vite que possible, se débarrasser du nom de Wedekind, en prendre un tout neuf. Oui, c'était le seul moyen, il n'y en avait pas d'autre.

« Allez, l'argent », dit Rydal.

Chester obéit lentement. Il prit son pardessus sur le lit et mit la main dans la poche intérieure. « C'est la dernière fois. Je vais...

— Pourquoi ? »

Chester compta les billets, sans enlever complètement l'argent de la poche. « Je pars pour les Etats-Unis. Demain. Vous pourrez essayer de me suivre après. » Avec un sourire mauvais, il tendit à Rydal les vingt billets de cinq cents dollars.

Rydal les compta calmement, lentement ; il avait un certain mal à séparer les uns des autres les billets neufs. Puis il mit tranquillement l'argent dans la poche droite de son pantalon. « Est-ce que Colette vous manque ? »

Chester vit l'œil gauche de Rydal tressauter, ses paupières battre. « Je ne veux pas que vous prononciez son nom, dit-il.

— Elle m'aimait bien. (Rydal le regarda.)

— Non. Elle était agacée, elle était écœurée

par... par vos avances. » Chester parlait avec véhémence.

Rydal sourit. « C'est étrange. Vous le croyez vraiment... J'ai couché avec elle, vous savez. C'est elle qui a voulu. Elle me l'a demandé.

— Sortez de cette pièce. »

Rydal fit demi-tour et sortit.

XVIII

Rydal alla à pied jusqu'à Saint-Germain-des-Prés et prit le 95 pour aller à Montmartre. Il était à la fois d'excellente et de très mauvaise humeur. C'était facile à expliquer ; il n'aimait pas vraiment ce qu'il faisait. Cela ne lui plaisait déjà pas quand il en avait formé le projet, quand il avait pensé le faire. Le plaisir qu'il en tirait était d'ordre strictement émotionnel et irrationnel. Peu lui importait de harceler Chester parce que Chester était un criminel, un coupable, peu lui importait de voler aux riches pour donner aux pauvres et moins encore de remettre Chester entre les mains de la police. Ce qu'il y avait au cœur de tout cela, c'était Colette, il le sentait bien. Colette le poussait à agir plus que le fait — le fait évident — que Chester ressemblait beaucoup à son père et que c'était son père qu'il voulait frapper. Non, certes. Comme ç'eût été puéril, mesquin ! Mais Chester avait tué, écrasé une femme adorable, inoffensive, jeune et belle. Une femme dont Rydal était plus qu'à moitié amoureux quand elle était morte. Rydal se sentait plus amoureux d'elle encore maintenant.

Il se souvint avec un brusque regret qu'il avait voulu demander une photographie d'elle à Chester et qu'il avait oublié. Au diable ! Comme il aurait aimé l'avoir dans sa chambre d'hôtel ce soir ! Il le ferait la prochaine fois. Demain. Demain matin de bonne heure. C'était peut-être vrai que Chester retournait aux Etats-Unis demain. C'était ce qu'il avait de plus sage à faire, en tout cas. Cramponné à une barre dans l'autobus bondé, Rydal se mordit pensivement la lèvre supérieure. Comment empêcher Chester de partir pour les Etats-Unis demain ? C'était simple. Le prévenir que s'il partait, lui, Rydal, dirait à la police que Philip Wedekind était Chamberlain et aussi MacFarland. Ou bien devrait-il conserver ce nom de MacFarland comme carte dans sa manche ? Rydal sourit tout seul et se mit à regarder une jeune fille qui était assise à deux places de lui près de la fenêtre et qui le regardait aussi en souriant légèrement. Elle détourna les yeux. Elle avait des cheveux courts coiffés vers l'avant. Une écharpe rouge autour du cou. Elle tourna de nouveau les yeux vers lui. Elle avait du rouge à lèvres — ses lèvres n'étaient ni minces ni charnues, juste agréables — mais pas de poudre et son nez était brillant et même un peu bleui par le froid, ou peut-être était-elle enrhumée. Elle avait un petit grain de beauté sur la joue gauche, tout en haut. Elle descendit à l'arrêt suivant et il descendit aussi, bien que l'autobus n'eût pas commencé à grimper la colline de Montmartre. C'était l'arrêt de la gare Saint-Lazare.

« Bonsoir, dit Rydal en rattrapant la jeune fille. *Où allez-vous, mademoiselle ?* »

Elle détourna les yeux, mais elle retenait un sourire. Encore une tentative et ça marcherait.

« Si c'est loin, nous prendrons un taxi. Loin ou pas. Je vous en prie. Il faut que je fête ça ce soir.

— Que vous fêtiez quoi ?

— Je viens de gagner beaucoup d'argent, dit-il

en souriant. Venez. Taxi ! » Ils approchaient d'une station de taxis et il y en avait trois au bord du trottoir.

« Vous pensez que je vais monter dans un taxi avec vous ? Vous êtes complètement idiot ! dit-elle en riant.

— Non, je ne suis pas idiot. (Il avait la main sur la poignée de la portière.) Venez. C'est vous qui parlerez au chauffeur. Je n'ouvrirai pas la bouche.

— J'habite à trois rues d'ici. Avec mes parents, dit-elle en souriant, indécise.

— Bon. Montez. Ou bien est-ce que vous préférez marcher pour votre ligne ? »

Elle monta. Elle se pencha vers le chauffeur et lui donna son adresse. Puis elle se renversa sur le siège, attendant qu'il dise quelque chose. Il demeura silencieux, se contentant de la regarder.

« Vous n'allez pas parler ?

— J'ai promis. » Il s'assit au coin du siège et la regarda. « Cependant — il se redressa — comme c'est un très court trajet et que j'ai très peu de temps, je vais vous demander maintenant si vous me ferez l'honneur de dîner avec moi.

— Dîner ! » Elle rit comme si cette proposition était absurde.

Il vint la chercher à huit heures moins le quart, ou plutôt la retrouva à un coin de rue car elle avait dit qu'elle était obligée de dire à ses parents qu'elle sortait dîner avec une amie. Rydal lui demanda quel était le restaurant de Paris où elle aimerait le plus dîner. En roulant ses yeux sombres, comme s'il lui proposait de faire un voyage aller et retour dans la lune pour passer la soirée, elle dit :

« Oh ! La Tour d'Argent, je suppose, ou Maxim's.

— Un apéritif chez Maxim's et dîner à la Tour d'Argent », répondit Rydal, et il la mit dans un taxi.

Ils terminèrent la soirée dans une boîte de la rive gauche. Elle s'appelait Yvonne Delatier. Rydal dit qu'il s'appelait Pierre Winckel — l'une de ses théories étant, ou plutôt l'expérience lui ayant appris, que la majorité des Français avaient des noms qui n'avaient pas l'air français, comme Geneviève Schumann qu'il avait rencontrée à Athènes et dont la famille était des plus françaises. Winckel lui semblait plus authentiquement français que Carpentier par exemple. Cependant il avait devant lui une Delatier qui détruisait sa théorie. Elle avait vingt ans et faisait ses études de droit, mais elle travaillait à mi-temps dans une agence de voyages, rue de la Paix, près de l'Opéra. De toute évidence, elle n'avait pas beaucoup d'argent. Elle avait peut-être sa plus jolie robe, mais son sac à main était de mauvaise qualité. Rydal avait envie de la forcer à accepter mille dollars, mais il n'essaya même pas. Il expliqua son opulence — il le fallait bien, puisqu'il s'en était vanté — le plus facilement du monde, disant qu'un grand-père qu'il avait en Normandie et qu'il connaissait à peine lui avait laissé vingt-cinq mille nouveaux francs en mourant et qu'il avait reçu l'argent juste aujourd'hui. Rydal dit qu'il travaillait à Saint-Cloud chez un marchand d'automobiles mais que, pour le moment, il habitait dans un hôtel à Paris pour régler certaines questions légales concernant le testament de son grand-père. Au cabaret, ils se tinrent la main. Chaque fois que les lumières s'éteignaient pour l'entrée ou la sortie des artistes, ils s'embrassaient. Elle dit qu'elle devait être rentrée à minuit et demi au plus tard. Dans le taxi, Rydal s'éclaircit la gorge et, sans grand espoir de succès, demanda si elle ne voulait pas venir voir son hôtel à Montmartre. Elle refusa en riant. C'était la vie. Il la laissa descendre à quelques maisons de sa porte, comme elle en avait exprimé le désir, et attendit qu'elle fût bien rentrée.

Elle lui avait demandé s'il avait beaucoup vécu en Italie, car il avait un léger accent italien. C'était drôle. Il avait son numéro de téléphone et il lui avait dit qu'il l'appellerait « bientôt ».

C'est la vie. Ç'avait été une soirée très plaisante. Rydal ajouta encore à ce plaisir en mettant deux des billets de cinq cents dollars dans une enveloppe pour les envoyer à Niko avec un mot de remerciement pour son hospitalité à Athènes.

Rydal se fixa de se réveiller à huit heures et se réveilla à moins vingt. Il décrocha le téléphone et demanda à la standardiste d'appeler l'hôtel Montalembert. Il aurait bien appelé Chester hier soir, mais il ne voulait pas risquer d'attirer l'attention de la standardiste du Montalembert en téléphonant à une heure trop tardive. Plutôt, il n'avait pas voulu interrompre sa soirée avec Yvonne, fût-ce par une conversation téléphonique d'une minute avec Chester.

Chester était là et il avait sommeil.

« Ici Joey, dit Rydal. Je suis désolé de vous avoir réveillé, mais je voulais vous dire que si vous rentriez aujourd'hui, je le saurais très vite, avant même que votre avion ne soit arrivé à New York. Vous voyez ce que je veux dire, Phil ? »

Phil voyait très bien. Il raccrocha rageusement et Rydal alluma une cigarette et s'allongea sur le dos, pour réfléchir. Il se dit qu'à l'heure actuelle la police interrogeait sûrement Martha et Kennie en Amérique. Quel genre de personne est votre frère ? Il a été condamné pour tentative de viol et cambriolage avec effraction à l'âge de quinze ans... Rydal se retourna sur le ventre et s'appuya sur ses coudes. *Rydal est incapable de tuer quelqu'un,* dirait Martha de son ton grave. *Il faut certains ingrédients pour faire un criminel... Oui, il est diplômé de droit de Yale, mais pourquoi me le demandez-vous ? Appelez l'école et ils vous le diront... A en juger par les journaux, le gardien de Cnossos ne le connaissait pas de nom. Pourquoi n'aurait-il pas vu quelqu'un d'autre ? Pourquoi serait-ce mon frère ?* Rydal se disait qu'il devrait leur écrire. Il fronça les sourcils, songeant au vieux bossu essayant d'expliquer pourquoi il avait commencé par aider Chester. Non, mieux valait ne pas écrire. Si la lettre venait de Paris, la police pourrait apprendre qu'il se trouvait à Paris. Son frère et sa sœur savaient, en tout cas, qu'il était toujours libre, — selon toute probabilité, en vie. Inutile d'écrire à Martha : *Je me cache à Paris parce qu'il le faut, parce qu'il y a un coup monté contre moi,* ou quelque chose comme ça. *Coup monté* n'était ni exact ni complet.

Rydal appela le Montalembert peu avant onze heures, d'un bistrot de la rive gauche, non loin de l'hôtel lui-même.

Au Montalembert, on lui dit que Mr. Wedekind avait quitté l'hôtel.

« Vraiment ? Je lui ai parlé à huit heures. Il est parti il y a quelques minutes alors ?

— M-mm... peu après neuf heures, monsieur. » Le ton était catégorique.

« Merci. » Rydal sortit du bistrot et se dirigea vers le Montalembert. Il regarda tous les gens qu'il croisait dans la rue. Quand il parvint à six mètres de la porte de l'hôtel, il décida d'y entrer.

Il s'adressa à un homme qui était là à la réception, pas celui qui s'y trouvait la veille. « J'aimerais parler à Mr. Wedekind », dit-il.

L'homme consulta un registre, puis dit à Rydal :

« Mr. Wedekind est parti.

— Merci », dit Rydal. Il supposait maintenant que c'était vrai.

Il ressortit, se demandant s'il valait mieux téléphoner aux différentes compagnies aériennes pour voir s'ils avaient Philip Wedekind sur la liste de leurs passagers, ou bien chercher dans un autre hôtel — le Voltaire, le Lutetia, le Saints-Pères, le Pas-de-Calais. C'étaient tous des hôtels trop voyants, trop du genre que tous les touristes américains aimaient. Le George-V correspondait bien au goût de Chester, mais il s'y ferait trop remarquer. Un petit hôtel. Rydal soupira. Il y avait des pages et des pages d'hôtels dans l'annuaire du téléphone de Paris. La pensée d'y chercher Chester en y allant ou en téléphonant dans tous était certes décourageante. Hier, il avait eu de la chance. Il était tombé sur le Montalembert à son troisième coup de téléphone.

Chester quitterait-il Paris si vite ? Avant d'avoir pu recevoir la moindre lettre des Etats-Unis ? Il aurait pu, bien sûr, téléphoner à New York, mais Rydal doutait qu'il l'ait fait de crainte de voir le nom de Wedekind lié d'une manière quelconque avec ses louches collègues new-yorkais et vice versa, pas plus qu'il n'avait voulu voir lié avec eux le nom de Chamberlain.

Une chose était certaine et Rydal en éprouva un curieux frémissement de plaisir : Chester était sur le sol parisien en ce moment. Il était peut-être à Orly, en train d'attendre son avion, mais Rydal se disait qu'il ne pouvait pas encore être parti.

Rydal téléphona à Orly.

La fille d'Orly se montra aimable et patiente et consacra plus de cinq minutes à vérifier ses listes de passagers, mais elle dit qu'elle n'avait pas de Philip Wedekind. Rydal la remercia.

Chester aurait pu tomber sur un ami. C'était très vraisemblable à Paris. Un ami pouvait l'avoir hébergé. Mais ce qui était peu vraisemblable, c'était qu'il eût quitté l'hôtel pour emménager chez un ami un dimanche matin à neuf heures.

Chester pouvait avoir pris un train pour Marseille, avec l'intention de prendre, de là, un avion ou un bateau.

Rydal haussa les épaules. Il acheta un journal et entra dans un bistrot. Il commanda un café.

Sa photo était en première page du journal. C'était la photo de son passeport. Après le premier choc qu'il éprouva en la voyant, Rydal se rendit compte qu'elle était peut-être déjà hier, ou même plusieurs jours avant, dans les journaux d'Athènes. Si elle avait été sur le journal à Paris hier, Yvonne ne lui aurait peut-être pas donné rendez-vous hier soir. C'était une photo très ressemblante, où il avait son air le plus grave. Rydal se renversa sur son siège et regarda autour de lui. Il n'y avait qu'un gros homme en casquette et pardessus au bar, tournant le dos à Rydal, l'homme qui tenait le bar et une femme qui lavait par terre. Sur la photographie, il avait les cheveux coupés en brosse et pas de raie. Il avait commencé, environ un an plus tôt, à se faire une raie à gauche, comme il l'avait fait la plus grande partie de sa vie, mais, avant de s'en aller de chez Niko, il avait adopté une raie à droite, après avoir hésité entre un côté et le milieu. Ce n'était pas d'un grand secours, mais c'était toujours ça. La photographie l'inquiéta cependant. Il ne pouvait pas faire grand-chose pour modifier son aspect extérieur, excepté teindre ses cheveux, mais cela n'irait pas avec son passeport italien. Les renseignements sous la photographie étaient intéressants, mais ils dataient. Rydal Keener était présumé être l'auteur du meurtre ou de l'enlèvement de William Chamberlain qui avait disparu le vendredi 19 janvier de son hôtel d'Athènes. Chamberlain avait dit à la police quelques jours auparavant que Keener était le meurtrier de sa femme Mary Ellen, dont le corps avait été trouvé au palais de Cnossos. La police n'avait pas révélé le nom de la femme assassinée, attendant que « les différents éléments de l'affaire se clarifient », mais, avec la disparition de Chamberlain, on craignait que le suspect, Keener, qui demeurait en liberté, « ne fût parvenu à frapper Chamberlain ».

« La police dit que Keener doit savoir que Chamberlain a eu largement le temps d'informer la police de son crime [à lui Keener] mais, à en croire Chamberlain, Keener est d'un caractère vindicatif et brutal et homme à ne se laisser arrêter par rien. Les autorités américaines signalent que Keener a eu affaire à la police dès l'âge de quinze ans pour viol et pour cambriolage... »

Ho-hum, se dit Rydal. Mais son cœur s'était mis à battre plus vite quand il avait lu cette dernière phrase. En tout cas, on croyait que Keener se cachait à Athènes où Chamberlain disait qu'il avait des amis.

Rydal se dit qu'il devrait s'acheter un chapeau. Il détestait les chapeaux.

Il paya son café et quitta le bistrot. Il commençait à nourrir des doutes à propos de son hôtel. Est-ce qu'il n'en avait pas donné le nom à Yvonne hier soir ? Il se dit qu'il devait le quitter aujourd'hui. Immédiatement. Il monta dans un taxi, boulevard Saint-Germain.

Moins d'une heure plus tard, il était installé dans une chambre de l'hôtel Montmorency, dans une petite rue qu'il voyait pour la première fois, dans le quartier de Clignancourt. Il se disait que c'était le genre de quartier et le genre d'hôtel que pourrait choisir un Italien qui avait des moyens et une connaissance de la ville limités. La profession indiquée sur son passeport était fonctionnaire. Dès qu'il fut installé, il prit ce qui lui restait d'argent — son propre argent américain — dans la doublure de sa valise et le mit avec les billets neufs de Chester dans la poche de son pantalon. Il estimait qu'il avait plus de treize cent dollars, mais il ne les compta pas. Peut-être le moment viendrait-il où il ne pourrait pas retourner à son hôtel chercher ses affaires et l'argent était toujours utile. Il tenta au petit bonheur de donner un coup de téléphone à l'hôtel Lutetia pour demander Mr. Wedekind. Son instinct l'avait trompé. Il avait encore une idée : aller voir à l'American Express lundi. Il y avait d'autres endroits où on pouvait se faire envoyer son courrier, comme chez Cook, mais l'American Express lui paraissait plus probable et il ne pouvait pas être à deux endroits à la fois.

Le lundi matin, il se rendit donc au bureau de l'American Express, près de l'Opéra. Il se dit que si Chester ne se montrait pas aujourd'hui, il n'était pas à Paris. Rydal passa une matinée ennuyeuse. Il quitta son poste à neuf heures et demie pour un quart d'heure environ afin d'acheter un chapeau dans un magasin proche. Puis il retourna à son banc au sous-sol où l'on distribuait le courrier et se cacha derrière le chapeau et derrière un journal.

Chester descendit l'escalier juste avant midi. Rydal se leva et Chester le vit aussitôt et fit demi-tour. Malheureusement, trois ou quatre matrones descendirent pesamment et en groupe juste au même moment avec, derrière elles, un tas de jeunes gens impatients qui jouaient des coudes de sorte que, lorsque Rydal arriva en haut de l'escalier, il avait perdu Chester. Il parcourut rapidement le rez-de-chaussée du regard, scruta les files d'attente au guichet des chèques de voyage et des renseignements, puis sortit dans la rue. Il tourna en rond, regardant autour de lui.

Pas trace de Chester.

Rydal jura. Puis il rentra lentement dans le

bâtiment. Chester n'avait pas pu prendre son courrier et Rydal savait qu'il devait être anxieux de l'avoir. Il descendit de nouveau aux guichets du courrier. Il y avait des cabines téléphoniques le long d'un mur. Il entra dans l'une d'elles, ferma la porte et s'assit. De là, il voyait toutes les queues devant les guichets du courrier. Personne n'attendait une cabine téléphonique. Au bout de quelques minutes, voyant quelqu'un approcher de sa cabine, Rydal décrocha l'appareil et fit semblant de parler. Il demeura là si longtemps qu'il finit par être certain que Chester avait décidé de déjeuner avant de revenir.

Chester arriva peu après deux heures. Rydal l'observa attentivement. Il attendit son tour, regardant autour de lui, par-ci, par-là, d'une manière qui dénotait, Rydal le remarqua, une assez grande habitude ; son regard était assez détaché pour ne pas attirer l'attention, mais il n'en balayait pas moins toute la pièce. Il n'avait toutefois pas embrassé la cabine téléphonique vitrée de Rydal.

On remit une lettre à Chester. Il regarda l'enveloppe des deux côtés, la fourra dans la poche de son pardessus et se dirigea vers l'escalier. Rydal était à quelques pas derrière lui. Maintenant, il allait y avoir une petite partie de filature, quelque chose que Rydal n'avait jamais fait. Il se dit que filer devait être tellement plus facile si celui qui était filé ne connaissait pas celui qui le filait. Il regrettait que Chester eût vu le chapeau ce matin.

Chester alla jusqu'à l'avenue de l'Opéra et entra dans un café au coin d'une rue ; il commanda une bière au comptoir et se mit à lire sa lettre. Rydal le regarda par la fenêtre de l'autre trottoir de la rue étroite. Il était trop loin pour voir l'expression du visage de Chester, mais il doutait que les nouvelles du pays fussent agréables. Rydal tourna au coin et fit quelques mètres dans la direction de l'Opéra avant de tourner de nouveau. Il voyait les deux portes du café où se trouvait Chester. Au bout de quelques minutes, Chester sortit et tourna à gauche, remontant de nouveau l'avenue, le dos tourné à Rydal. Rydal le suivit, en gardant deux ou trois maisons entre eux. Chester contourna l'Opéra à droite, puis tourna dans une rue plus petite et Rydal se mit à espérer : peut-être allait-il à son hôtel. Chester disparut dans une porte du côté gauche de la rue.

Rydal s'arrêta, hésitant, se disant tout à coup que Chester savait peut-être qu'il le suivait, qu'il s'était peut-être précipité dans le premier hôtel venu, pour se débarrasser de lui. Rydal voyait les plaques avec le nom de l'hôtel des deux côtés de la porte mais il ne pouvait pas les lire d'où il était. Il attendit cinq minutes, puis se força à attendre cinq minutes de plus, à sa montre. Puis il traversa la rue et se rapprocha de l'hôtel, en marchant près de la bordure du trottoir.

L'hôtel s'appelait l'Elysée-Madison.

Rydal fit demi-tour et la première chose qu'il vit était un agent qui avançait lentement vers lui, sa pèlerine de travers comme s'il avait dessous les mains sur les hanches. Rydal avait enfoncé son visage autant qu'il avait osé le faire dans le col relevé de son pardessus. Il se força à avancer, sans regarder derrière lui. Mais il était dans un état de panique totale et avait envie d'aller téléphoner. Il vit un bar-tabac pas loin et eut envie de courir jusque-là. Il réussit cependant à marcher.

Dans le bar-tabac, il demanda un jeton. Puis il chercha le numéro de l'hôtel dans l'annuaire. Ses mains transpiraient. Il se rendit compte qu'il avait peur et cela lui fit plus peur encorc. Il composa le numéro de l'hôtel.

« Je voudrais parler à Mr. Wedekind, s'il vous

plaît, dit-il en français avec l'accent italien dont, depuis trois jours, il avait pris l'habitude.

— *Oui, monsieur, un moment* », dit une agréable voix de femme.

Rydal regarda par la vitre de la cabine et vit l'agent debout sur le trottoir devant la porte. Il frissonna et se passa la langue sur les lèvres. « Salut, Phil, dit-il, interrompant, dans sa hâte, le "Allô ?" de Chester. Ne raccrochez pas. J'ai quelque chose de très important à vous dire. »

Chester émit un grognement puis dit : « Quoi ?

— Je veux que vous me retrouviez ce soir. Aux Halles. Vous avez compris ? Au marché aux fleurs. C'est un long trottoir plein de fleurs et de camions de fleurs. Des plantes. Vous avez compris ? A neuf heures.

— Pourquoi ?

— Je rentre en Amérique. (Rydal avait la gorge tellement sèche qu'il avait l'air enroué.) Je rentre en Amérique, Chester, et je veux un dernier petit paiement. Dix mille. D'accord ? C'est le dernier.

— Hm-m, fit Chester avec un dégoût étudié. Quand partez-vous ?

— Demain matin de bonne heure. Par avion. Alors, on se dit au revoir, Mr. Wedekind, et, pour dix mille de plus, je garde votre petit secret. *Vos* petits secrets. C'est entendu pour ce soir ? Dépêchez-vous ? Sinon, vous savez ce qui se passera, n'est-ce pas ? Je suis dans une cabine téléphonique (sa voix se brisa) et si vous refusez, je dirai simplement à qui-vous-savez que vous êtes à l'Elysée-Madison. Je suis juste au coin de la rue, en fait. Vous ne pourriez pas sortir sans que je vous voie. (Rydal attendit.)

— Je viendrai », dit Chester et il raccrocha.

Rydal raccrocha aussi et ouvrit la porte de la cabine. Il acheta un paquet de Gauloises. L'agent était toujours là. Rydal pouvait le voir sans le regarder. Il ouvrit le paquet de cigarettes en faisant un petit trou au coin du bas. Bonté divine, qu'est-ce qui me vaut ça, ce foutu chapeau ? se demanda-t-il. Il alluma sa cigarette et se dirigea vers la porte. Il ne regarda pas l'agent.

« Excusez-moi, monsieur. Est-ce que je peux voir votre carte d'identité, s'il vous plaît ?

— *Ma quoi ?*

— *Carte d'identité, s'il vous plaît.*

— Ah ! *carta d'identità*, dit Rydal. *Si.* » Il sortit son passeport italien vert bouteille de la poche intérieure de son veston. « *Mi passaporto* », dit-il en souriant.

L'agent le regarda et haussa les sourcils quand il vit la photographie. Puis il baissa de nouveau les sourcils. Les retouches de Frank n'étaient pas *tellement* mal, après tout, se dit Rydal avec espoir. Frank lui avait épaissi les sourcils et avait remonté les coins de sa bouche avec quelques dégradés. L'agent hésitait. C'était un homme mince, de taille moyenne, à la moustache noire et aux tempes grisonnantes.

« Enrico Perassi. Vous venez d'Italie ?

— *Si.* Roma », dit Rydal, tout en sachant fort bien que ce que le policier voulait dire c'était si c'était le pays où il avait été avant de venir en France.

« La Grèce », dit l'agent pesamment, regardant la dernière page qui portait des tampons. « Vous venez de Grèce il y a juste trois jours ?

— *Si.* J'ai fait un voyage en Grèce.

— Pendant combien de temps ?

— Trois semaines, répondit aussitôt Rydal, se souvenant des dates dans son passeport.

— Voulez-vous enlever votre chapeau, monsieur, s'il vous plaît ?

— Mon chapeau ? » répéta Rydal en italien. Il enleva son chapeau en souriant.

L'agent le regarda, le front plissé. Puis il examina ses vêtements, ses chaussures neuves et revint au visage.

A cet instant, Rydal sentit sa garde s'effondrer. Son œil gauche se crispa. Sa bouche était devenue dure, méfiante. La honte et la culpabilité l'avaient annihilé. L'espace d'un instant, il revit en esprit le bureau de son père, le jour où il l'avait accusé de violences contre Agnès. Un instant plus tard, c'était passé. Rydal était capable de sourire de nouveau, bien que son front fût moite de transpiration.

« Où êtes-vous descendu, à Paris ?

— A... l'hôtel Montmorency, rue Labat, dit Rydal en prononçant toutes les lettres.

— Vous parlez bien l'italien ? Parlez un peu. »

Rydal parut déconcerté, comme s'il n'avait pas bien compris, puis il se lança dans un discours, accompagné d'un tas de gestes que la langue italienne évoquait toujours pour lui. « Certainement, monsieur. Pourquoi pas ? C'est ma langue maternelle. Très facile. Ce n'est pas comme le français. Ah ! quand je commence, je ne pourrai probablement pas m'arrêter. Vous aimez l'italien ? Vous comprenez ce que je dis, *signor* ? » Il rit en tapant sur le bras de l'agent.

C'était bien, mais cela ne servit à rien finalement. L'agent secoua la tête, rendit son passeport à Rydal et lui dit :

« S'il vous plaît, j'aimerais que vous veniez avec moi au poste où nous vous poserons juste quelques questions. Cela ne prendra que quelques minutes. » Il avait déjà pris Rydal par le bras et il levait son autre main, celle qui tenait le bâton blanc, pour appeler un taxi.

Ils arrivèrent à un poste de police avec de petites lampes bleues à côté de la porte. L'agent de Rydal et un autre policier échangèrent un tas de phrases au sujet de « Ridal Kénère » de Grèce. On examina les vêtements de Rydal. Son complet était italien, mais sa chemise, assez usée, était française. Sa cravate était anglaise (c'était un peu bizarre, mais possible, bien que d'après son passeport Enrico Perassi n'eût jamais été en Angleterre). Son linge — chose curieuse — était suisse. Rydal l'avait acheté un an plus tôt à Zurich. Ils allaient se rendre à son hôtel, c'était certain. Sa valise était américaine. Son passeport américain était dans la doublure, dissimulé aux regards des douaniers, mais pas de la police française. C'était sans espoir.

« Ça va », dit Rydal en français. Il était dans une pièce du fond, en linge de corps.

Les policiers, qui étaient en train d'examiner en connaisseurs la montre de gousset de son arrière-grand-père, levèrent la tête.

« Bon, c'est vrai, je suis Rydal Keener.

— Ah ! Vous êtes... Américain ! » dit le second policier, comme si c'était plus intéressant que le fait qu'il était Rydal Keener.

« Et William Chamberlain est vivant, dit Rydal. Et je n'ai pas tué sa femme.

— Ah ! un instant. Attendez », dit le second policier. Il allait prendre du papier et s'installer devant la machine à écrire et tout noter correctement.

L'autre agent, celui qui avait repéré Rydal, se pavanait presque et arpentait la pièce, un sourire de satisfaction sur le visage.

Rydal récupéra son pantalon et sa chemise. Il commença par répondre « oui » ou « non » à une série de questions, puis on lui demanda de raconter ce qui s'était passé en Crète. Rydal dit qu'il y avait rencontré les Chamberlain. Il reconnut qu'il y avait eu une certaine attirance entre la femme de Chamberlain et lui. Chamberlain avait manifesté de la jalousie parce que sa femme lui avait dit qu'elle aimait Rydal et qu'elle voulait divorcer. Les policiers français parurent très bien comprendre jusque-là. Rydal dit alors qu'il avait voulu quitter les Chamberlain, retourner à Athènes et attendre que Mrs. Chamberlain ait obtenu son divorce, mais Chamberlain avait insisté pour qu'il restât avec eux. Puis Chamberlain avait essayé de le tuer au palais de Cnossos. Là, Rydal pouvait raconter les choses exactement comme elles s'étaient passées et il estima que son récit était très convaincant.

« Je suis sûr que Chamberlain a été accablé de douleur quand il a découvert qu'il avait tué sa femme. Il s'est enfui. Je suis resté quelques secondes près du cadavre. J'étais abasourdi. Puis j'ai couru derrière Chamberlain. Je l'ai retrouvé à Hérakleion. Ce n'est qu'à une trentaine de kilomètres de là. Je voulais le dénoncer à la police, mais il m'a dit que si je faisais cela, il dirait que j'ai tué sa femme parce qu'elle ne voulait pas de moi. Ou quelque chose de ce genre. Vous comprenez ?

— Hm-m », grommela le premier agent, qui écoutait maintenant avec un intense intérêt. Il allait sûrement raconter longtemps cette histoire autour de lui.

« Continuez, dit l'homme qui tapait à la machine.

— Nous sommes allés à Athènes ensemble et là...

— Ensemble !

— *Tais-toi,* fit le policier qui tapait d'un ton absent.

— Oui. Mrs. Chamberlain n'a pas été découverte tout de suite, alors il n'était pas difficile à Chamberlain d'aller et venir. Je suis certain qu'il s'est procuré un nouveau passeport à Athènes.

— Pourquoi ? demanda le policier qui tapait.

— Parce que... il est ici à Paris, alors qu'il est censé être mort ou avoir été enlevé à Athènes. Il n'aurait pas pu entrer en France ni même quitter la Grèce sous le nom de Chamberlain.

— Hm-m, dit l'agent qui écoutait.

— Et où est-il ? Vous le savez ? » demanda l'autre.

Rydal s'humecta les lèvres. « J'aimerais beaucoup un verre d'eau », dit-il.

On lui en apporta un.

Il reprit : « Je ne sais pas où il est descendu, mais je l'ai vu ici à Paris. Il doit être ici depuis vendredi. Je pensais bien qu'il viendrait à Paris, c'est pourquoi je suis ici.

— Puisque nous parlons de faux passeports, où vous êtes-vous procuré le vôtre et pourquoi ? demanda l'agent qui écoutait.

— A Athènes, dit Rydal. Rydal Keener était recherché... pour meurtre. J'ai été obligé de me procurer un passeport. Vous ne comprenez donc pas ? J'essaie aussi de trouver Chamberlain. » Il dit cette dernière phrase avec véhémence.

« A Athènes, vous étiez constamment avec Chamberlain aussi ?

— Au contraire ! Il a disparu au Pirée. Enfin. J'ai perdu sa trace. Pendant quelques jours... j'ai été amoureux de sa femme. Je l'avoue. J'étais écrasé de douleur. Je ressentais plus de douleur que de haine pour Chamberlain. Vous comprenez ? J'aurais pu aller tout de suite trouver la police d'Athènes et leur dire : « Cherchez Chamberlain. » Mais n'oubliez pas qu'il avait menacé de m'accuser si je le dénonçais. Ç'aurait été ma parole contre la sienne, car nous n'avions pas de témoins. » Rydal vida son verre d'eau.

« Où l'avez-vous vu ici à Paris ? »

Rydal prit une profonde inspiration. « Sur les

Champs-Elysées. Ce matin. Je lui ai parlé, bien qu'il ait essayé de m'éviter. J'ai fait semblant de...

— Pourquoi n'avez-vous pas aussitôt appelé un policier ? demanda l'agent qui tapait.

— J'imagine que... j'avais peur. C'était toujours la même chose. J'avais peur de ce que Chamberlain dirait de moi à la police. Ce que je voulais faire... c'est ce que je viens de faire maintenant. Parler à la police et... »

Il fut interrompu par le rire de l'agent qui l'avait trouvé. « Avec tous les efforts que vous avez faits pour avoir l'air d'un Italien !

— Très bien. C'est entendu. J'avais peur, dit Rydal qui se sentait mal à l'aise.

— Une question, je vous prie, dit celui qui tapait. J'ai laissé un blanc exprès. Où êtes-vous descendu à Athènes ? Est-ce que vous avez eu votre faux passeport immédiatement ? Vous êtes resté *trois* ou *quatre* jours à Athènes ?

— Du mercredi matin au vendredi 19, répondit Rydal. Je suis descendu chez un ami. Je ne désire pas donner son nom. Je trouve que ce ne serait pas élégant, vous n'êtes pas de mon avis ? » Il regarda le policier droit dans les yeux.

Le policier haussa les épaules et sourit à son collègue.

« J'étais innocent. Je suis innocent et je crois que j'ai le droit d'habiter chez un ami qui sait que je suis innocent. Je ne désire pas mêler mon ami à tout ça. »

Il ajouta d'un ton plus calme : « Je pense que vous pouvez le comprendre.

— Nous y reviendrons plus tard, dit le policier, cessant de nouveau de taper. Voyons, où avez-vous vu Mr. Chamberlain, s'il vous plaît ?

— Aux Champs-Elysées, près de la Concorde. Ce matin. J'ai essayé de lui faire peur et de lui faire dire son nom et l'hôtel où il est descendu.

Il a refusé. Puis je l'ai menacé... pour changer. Je lui ai dit que s'il ne me donnait pas dix mille dollars, j'irais raconter toute l'histoire à la police et que je dirais qu'il était à Paris. Il m'a dit qu'il me donnerait l'argent. Nous avons pris rendez-vous pour ce soir neuf heures. Je pense que Chamberlain viendra.

— Où ça ?

— Aux Halles. Au marché aux fleurs.

— Hmph ! grommela l'agent. Un endroit très fréquenté. Vous pensez qu'il viendra ? demanda-t-il d'un ton d'espoir, en croisant les bras.

— Oui. » Rydal sourit. Il pensait que Chester viendrait. Il était temps qu'on mît fin aux activités de Chester. Il n'y avait pas de moyen, en fait, d'abattre les cartes sans y mêler la police, et maintenant c'était chose faite. Il aurait sa part de reproches, lui aussi, pour avoir aidé Chester à cacher le corps de l'agent grec. C'était une erreur et les erreurs se payaient. Mais cela vaudrait la peine de voir Chester tomber.

L'homme qui tapait s'arrêta.

« A qui téléphoniez-vous du bar-tabac ? » demanda-t-il.

Rydal répondit lentement : « A personne. Je ne téléphonais pas. Je faisais semblant de téléphoner, je me disais que si je vous faisais attendre, vous partiriez peut-être. »

L'agent acquiesça d'un air supérieur, comme s'il s'inclinait devant la stupidité de quelqu'un qui croyait qu'on pouvait se débarrasser de lui comme ça. « *Dites donc !* » Il se pencha en avant, le doigt tendu dans la direction de Rydal. « Vous avez dîné samedi soir avec une jeune femme du nom d'Yvonne... Yvonne... »

L'autre policier consulta une feuille de papier sur son bureau.

« Delatier, dit-il.

— Oui, dit Rydal.

— Oui. Elle a téléphoné à la police à votre sujet hier, dit l'agent. Elle a vu votre photo dans le journal. Elle dit que vous aviez beaucoup d'argent.

— Pas tant que je me suis vanté en avoir. Je lui ai menti, je l'avoue. » Il avait toujours l'argent, dans la poche gauche de son pantalon. Ils avaient tapé sur ses vêtements pour chercher des armes, examiné les étiquettes, mais ils n'avaient pas regardé dans ses poches : il avait un mouchoir roulé en boule dans l'une, treize cents dollars dans l'autre.

L'autre policier était au téléphone. Rydal supposa qu'il signalait la découverte de Rydal Keener à ses supérieurs.

« Voulez-vous appeler la police d'Athènes et rester en ligne, je vous prie ?... Merci. »

XIX

A NEUF heures moins le quart, Rydal fut conduit en voiture aux Halles par deux policiers, dont l'agent qui l'avait trouvé. C'était une Citroën noire. Rydal était très nerveux et, en même temps, fatigué tout simplement. Il s'assoupit même pendant le trajet. Il n'avait pas dit à la police que Chester avait rasé sa barbe et sa moustache. Ils lui avaient demandé : « Est-ce qu'il a une barbe et une moustache ? » et Rydal avait répondu « Oui » tout de suite, puis avait voulu se reprendre et ne l'avait pas fait. Il avait probablement pensé que s'il s'était repris, il aurait eu l'air moins sûr de lui, on aurait pu ne pas croire qu'il avait réellement vu Chester à Paris. Mais ce n'était pas cela, il le savait bien. Dire à la police que Chester était rasé maintenant, c'était leur donner trop d'atouts contre Chester. Comme ça, c'était beaucoup plus sportif. C'était peut-être ça. Toujours est-il qu'il ne s'était pas corrigé. Et il avait beaucoup insisté aussi sur le fait que Chamberlain était très fort pour repérer des policiers, en civil ou pas, et que ceux-ci devraient donc se tenir à une certaine distance de lui, jusqu'au moment où ils seraient certains de l'avoir. « Ah ! oui. Comment se fait-il qu'il soit devenu si fort ? » avaient-ils demandé. Rydal dit qu'il n'en savait rien, mais qu'il l'était. Rydal se dit qu'après tout les policiers ne le perdraient pas de vue, *lui*, et que donc ils verraient toute personne à qui il parlerait et qui lui tendrait quelque chose — une enveloppe, un journal — contenant les dix mille dollars. Qu'importait que Chester eût une barbe et une moustache ou pas ?

« Pas trop près, dit Rydal en voyant les premiers pots de fleurs sur le trottoir devant eux. Laissez-moi descendre ici. Non, là-bas. A gauche. »

La voiture ralentit et tourna à gauche dans la large rue. Il pleuvait. Les lumières du marché projetaient des chemins jaunes brouillés sur les rues noires luisantes, et les quelques lampes rouges qui brillaient, par-ci, par-là, faisaient penser Rydal à du sang versé.

« Dans cette petite ruelle, dit Rydal, agacé tout à coup. S'il me voit sortir de cette voiture, il se méfiera.

— Très bien, monsieur, très bien », dit le chauffeur avec une patience feinte.

Rydal et l'agent en civil sortirent en même temps du côté droit de la voiture. Le policier avait les mains dans les poches de son pardessus, dans lesquelles il avait sûrement un revolver. Rydal trouvait qu'il avait terriblement l'air d'un policier en civil armé.

« Laissez-moi passer devant, lui dit Rydal. Quatre... six mètres devant, ce n'est pas trop.

— Ah ? » L'agent hocha la tête d'un air de doute.

L'autre policier sortait à son tour de la voiture.

Rydal fit demi-tour et traversa la rue, se dirigeant vers le trottoir qui était bordé de plantes et de fleurs. Des camions présentaient au trottoir leur arrière ouvert et plein de plantes et de petits arbres aux racines attachées dans de la toile d'emballage ; ici et là un homme ou une femme dormait dans un des camions sur un tas de sacs, fatigué par une longue journée qui avait commencé de bonne heure à la campagne. Rydal ne chercha pas tout de suite Chester. Il avança d'un pas détaché, sans chapeau, la tête presque tout le temps baissée, les yeux fixés sur la verdure.

« Venez voir mon lierre ! Du lierre pas cher ! criait une femme d'une voix perçante. Des jacinthes en fleur ! Offrez-en à votre petite amie ! Choisissez, monsieur ! »

Les feuilles des caoutchoucs étaient lustrées sous les lumières et il y avait une agréable odeur de terre mouillée par la pluie. Le lierre semblait s'épanouir dans l'air humide et frais, les fleurs éclataient de bonheur et de vitalité et Rydal était navré à l'idée que certaines allaient être emportées dans des appartements parisiens chauffés au gaz. Il s'arrêta et regarda derrière lui ; ses yeux se posèrent d'abord sur des chrysanthèmes, puis il chercha le policier. Ce dernier était maintenant à près de cinq mètres de lui, une main dans la poche. Fronçant les sourcils, Rydal se passa la main dans les cheveux et poursuivit son chemin.

Il vit Chester et sentit des picotements dans son crâne. Chester était sur le point de tourner le coin de la grande rue et il s'avançait vers Rydal. Il portait un pot enveloppé d'un journal du sommet duquel on voyait émerger des fleurs rouges. Pas bête, se dit Rydal. Chester était à six mètres de lui, regardant les plantes des deux côtés, puis droit devant lui.

Rydal ralentit le pas. Il s'arrêta devant un étalage de cactus dans de petits pots à sa droite.

« Trois pour cinq francs, monsieur, dit l'homme. Ils donnent de jolies fleurs roses. »

Rydal détestait ce qu'il était en train de faire. Il avait envie de faire un saut gigantesque, de bondir par-dessus les cactus à travers le mur de brique derrière et de disparaître. *Souviens-toi de Colette*, se dit-il. *Chester est un bandit. Il trompe les honnêtes gens.* Mais il n'avait pas le temps de se souvenir de Colette ou de penser à la malhonnêteté de Chester. Rydal s'éloigna des cactus et poursuivit son chemin. Chester le voyait maintenant. Rydal ferma à demi les yeux et secoua légèrement la tête, geste qu'il acheva en penchant un peu la tête vers la gauche et en se frottant l'oreille gauche, comme s'il lui était entré de l'eau dedans.

Chester passa devant lui.

Rydal continua jusqu'au coin où il avait vu Chester. Il se sentait curieusement soulagé, comme s'il venait de franchir sans dommage une crevasse particulièrement dangereuse. Mais il guetta, l'oreille tendue, un certain brouhaha derrière lui. Il avait hâte de gagner l'obscurité de la rue, une fois tourné le coin. C'était une rue plus sombre, une rue écartée. Parvenu au coin, Rydal accéléra légèrement le pas. Pendant quelques secondes, pas plus, il serait hors de la vue de l'agent. Il ne voulait cependant pas attirer l'attention de quelqu'un par là en courant. Rydal se donna environ douze pas, environ cinq secondes, puis il plongea, la tête la première et à l'horizontale, dans le fond d'un camion. Il retint son souffle, ferma les yeux, s'attendant à entendre une voix. Rien ne se passa. Il rouvrit les yeux. Le camion était vide et noir à l'exception de la petite fenêtre à l'arrière par laquelle le chauffeur pouvait regarder quand il conduisait. Rydal sentit sous ses mains de la terre, des journaux humides, de petits pots de fleurs.

Brusquement, un orgue de Barbarie se mit à jouer, tout près. Il jouait *La Vie en rose.*

... il me parle tout bas
je vois la vie en rose...

Rydal, rampant sur le ventre, s'enfonça plus au fond du camion. Ses mains touchèrent de la toile et il s'arrêta, affolé à l'idée d'être entré en contact avec quelqu'un qui dormait. C'était juste un tas de toile sombre, destinée peut-être à mettre les plantes à l'ombre et entassée au fond du camion. Rydal rampa jusqu'au coin de la voiture et tira la bâche sur lui, en recouvrant sa tête et ses pieds. Il s'immobilisa. Il était temps car le faisceau d'une lampe électrique balaya l'intérieur du camion. Rydal voyait la lueur à travers la toile.

... ça dura pour la vie-e-e...

Rydal sourit presque. Il espérait bien que non !

« *Non* », grommela une voix et des pas s'éloignèrent en courant.

Rydal écouta. Puis il regarda. De l'autre côté du trottoir, derrière le camion, il n'y avait qu'un mur sombre. La seule lumière venait de la droite, elle formait un triangle du côté gauche de l'intérieur du camion.

Puis, brusquement, une silhouette d'homme apparut, un homme en casquette qui referma l'abattant du camion d'un geste sec de propriétaire et Rydal entendit le claquement du loquet. En sifflant, l'homme s'approcha de l'avant du camion, ses chaussures résonnèrent sur les marches métalliques, le moteur se mit en marche.

Quelle chance !

L'homme conduisait comme un démon. Toutes les quelques secondes, Rydal était projeté dans les airs. L'idée lui traversa l'esprit que l'homme fuyait quelque chose aussi. Mais Rydal l'entendait siffler et chanter par-dessus le bruit du moteur.

Rydal s'avança vers l'arrière du camion et s'accroupit derrière l'abattant haut d'un mètre environ. Ils étaient toujours au milieu de la circulation, de sorte que lorsque le camion s'arrêta à un feu rouge, les phares d'une voiture qui était derrière éclairèrent violemment le camion. A un autre arrêt, un réverbère illumina le nom d'une rue : rue de Belleville. Peu importait à Rydal.

Le chauffeur tourna à gauche et Rydal fut projeté contre la droite du camion. Il se tapit de nouveau derrière l'abattant. Ils étaient maintenant dans un quartier moins éclairé. Le camion s'arrêta à un feu rouge. Rydal sauta à terre. Ses semelles de caoutchouc claquèrent sur le trottoir, mais il se dit que le chauffeur ne l'avait probablement pas entendu. Un homme et une femme qui marchaient sous un parapluie le virent, mais peu importait. Il arrivait que des gens voyagent en camion, les chauffeurs faisaient descendre leurs ouvriers par-ci, par-là, et les vêtements de Rydal n'étaient pas élégants au point qu'on ne pût le prendre pour l'aide d'un chauffeur de camion. D'ailleurs, il faisait noir. L'homme et la femme poursuivaient leur chemin. Il était libre !

Rydal, descendant une rue, sourit sous la pluie. C'était juste *une rue,* à Paris. Il ne connaissait pas son nom. C'était une rue de taille moyenne, et à sens unique. A une centaine de mètres de là, il vit luire la carotte rouge d'un bar-tabac. Rydal se mit à siffler *La Vie en rose.* Il entra dans le bar-tabac, le col de son pardessus remonté, ses cheveux humides et ébouriffés à dessein et avec une expression si gaie qu'il se disait que ce ne serait pas facile pour les gens de voir une ressemblance entre lui et le jeune homme au visage grave qui s'appelait Rydal Keener et dont la photographie avait paru sur le journal. Mais c'était dommage, se dit-il, que la police, parce qu'elle voulait capturer Chester ce soir, n'eût pas annoncé au public que Rydal Keener avait été appréhendé. Cela lui aurait fourni la meilleure des protections. Il acheta un jeton de téléphone.

Il appela l'hôtel Elysée-Madison dont il se rappelait le numéro.

Mr. Wedekind n'était pas là.

« Il n'a pas quitté l'hôtel ? demanda Rydal.

— Non, monsieur.

— Merci. » Non, bien sûr, il n'avait pas quitté l'hôtel. Il ne s'était pas passé suffisamment de temps depuis qu'il avait vu Chester, un quart d'heure à peine. Pourtant, plusieurs heures auparavant, Rydal croyait que Chester avait pu décider de quitter l'hôtel juste après son coup de téléphone cet après-midi. Il se demanda si Chester aurait peur de retourner à l'hôtel chercher ses affaires, en pensant que lui, Rydal, avait révélé à la police où il était descendu. C'était possible.

Rydal se demandait, en fait, ce que Chester penserait de l'avertissement qu'il lui avait donné au marché aux fleurs. Chester ne se dirait-il pas que la police avait trouvé Rydal Keener et qu'elle l'utilisait pour attraper Philip Wedekind ? Ou tout au moins que la police le surveillait ? Bien sûr, c'est ce que Chester penserait.

Il continua à marcher d'un pas mesuré, se faisant tremper et ne s'en inquiétant absolument pas. Il marchait dans la direction du centre de la ville, qu'il connaissait d'instinct. Il commençait à reconnaître quelques noms de rues, le Faubourg du Temple, puis l'avenue Parmentier, non pas parce qu'il y était déjà allé, mais parce qu'il s'était plongé dans l'étude de plans de Paris, de Rome et de Londres quand il était adolescent. Il savait vaguement qu'il était au nord-est de Paris parce que ces bonnes vieilles « pommes de terre Parmentier » se trouvaient en haut et à droite de son plan de Paris pliant. Il en eut assez de marcher et prit un taxi pour aller jusqu'à la Seine.

Le chauffeur lui demanda à quel endroit de la Seine.

« Du côté de Notre-Dame », dit Rydal d'un ton détaché.

Puis il marcha le long du quai Henri-IV vers l'île Saint-Louis. Il s'y était promené plus d'un an auparavant et il se souvint de l'aspect rigide et froid des maisons qui bordaient le fleuve. Il les avait trouvées rigides, élégantes, froides, hostiles. Et bien qu'elles n'eussent pas changé, pas plus que lui-même, en vérité, tout ce quartier lui parut maintenant plus heureux, même sous la pluie et dans le noir. Il était libre. Il ne pouvait pas retourner à son hôtel pour chercher le reste de ses vêtements ou son carnet de poèmes ou ses quelques livres, et en ce moment même il était recherché par la police, et il n'avait ni passeport ni papiers d'identité. Mais il avait treize cents dollars dans sa poche et il était libre, comme seul quelqu'un d'anonyme pouvait être libre à son époque. Il savait que cela ne durerait pas longtemps. C'était comme d'être suspendu dans un élément qui n'existait pas vraiment sur terre, comme l'élément dans lequel volaient les anges ou celui où les esprits communiquaient entre eux.

Il regardait sa montre. Il était dix heures un quart. Il était libre depuis une heure environ.

Non, se dit-il, Chester ne retournerait probablement pas à son hôtel. Chester avait toujours son passeport sur lui et, maintenant, il avait probablement aussi tout son argent. Ce serait bien de Chester de risquer de prendre un avion pour les Etats-Unis en utilisant son passeport Wedekind. Que pouvait-il faire d'autre, en fait ? Se pouvait-il qu'il fût à Orly ou au Bourget en cet instant même ? Un voyageur sans bagage ? Rydal s'appuya sur le parapet le long de la Seine et regarda la façade illuminée de Notre-Dame. Malgré son architecture complexe, lourde, immobile, elle paraissait flotter et Rydal eut la sensation d'une œuvre d'art parfaite, et il se dit qu'elle devrait être l'une des Sept Merveilles du monde, au lieu de la Grande Pyramide, par exemple, qui était bien pesante. Il se força à quitter le parapet et continua sa marche. Il traversa le Pont-Neuf, passa sur la rive gauche et gagna le boulevard Saint-Germain par la rue Dauphine. En traversant une rue, il passa devant un agent et il se contenta de lui jeter un coup d'œil, comme aurait fait n'importe qui, sans changer d'allure. Mais il se disait que tous les agents de service dans la rue avaient dû être avertis maintenant de « l'évasion » de Rydal Keener. Rydal entra dans le premier café qu'il vit sur le boulevard Saint-Germain. Il appela l'hôtel de Chester. Il n'avait pas pu s'en empêcher. Il savait, tandis qu'il attendait que l'hôtel réponde, que si Chester n'était pas là, il irait à l'hôtel et qu'il l'attendrait. Il savait qu'il l'attendrait indéfiniment dans le hall. Il prendrait un taxi pour y aller directement. Et s'il attendait mystérieusement dans le hall de l'hôtel pendant une heure ou deux, Rydal était certain que le personnel de l'hôtel le remarquerait, verrait qu'il était Rydal Keener ou qu'il lui ressemblait, appellerait la police pour qu'ils viennent jeter un coup d'œil... et qu'il se retrouverait à son point de départ, mais sans rendez-vous avec Chester.

« J'aimerais parler à Mr. Wedekind, je vous prie.

— Oui, monsieur. »

Rydal attendit une bonne minute. Plus longtemps même. « Il est sorti ? » demanda-t-il.

Puis il entendit Chester dire d'une voix rauque : « Allô ? (Il avait l'air hors d'haleine.)

— Allô, dit Rydal. Salut, Phil.

— Où êtes-vous ? demanda Chester froidement.

— Oh !... quelque part près de la rue de l'Abbaye, à Saint-Germain. Pourquoi ? »

Chester ne répondit pas tout de suite. « Vous êtes avec la police ou quoi ? »

Rydal sourit.

« Je ne suis pas avec la police. Je suis absolument libre. Et vous ? Vous avez l'air affolé. »

Il n'entendit que la respiration irrégulière de Chester.

« Vous êtes avec la police ? demanda Rydal. Ils vous laissent faire vos valises ?

— Qu'est-ce que c'est que cette histoire ? demanda Chester d'un ton furieux que Rydal connaissait bien.

— Ce n'est pas une histoire, Chester. J'étais avec la police et je n'y suis plus. Si je venais vous voir ? » Il raccrocha sans laisser à Chester le temps de lui répondre.

Rydal courut à la station de taxis qui était devant la brasserie Lipp.

Le chauffeur du taxi ne connaissait ni l'hôtel ni la rue.

« C'est près de l'Opéra, dit Rydal. Allez jusqu'à l'Opéra et là je vous indiquerai le chemin. »

Pendant le trajet, il demeura assis sur le bord de son siège, se sentant tout heureux comme s'il était en train de faire une bonne blague. Il avait l'impression de s'être abandonné à quelque chose de totalement irrationnel, comme s'il était complètement ivre et qu'il s'était embarqué dans une entreprise absolument folle, comme de franchir à toute allure et de nuit les virages non protégés en épingle à cheveux du col du Saint-Gothard par une nuit sombre. Il y avait beaucoup d'éléments intéressants dans cette visite à Chester maintenant. Avant tout, Chester était terrifié et Rydal se faisait une joie de le voir de ses propres yeux dans cet état. Plus jamais, peut-être, Rydal ne verrait Chester avec cette expression de sévérité paternelle — Rydal était obligé, pour des raisons évidentes, de la qualifier de paternelle — qu'il lui avait vue juste avant qu'il ne lui eût fait le signe *non* au marché aux fleurs des Halles. Rydal se dit qu'en le voyant secouer ainsi la tête, Chester s'était effondré. Il avait probablement fui jusqu'à son hôtel, fui les Halles en tout cas. Et il était possible que ce soir il flanque une rossée à Chester. Pas plus de deux coups bien appuyés à la mâchoire. Rydal se disait que cela suffirait à le satisfaire. Non, c'était un peu primitif. Pas de ça. Pas de coups de poing, juste quelques mots. Il regarda les lumières des Tuileries, dehors — c'était comme une vision du XVIIe siècle — et, brusquement, il imagina une scène de pardon entre lui et Chester, il se vit saisissant l'épaule tremblante de Chester et disant... quoi au fait ? Une idée brillante lui viendrait, bien sûr, quelque chose en rapport avec le fait que Chester avait réussi à échapper à la police. Rydal souriait vaguement. Il n'avait pas du tout envie d'aider Chester. Pas du tout. En réalité, il le détestait.

« Tournez à droite à la prochaine, dit Rydal au chauffeur. Après, c'est la deuxième à gauche. » Il avait préparé le prix de la course.

Il descendit du taxi devant l'hôtel et entra. Le hall était petit et surchargé d'ornements. Rydal alla à la réception et dit à l'employé de prévenir Mr. Wedekind que Mr. Stengel montait. Le nom lui avait jailli dans la tête. Cela n'avait pas d'importance. L'employé prévint Chester, puis dit qu'il pouvait monter.

Chester ouvrit la porte, pâle et visiblement tremblant, ou peut-être n'était-ce qu'un frisson. Le col de sa chemise était déboutonné, le nœud de cravate défait.

« Je suis seul », dit Rydal. Il entra. La pièce était en désordre, le lit était même défait, comme si Chester avait essayé de se cacher dedans après être rentré des Halles.

« Je suppose que vous êtes venu chercher l'argent, dit Chester.

— Oh !... comme je vous l'ai déjà dit, je ne suis pas contre.

— Cette fois, vous ne l'aurez pas.

— Ah ! » dit Rydal poliment et avec une absence d'intérêt sincère. Il regarda Chester.

Il n'y avait de couleur, dans le visage de Chester, qu'autour des yeux, et c'était du rose. Il avait à la main un verre de scotch. L'inévitable bouteille était sur l'inévitable commode.

« Qu'est-il arrivé à vos amis de la police ? demanda Chester.

— Je les ai semés. »

Chester sirotait son verre. « Ils vous ont ramassé ? »

Rydal se sentit pris d'une brusque fureur qui le brûla intérieurement. Il attendit que ce fût passé.

« Non. Je suis allé leur dire bonjour et je leur ai parlé.

— Quoi ? fit Chester, fronçant les sourcils. Ne me racontez pas de bobards. Qu'est-ce qu'ils attendent ? »

Rydal le regarda, et il n'eut pas besoin que Chester lui dise que tout son argent, tous ses « avoirs » aux Etats-Unis s'étaient volatilisés maintenant, saisis par la police américaine, ou peut-être emportés dans leur fuite par les petits copains affolés de Chester. Seule une perte d'argent avait pu briser Chester à ce point. Perdre Colette n'avait pas eu autant d'effet sur lui.

« Quel jeu jouez-vous, Rydal ? » demanda Chester.

Rydal haussa les épaules.

« Vous devez quand même vous être rendu compte que je n'ai dit aux flics ni votre nom ni le nom de cet hôtel, sinon ils seraient déjà là.

— Très bien, vous me demandez de payer. C'est ça ? »

Rydal avait une réponse désagréable au bord des lèvres, mais ces chamailleries l'ennuyaient. Chester l'aurait payé maintenant pour ne pas avoir dévoilé son faux nom à la police, ou il le paierait si Rydal promettait de rien dire pendant vingt-quatre heures, ou quelque chose comme ça, le temps qu'il puisse arriver en Amérique. « Pourquoi ne quittez-vous pas ce pays ? »

Chester le regarda d'un air soupçonneux. « Vous êtes venu ici pour me dire ça ?

— Certainement pas. J'aurais pu vous le dire au téléphone. Je suis venu ici pour vous *voir*. » Rydal sourit et alluma une cigarette.

Chester le regarda de ses yeux bordés de rouge. « Qu'est-ce que vous avez dit à la police ?

— Je leur ai dit ce qui s'était passé à Cnossos. Ce qui s'était passé en Crète. J'ai dit que c'était là que je vous avais rencontré. Mr. et Mrs. Chamberlain. Et puis je leur ai dit que vous aviez disparu à Athènes. L'histoire d'Athènes ne tenait pas très bien debout, mais quand je leur ai dit que j'avais un rendez-vous avec vous ce soir, ils ne se sont pas montrés trop regardants pour le reste. Ils voulaient vous avoir.

— Et alors ? Pourquoi les en avez-vous empêchés ? » La voix de Chester était de nouveau enrouée, et elle contenait une note d'apitoiement sur lui-même, probablement provoquée par l'alcool. « Rydal, je suis un homme ruiné. Regardez ça. Cette lettre ! » Il désigna les papiers étalés sur la table de nuit que Rydal n'avait pas remarqués dans le désordre général de la pièce. « Je n'ai pas un *cent* aux Etats-Unis ! Je suis MacFarland... dans cette lettre. Je suis recherché pour meurtre... (Il s'arrêta, sa voix se cassait.)

— J'imagine. Ça ne m'intéresse pas, dit Rydal.

— Dites-moi ce que vous voulez. Allons-y. Si vous avez dit à la police de venir ici...

— Si j'avais dit à la police de venir ici, ils auraient été là plus vite que moi. Vous savez ce que je veux, Chester ? »

Il avança vers Chester et dit lentement : « J'aimerais une photographie de Colette. Est-ce que vous en avez une ? »

Chester avait reculé d'un pas. Il fronça les sourcils. « Oui. Oui, j'en ai une », répondit-il, furieux, mais conciliant, abasourdi, impuissant. Il s'approcha d'un air hébété de sa veste qui était jetée par-dessus une chaise et chercha dans une poche intérieure. Il sortit une masse de papiers et d'argent. Une petite carte tomba à terre.

Rydal avança pour ramasser la carte et prit aussi un billet de cinq cents dollars qui voletait vers le sol.

« C'est la seule qui me reste, dit Chester. Les autres... sont aux Etats-Unis.

— Dommage ! » Rydal regarda la photographie. Il sourit. Elle était en couleurs. Colette le regardait droit dans les yeux, ses cheveux roux flous autour de sa tête, ses lèvres souriantes. Regardant ses yeux de lavande, Rydal entendit sa voix qui lui parlait : *Je vous aime, Rydal. Oui, je vous aime.* L'avait-elle jamais dit comme ça ? Peu importait, elle le disait maintenant. « Dommage que vous ayez dû la tuer », dit-il à Chester.

Chester s'assit sur le lit, le visage enfoui dans ses mains.

« Ressaisissez-vous. Allez à la police ou faites vos malles et prenez l'avion pour les Etats-Unis. » Chester avait l'air de n'avoir l'énergie de rien faire d'autre que d'aller se rendre à la police, et encore... Rydal se rendit compte tout à coup qu'il y avait encore un petit détail dont il pouvait se servir pour discuter. Il concernait le corps de l'agent grec à l'hôtel du Palais-Royal, à Athènes. Si Chester promettait de garder le silence sur les services que Rydal lui avait rendus là-bas... non, Rydal répugnait à le faire. C'était malhonnête, lâche. Il ne put s'empêcher de sourire en voyant ainsi resurgir son sentiment de l'honneur comme un phénix qui remontait d'où, de quoi ?

« Qu'est-ce que vous choisissez de faire ? » demanda Rydal.

Chester regardait droit devant lui, les épaules voûtées. « Il vaut mieux que j'aille aux Etats-Unis. Que je rentre. Il faut que je recommence à zéro. » Chester se releva péniblement et se dirigea vers la bouteille sur la commode. Quand il l'eut dans la main, il regarda autour de lui dans la pièce, comme s'il était à demi aveugle, pour chercher son verre.

Rydal le vit avant lui et le lui tendit. « Votre force d'âme est admirable, dit-il du ton qu'aurait pu utiliser son père dans un de ses discours dévastateurs, mais combien de temps pensez-vous pouvoir tenir aux Etats-Unis ? Que va-t-il faire, votre Philip Wedekind ? Vendre des actions bidons à de vieilles dames crédules ou...

— Oh ! Philip Wedekind peut disparaître dès que j'aurai touché le sol », dit Chester.

Le verre qu'il tenait à la main lui avait donné confiance, pour le moment. Rydal sentit la colère lui brûler le visage de nouveau.

« Et après... après, quand vous serez pris comme Mr. X. et qu'ils découvriront que vous êtes aussi Chamberlain et MacFarland, etc., vous recommencerez à raconter votre petite histoire ? « Rydal « Keener a tué ma femme, Keener m'a fait chan-

« ter », et, enfin, « Keener a tué l'agent grec à l'hô-
« tel d'Athènes ». C'est ça, Chester ? »

Chester ne répondit pas, il ne le regarda même pas. Il n'avait pas besoin de le regarder. Rydal savait ce qui allait suivre. Comment pouvait-il en être autrement, de la part d'un homme comme Chester ? Chester se traîna jusqu'à l'armoire.

« Je perds mon temps ici et le vôtre aussi, dit Rydal. Nous pourrions tout remettre à un peu plus tard, je pourrais peut-être acheter une carte d'identité française, vous pourriez peut-être rentrer aux Etats-Unis. Mais à quoi cela servirait-il ? Pourquoi n'allez-vous pas téléphoner, Chester ? Je suis certain que la police française aimerait beaucoup... »

Chester lui faisait face avec un revolver à la main.

Rydal fut surpris, mais il n'avait pas peur. « A quoi cela vous servira-t-il ? Ça va seulement faire du bruit et vous aurez tout l'hôtel ici, dans votre chambre. »

Chester se rapprocha ; il avait un air calme et sa main qui tenait le revolver ne tremblait pas.

Rydal comprit que Chester n'avait rien à perdre. Il ne verrait aucun inconvénient à le tuer. Rydal essaya de l'attraper par le poignet, mais il ne parvint pas à avoir une bonne prise et Chester tira. Fou furieux, Rydal lui assena un violent coup de poing à la mâchoire. Chester tomba. Rydal se dirigea vers la porte et sortit. Il prit l'escalier et descendit un étage ; il vit que l'ascenseur était en train de monter et appuya sur le bouton d'appel. L'ascenseur continua à monter, dépassant son étage.

« Qu'est-ce que c'était ? demanda une voix de femme en français à l'étage au-dessous.

— Un coup de revolver ? » dit une voix d'homme.

L'ascenseur s'arrêta en descendant et Rydal y

monta. Il était tendu à tel point qu'il avait le cerveau figé. Il pensait seulement : *ne te dépêche pas.*

Son objectif était seulement d'atteindre la rue obscure et il éprouva un sentiment de triomphe et de soulagement quand il y parvint. L'homme qui était descendu dans l'ascenseur avec lui s'éloigna tranquillement dans la direction opposée. Rydal se mit à marcher. Il se sentait troublé, choqué, comme si ce qui venait de se passer était compliqué et inexplicable.

Il se sentit très triste et très vieux tout à coup. Il leva la tête, repéra où il était — au coin du boulevard Haussmann et de la chaussée d'Antin —, puis continua sa route en cherchant un téléphone.

Il appela d'une brasserie. Il ne savait pas où se trouvait le poste de police avec lequel on l'avait mis en relation, mais l'homme à qui il s'adressa connaissait le nom de William Chamberlain et Rydal lui dit qu'il trouverait Chamberlain à l'hôtel Elysée-Madison sous le nom de Philip Wedekind.

« Très bien ! Puis-je vous demander votre nom, monsieur ?

— Rydal Keener, dit Rydal.

— Rydal Keener ! Où êtes-vous ? Si vous ne nous le dites pas, nous trouverons d'où vous nous appelez, de toute manière.

— Epargnez-vous cette peine. Je suis au café Normandie, au coin du boulevard Haussmann et... ce n'est pas loin de l'Opéra. Je vous attends. »

Ainsi s'acheva sa période de liberté.

XX

Au même moment, Chester hâtait le pas, lui aussi, sur le boulevard Haussmann, mais dans la direction opposée au café où se trouvait Rydal. Il portait un pardessus et un chapeau et son passeport était comme toujours dans la poche intérieure de son pardessus, mais, à part cela, il n'avait rien sur lui. *J'ai fait tomber une ampoule électrique... J'ai fait tomber une ampoule électrique.* C'était ce qu'il avait dit à la femme qui avait passé la tête dans le couloir, à deux chambres de la sienne, juste au moment où lui-même ouvrait sa porte. *J'ai laissé tomber une... une lumière ?* Qu'avait-il dit déjà ? De toute manière, bien qu'elle n'eût pas l'air complètement rassurée, elle n'avait rien fait. Il était sorti de l'hôtel, c'était le principal. *Du sang-froid*, Chester, c'est ce qui compte, dit une voix lasse dans le lointain, une voix machinale à l'intérieur de lui. Il avait pris l'ascenseur pour descendre calmement, comme d'habitude. Il avait traversé le hall calmement, s'attendant un peu à le voir plein de policiers, prévenus par Rydal. Il s'attendait, en tout cas, à y voir Rydal. Il ne comprenait pas ce que Rydal mijotait, pourquoi il avait fui comme ça. A moins qu'il n'aille appeler la police d'un endroit tranquille et sûr, comme une cabine téléphonique publique, qu'il ne les appelle et les prévienne, sans donner son propre nom. Chester avait pensé que c'était le plus probable et il n'avait pas perdu de temps pour sortir de l'hôtel. Il devait quitter Paris. Il avait envie d'aller à Marseille. Ou à Calais, ou au Havre d'où partaient des bateaux. La ville pour laquelle il pourrait le plus vite trouver un train. Il lui faudrait trop de temps pour aller à un aéroport et il pensait que les aéroports étaient plus faciles à surveiller que les gares.

Il vit enfin une station de taxis de l'autre côté de la rue.

Chester monta dans un taxi et dit au chauffeur : « Gare du Nord ». C'était la gare de Paris où il avait l'impression qu'il y avait le plus de trafic. C'était par là, en tout cas, qu'il arrivait et partait toujours quand il ne prenait pas l'avion.

Il y avait un train pour Marseille à dix-huit heures, pas un train rapide : des wagons qu'on accrochait, gare de Lyon, à un train à destination de Marseille. Il y en avait plusieurs aussi pour Calais, mais Chester choisit Marseille.

Il quitta la gare et alla dans un bar voisin où il commanda un scotch. Cela le calma merveilleusement. Cela lui fit comprendre qu'il était stupide d'attendre le train si Rydal l'avait dénoncé à la police. Oui, vraiment. Et il valait mieux se dire que Rydal l'avait fait. Rydal semblait d'humeur à se suicider. N'avait-il pas proposé qu'ils aillent *tous les deux* à la police et qu'ils leur disent tout ? Quelle absurdité ! Chester s'offrit un autre scotch.

Puis il sortit et, après avoir essayé trois chauffeurs de taxi, en trouva un qui était disposé à l'emmener jusqu'à Lyon pour le billet de cinquante dollars que Chester lui montra sous un réverbère.

Chester lui dit qu'il venait d'apprendre qu'un bateau qu'il devait prendre quittait Marseille demain matin et qu'il devait donc absolument y être.

Chester se sentit très en sécurité dans le taxi. Il se sentait caché, invisible dans le noir. Le chauffeur se montra bavard tout d'abord, lui demandant comment il se trouvait à Paris sans bagages — Chester dit qu'il était juste venu pour un séjour de deux jours qu'il avait décidé à la dernière minute et qu'il était descendu chez un ami — mais, bientôt, il s'occupa, avant tout, de conduire et ils ne parlèrent plus.

Ils arrivèrent à Lyon à cinq heures du matin. Chester donna cinquante francs au chauffeur en plus des cinquante dollars qu'il lui avait donnés à Paris puis, voyant un café ouvert toute la nuit — ou qui peut-être avait ouvert très tôt —, il décida de s'y installer pour attendre le lever du jour. Il pensait qu'il avait une légère avance sur la police et qu'on ne le chercherait probablement pas à Lyon. A huit heures et demie, il se fit raser chez un coiffeur, puis il acheta un billet pour un train à destination de Marseille qui partait à neuf heures et demie. Dans le train, il dormit. A part lui, le compartiment était occupé par deux hommes plongés dans les journaux ; ils avaient un air frais et soigné que Chester leur envia dans leurs chemises propres et leurs complets bien repassés.

Au début de l'après-midi, le train déposa ses voyageurs dans une grande gare grise et Chester, sans s'arrêter pour acheter un journal ni boire un verre, marcha jusqu'à ce qu'il en fût sorti. Il se sentait très voyant dans les gares, comme si chaque homme qui était derrière un journal ou assis sur un banc était en réalité un policier qui le recherchait. Les rues descendaient toutes, probablement vers la mer, que Chester ne vit pas même après quelques minutes de marche. Il arriva enfin sur une large avenue très animée dont il vit que c'était la Canebière. Il avait entendu parler de la Canebière qui était la principale avenue de Marseille. En regardant tout en bas, il pouvait voir une petite étendue d'eau, la Méditerranée. Chester tourna dans la direction de la mer. La Canebière était bordée de magasins de toute sorte, chemiseries, bureaux de tabac, pharmacies, et il semblait y avoir trois ou quatre restaurants ou bars à terrasse vitrée par bloc d'immeubles qui, l'été, devaient avoir des tables et des chaises disposées sur le trottoir. Il aima l'activité débordante de l'avenue, les gens de types si divers qu'il voyait passer : des ouvriers avec des pelles sur l'épaule, des femmes un peu trop maquillées, des infirmes colportant des crayons, deux marins anglais, des hommes avec des plateaux de babioles suspendues par une corde autour de leur cou. Il croyait sentir la mer.

Il s'était dit qu'en allant simplement au bord de l'eau, il pourrait trouver un bateau en partance, un bateau de voyageurs ou un cargo. Tout ce qu'il vit au premier abord fut un port en forme de rectangle, plein de petits bateaux de pêche amarrés au quai les voiles ferlées, et d'autres qui entraient. Un panneau annonçait une excursion au château d'If dans l'après-midi.

« Où sont les grands bateaux ? demanda-t-il à un pêcheur.

— Oh ! par là-bas, fit l'homme en indiquant la droite d'un geste du bras. Ici, c'est le *Vieux*-Port.

— Merci. » Le *Vieux*-Port. Chester en avait entendu parler.

Il se dirigea vers le côté droit du Vieux-Port. Il y avait des pêcheurs qui réparaient des filets, enroulaient des cordes. Il faillit être heurté par un panier plein de coquilles de langoustes qu'une femme jeta par la porte d'un petit restaurant. Sa marche ne lui rapporta rien qu'une jolie vue. Il vit un bateau de guerre gris, qui aurait pu être anglais ou américain, mais rien qui ressemblât à un paquebot. Il retourna à la Canebière. En venant, il avait remarqué des agences de voyages sur la Canebière.

Aucun bateau ne partait ce jour-là. Un cargo suédois partait le lendemain pour Philadelphie, mais l'employé de l'agence de voyages, quand il téléphona au bateau, ne put joindre la personne qui aurait pu lui dire s'il y avait des cabines pour des passagers à bord. Le seul paquebot que nomma l'employé était un bateau italien dont Chester n'avait jamais entendu parler, pas un des grands, qui devait arriver demain et repartir après-demain. Chester ne voulait pas attendre si longtemps.

Il se dit qu'il ferait mieux d'essayer de prendre un avion. Il téléphona à l'aéroport de Marignane et apprit qu'il n'y avait de place sur aucun des avions qui partaient dans la journée.

« Et demain ? demanda Chester.

— Il y a un vol à deux heures de l'après-midi, monsieur. Désirez-vous faire une réservation ?

— Oui. Pour l'avion de deux heures, s'il vous plaît. Wedekind. *Double vé...* »

On lui dit qu'il pouvait payer son billet dans une agence de la Canebière. Chester dit qu'il allait l'acheter immédiatement. Il le fit, avec des francs qu'il avait eus dans une banque de la Canebière également. Après cela, il remonta l'une des rues qui allaient vers l'est. Il se dit que ce devait être vers l'est puisque la Canebière semblait aller du nord au sud dans la direction de la mer. Marseille lui apparut comme un Paris plutôt plus sale et la ville avait l'air encore plus vieille. Il entra dans un café pour prendre un scotch, en prit deux, puis continua à monter. Il déboucha sur un marché en plein air, où il n'y avait plus ni produits étalés ni acheteurs et où des femmes et des hommes balayaient des feuilles de choux, des morceaux de papier, des oranges et des pommes de terre abîmées. La ville fermait boutique. Cela voulait dire que les bars et les restaurants seraient bientôt en pleine activité.

A six heures et demie, Chester était dans les toilettes de l'hôtel de Noailles, côté hommes, et enfilait une chemise blanche qu'il venait d'acheter puis faisait de son mieux pour se nettoyer les ongles et lisser ses cheveux sans peigne. Il était en bonne voie d'être ivre, il s'en rendait bien compte, mais il se sentait absolument maître de lui, confiant même, avec son billet d'avion dans sa poche et plein d'argent sur lui. Il avait l'intention de téléphoner à Jesse Doty demain, juste avant d'aller à l'aéroport. Dans sa lettre, Jesse avait l'air très secoué et inquiet, vaincu même. « Je détruis les listes de souscripteurs... » Un mot de lui redonnerait du courage à Jesse. Un mot confiant, qui dirait seulement : « Nous avons surmonté d'autres mauvaises périodes, mon vieux », etc.

Chester retourna dans le bar de l'hôtel où un scotch auquel il avait à peine touché l'attendait sur le comptoir. Dans le sac en papier qui avait contenu sa chemise neuve, il avait la sale, une belle chemise de soie lourde que Colette lui avait achetée à New York, chez Knize. Il se dit que d'ici quelques minutes, il irait voir s'ils n'avaient pas une chambre pour lui pour cette nuit. L'hôtel de Noailles lui plaisait. Il se demanda ce que faisait Rydal en ce moment. Etait-on en train de le rechercher dans tout Paris ? Chester rit tout seul, vit que le barman le regardait et s'arrêta. Il se mit à fixer son verre. Il était en train d'imaginer toute une bande de policiers français très agités se précipitant dans sa chambre d'hôtel la veille au soir et la trouvant vide. Il les avait imaginés le cherchant dans les rues de Paris toute la nuit dernière sous la pluie — bonne chance, messieurs ! — pendant qu'il roulait vers Lyon en taxi. Ils allaient peut-être penser qu'il s'était jeté dans la Seine. Chester l'espérait bien. Oui, il avait dû offrir une bien triste image à Rydal la veille au soir, l'image d'un homme qui n'était pas loin du suicide. En tout cas, on allait avoir des surprises en ce qui concernait Chester MacFarland. Philip Wedekind. *Voyons, Mr. Keener,* dirait la police française, *où est-il, ce Wedekind dont vous parlez ? Vous prétendez que c'est le même homme que Chamberlain ? Prouvez-le. Où est-il ?*

Chester changea d'avis à propos de l'hôtel de Noailles. Si Rydal avait fait diffuser partout le nom de Wedekind, mieux valait peut-être ne pas s'inscrire dans un hôtel pour cette nuit. Un bordel, voilà le bon endroit où se cacher. Il n'aurait aucun mal à en trouver un dans cette ville, car il avait déjà été accosté trois fois avant six heures du soir. Les bordels avaient caché plus d'un homme dans l'embarras. Oui, c'était la bonne solution.

« Un autre, s'il vous plaît, dit Chester en poussant son verre dans la direction du barman.

— Oui, monsieur. »

En buvant son second verre, Chester consulta le barman pour trouver un bon restaurant pour dîner. Le barman recommanda le Noailles. Mais, dans la conversation, il en suggéra quelques autres et, dans le lot, Chester choisit le Caribou, surtout parce que c'était celui dont il arrivait le plus facilement à se rappeler le nom. Le Caribou était — Chester ne put retenir le nom de la rue — à gauche en descendant vers le Vieux-Port.

Il était près de neuf heures lorsque Chester y

arriva. Il était entré dans un restaurant au coin du Vieux-Port, parce qu'une femme qui racolait des clients dehors l'avait véritablement tiré à l'intérieur et, une fois dedans, il avait décidé de goûter la bouillabaisse marseillaise dont la femme lui avait dit que c'était la meilleure de la ville. Chester s'estimait d'appétit à dîner deux fois ce jour-là. Dans ce petit restaurant, il acquit, sans savoir comment, deux enfants, qui s'attachèrent à ses pas, bien qu'il leur eût donné cinq francs à chacun pour qu'ils disparaissent. Les enfants allèrent avec lui au Caribou. Ce furent même eux qui lui indiquèrent le chemin. Le maître d'hôtel, à moins que ce ne fût un simple garçon, obligea les enfants à ressortir et parut vouloir refuser de servir Chester, mais ce dernier dit aussi solennellement qu'il put :

« J'attends quelqu'un. Une table pour deux, s'il vous plaît. »

On le conduisit à une table.

A partir de là, Chester se rendit compte de très peu de choses. La douce lumière des bougies. Une sorte de balcon à l'intérieur du restaurant d'où des têtes montées sur un support de caribous, d'élans ou d'orignaux le regardaient. Un plat qui consistait en deux tranches rondes d'une viande sombre — qu'est-ce que c'était ? Il avait oublié ce qu'il avait commandé — une bouteille de vin qui était blanc alors qu'il aurait dû être rouge. Chester était certain d'avoir commandé du vin rouge. Une femme brune très froide et indifférente, mais jolie, assise à la table voisine et qui refusa de lui répondre quand il lui parla. Il y avait des violons qui jouaient quelque part.

Quelque part, tout au fond de lui, l'espoir, la confiance, le rire même, luttaient pour monter à la surface. Il était très ivre, c'était certain, mais il n'allait pas perdre conscience, et il sentait qu'il était capable de marcher. Il avait bien le droit d'être ivre, après tout ce qu'il avait subi. Il sortit son stylo à bille et se mit à composer un télégramme, ou le message qu'il enverrait par téléphone à Jesse demain et il découvrit qu'il n'était pas capable d'écrire assez bien pour se relire, ou se relire demain en tout cas. Peu importait.

La première chose que Chester sentit ensuite, ce fut des cailloux sur sa figure et une douleur dans ses pieds. On frappa ses pieds trois, quatre fois. Un homme lui cria quelque chose en français. Chester vit la bande rouge d'une jambe de pantalon et, en remontant, le visage souriant d'un agent. Les cheveux de Chester, mouillés et pleins de boue, lui pendaient sur les yeux. Il lutta pour se relever, il avait mal de la tête aux pieds. Il retomba. Chester se rendit compte qu'il était pieds nus, et aussi sans pantalon. Il était *nu* sous son pardessus ! Il regarda autour de lui, cherchant ses vêtements, comme il aurait pu le faire dans une pièce où il se serait déshabillé, mais il ne vit qu'un caniveau dans lequel coulait une eau claire, des cailloux, quelques platanes à l'écorce pelée le long du trottoir, des agents.

« Votre nom, monsieur ? demanda l'un des agents en français. Votre carte d'identité ? » Sa voix était secouée par le rire.

Un oiseau gazouilla, d'une voix pure et claire, au sommet ensoleillé d'un arbre dépourvu de feuilles.

Chester se tâta pour trouver son passeport. Il avait disparu. Ses poches étaient vides. Il n'en avait pas beaucoup à fouiller dans son pardessus. Il n'avait absolument rien, même pas une cigarette.

« Ecoutez, je ne sais pas comment je suis arrivé ici », commença-t-il en anglais. Il vacilla sur ses pieds nus, comme si la douleur qu'il ressentait dans la tête le tirait dans tous les sens par son seul poids.

Le jeune agent moustachu qui lui avait parlé descendit du trottoir, fourra son bâton sous son bras et fouilla les poches du pardessus de Chester. Il continuait à sourire sans pouvoir s'en empêcher et son collègue, plus âgé que lui, était secoué par le rire. Une fenêtre s'ouvrit au-dessus de leurs têtes.

« Vous pourriez débarrasser les rues de pareilles ordures ! cria une femme en chemise de nuit blanche. C'est une drôle d'heure pour réveiller les gens !

— Oh ! il y a beaucoup de visiteurs distingués à Marseille, vous savez, répondit le jeune policier. Qu'est-ce que nous deviendrions sans les touristes ? Celui-là, il a dépensé jusqu'à son dernier sou chez nous ! »

Ces mots étaient parfaitement clairs pour Chester, aussi clairs que la voix de l'oiseau qui continuait à chanter au sommet de l'arbre. *Pourquoi ne cherchez-vous pas les gens qui m'ont volé ?* Chester avait la phrase à moitié formée dans sa tête en français, puis elle se fondit dans une vague d'apitoiement sur lui-même. Il se mit à jurer, à proférer de bons gros jurons anglais. Il jura à travers ses larmes. Il repoussa les mains des agents. S'ils voulaient qu'il marche, il pouvait marcher, sans leur aide.

Les agents se raidirent immédiatement et leur bâton blanc vint s'abattre sur la tête de Chester. Ses genoux fléchirent. Les agents le rattrapèrent.

Puis ils partirent, tournèrent le coin d'une rue. La tête ballante, Chester apercevait comme dans une brume ses deux pieds blancs qui battaient sous lui, comme des oiseaux plumés, meurtris et probablement ensanglantés par le trottoir.

« Au nom du Ciel, vous n'avez donc pas de taxi ? hurla-t-il.

— Pom-pom-pom-pom-pom », chanta le jeune agent qui marchait, tout pimpant, à sa gauche, et celui de droite pouffa.

On le jeta sur une chaise dans un bâtiment qui sentait les rats morts, le bois suintant et le tabac refroidi.

« *Votre nom... votre nom... votre nom !* » Un agent, tête nue, était penché sur lui avec un crayon et du papier.

Chester lui dit ce qu'il pouvait aller se faire, mais l'autre ne parut pas comprendre.

« Votre... *nom* ! dit-il.

— Oliver... Donaldson », dit Chester lourdement. Qu'ils méditent là-dessus un moment. Oliver Donaldson. Oliver Donaldson. Il ne devait pas oublier ce nom. « Un verre d'eau », dit-il en français.

Quelqu'un l'attrapa par la mâchoire et tourna son visage dans tous les sens. Il y eut un tas de paroles marmonnées autour de lui, mais que Chester ne comprit pas. Il les foudroya tous du regard. Certains ricanaient de son accoutrement.

« Philippe Weddoukine ? » dit l'un d'eux.

Chester demeura assis, pétrifié, ses pieds nus aussi fermement plantés au sol que s'il était entièrement habillé et portait des bottes à genouillères.

Un autre se précipita, au point qu'il trébucha presque, et lui brandit une petite photographie sous le nez. C'était la photographie de son passeport.

Ils crièrent : « *Si !... Si !... Mais oui !*

— Non », dit Chester et, comme s'il venait de donner le signal d'une bacchanale ou d'une émeute, tous les agents parurent bondir en l'air, crier, gambader dans tous les sens, se taper mutuellement dans le dos et courir dans toutes les directions. Chester en avait assez et il se leva pour se battre. Il se souvint en avoir attrapé deux à la fois par le devant de leurs tuniques. Il crut avoir réussi à cogner leurs têtes l'une contre l'autre. Puis quelque chose vint le frapper sur le crâne.

Quand il releva la tête, une partie de la couverture se souleva en même temps, collée par le sang. Chester se toucha le nez et, affolé par ce qu'il sentit, enleva ses doigts. Il était allongé sur une couchette, dans une cellule. Un rayon de soleil tombait sur sa tête, mais il n'avait pas chaud. Il frissonnait de tout son corps. Ses dents claquaient et il serra la mâchoire pour les faire taire. Il fixa intensément le mur gris devant ses yeux.

Quand il prit conscience de sa situation, de sa capture, de sa quasi-nudité, de son pitoyable état physique, ce fut comme s'il tombait au bout d'une corde avec une horrible secousse. C'était tout à fait nouveau pour lui. Il n'était jamais tombé si bas. C'était comme un abominable trou dont il ne pourrait peut-être jamais remonter. Ces pensées, ou sensations, n'étaient ni entièrement mentales ni entièrement physiques, mais quelque chose entre les deux. Il avait l'impression que son cerveau était une toute petite chose à des kilomètres de lui. Il se rappela sa photographie. En la lui mettant sous le nez, ils l'avaient appelé Philip Wedekind. Mais elle n'était pas officiellement classée Wedekind. C'était Rydal qui avait dû le leur dire. La photographie ne pouvait venir que du Département d'Etat d'Amérique. Ce n'était pas la photographie que l'agent grec avait dans son carnet. C'était la photographie du passeport de Chester MacFarland. Chester se dressa sur sa couchette. C'était Rydal Keener qui avait tout fait. Rydal Keener avait fait tuer Colette. Rydal Keener, qui était à Paris. Chester se jura d'avoir sa peau, même si cela devait lui coûter la vie.

Quelqu'un venait dans sa cellule. Un agent avec une assiette de soupe en étain. Un agent qui souriait un peu, d'un sourire qui n'était pas méchant.

Chester se redressa et se leva, si lentement que l'agent ne compris pas d'abord ce qu'il faisait. Chester ouvrit l'étui à revolver de l'agent et sortit son arme.

L'assiette de soupe tomba par terre.

Avec le revolver, Chester fit signe à l'agent de se mettre contre le mur du fond, puis il y eut un bruit à la porte de la cellule et Chester tira sur le gendarme qui avait apporté la soupe. Il pensa que le coup n'était pas parti. Il était en train de s'escrimer sur le cran de sûreté quand une balle l'atteignit au côté. Une autre le frappa à la joue au moment où il tomba.

XXI

En ses derniers instants, Chester connut, semble-t-il, ou bien acquit une affreuse peur de la mort. Avec ses dernières forces, il s'était « confessé » à un homme de Dieu qui se trouvait être un catholique que la police avait fait venir en toute hâte dans sa cellule. Rydal apprit la nouvelle à Paris, au poste de police du quartier de Cluny où il avait été retenu depuis que la police l'avait ramassé dans le café du boulevard Haussmann. Chester ne se trouvait pas à l'hôtel Elysée-Madison quand la police y était allée le chercher. Il avait fui sans rien emporter de ses affaires et les recherches dans les hôtels parisiens, les aéroports et les gares n'avaient rien donné. Puis on avait appris que Chester avait été retrouvé dans un ruisseau à Marseille, dépouillé de son argent, de ses papiers et de tous ses vêtements à l'exception d'un pardessus. On en informa Rydal vers dix heures du matin. Rydal comprit plus tard qu'à peu près au moment où on lui avait dit qu'on l'avait retrouvé, Chester était en train de mourir. La nouvelle de sa mort arriva à midi.

Avec ses dernières forces, Chester avait avoué au prêtre et aux policiers qui se trouvaient là qu'il était William Chamberlain et aussi Chester MacFarland, ce dernier nom étant son vrai nom. Il avait avoué — en haletant, probablement, et par fragments, car Rydal avait entendu parler du sang qui sortait de la bouche, à cause d'une plaie qu'il avait au poumon — le meurtre de l'agent grec à l'hôtel du Palais-Royal à Athènes. L'agent qui apprit la chose à Rydal avait noté sur le papier le texte du message qu'il avait reçu par radio de Marseille. Il lut à Rydal :

« ... Rydal Keener était dans le couloir. Il m'a vu avec le corps. Je lui ai dit : « Si vous allez « raconter ça, je dirai que c'est vous qui l'avez « fait. Je l'ai payé pour qu'il se taise. Je voulais « qu'il reste avec moi pour pouvoir le surveiller. « Rydal Keener n'est coupable de rien, mais je l'ai « obligé à m'aider à cacher le corps dans le pla- « card dans le couloir de l'hôtel. Ce n'est pas vrai « qu'il m'a fait chanter. »

« C'est exact ? » demanda l'agent.

Deux autres policiers étaient là et écoutaient dans la cellule de Rydal qu'on avait ouverte maintenant.

« Continuez », dit Rydal.

« — Je suis coupable d'escroquerie. Je suis cou- « pable de fraude. J'ai causé la ruine de beau- « coup de gens aux Etats-Unis. J'ai employé Rydal « comme espion, comme garde du corps, puis, « voyant qu'il faisait des avances à ma femme, « j'ai essayé de le tuer à Cnossos. Le vase est « tombé sur ma femme. J'ai dit alors à Rydal que « s'il essayait de m'accuser, je dirais à la police « qu'il l'avait tuée en tentant de m'assassiner. » « Le reste est... du bafouillage », conclut l'agent.

Cette lecture secoua profondément Rydal et, pendant quelques secondes, le désorienta, comme si rien de tout cela n'était vrai. C'était comme s'il venait d'entendre que son propre père s'était effondré, d'entendre quelque chose d'incroyable. Et pourtant il savait que Chester avait exprimé ces idées que les Français avaient traduites dans leur langue et étirées en longues phrases élégantes. Chester avait dit tout ce qu'il pouvait humainement dire pour le laver. *Rydal Keener n'est coupable de rien.* Chester avait été bon, plus que bon.

« Est-ce que ce qu'il dit est vrai ? demanda l'agent à Rydal.

— C'est... c'est vrai en substance. » Rydal observait l'agent qui notait quelque chose au bas de la feuille. Dans la première partie de sa déclaration, Chester disait qu'il savait que Rydal Keener devait avoir « tout dit » à Paris, mais ce n'était pas vrai. Rydal n'avait pas parlé de MacFarland. Rydal n'avait rien changé à sa version selon laquelle il avait rencontré les Chamberlain en Crète. La police avait dit à Rydal qu'ils avaient découvert MacFarland en mettant la main sur le courrier de Philip Wedekind à l'American Express à Paris. Ils avaient télégraphié à la police de New York pour retrouver un certain Jesse Doty et c'était comme cela que la police avait fait le rapprochement entre Wedekind et MacFarland.

L'agent — non pas celui qui avait lu la déclaration mais celui qui avait interrogé Rydal la veille au soir, après le rendez-vous du boulevard Haussmann — demanda à Rydal : « Est-ce que c'est vrai que vous avez vu MacFarland dans le couloir de l'hôtel avec le corps de l'agent grec ?

— Oui.

— Vous connaissiez MacFarland avant ?

— Non, dit Rydal.

— Vous l'avez rencontré dans le couloir à ce moment-là ? Tout à fait par hasard ?

— Oui.

— Et il vous a menacé de vous accuser si vous le trahissiez ? »

Il avait posé cette question sur un ton vaguement sceptique, ce qui n'avait rien d'extraordinaire. « Il avait un revolver dans sa poche, dit Rydal. Le revolver de l'agent. Il voulait que je l'aide à porter le corps dans le placard. Puis — quand je l'ai eu fait — je me suis senti coupable de complicité. »

L'agent acquiesça. « Ah ! oui. lI faut que nous le notions cependant. Votre attitude, je veux dire. » Il étudia les papiers qu'il avait dans la main.

Rydal savait qu'il avait dit un demi-mensonge. Mais Chester en avait dit un total et qui l'avait pratiquement lavé. Le mensonge de Chester allait le sauver. En fait, ils avaient menti tous les deux. Rydal avait menti en ne faisant pas mention du meurtre d'Athènes, en disant qu'il n'avait rencontré les Chamberlain qu'en Crète. Aux yeux de la police, cette omission apparaîtrait comme une tentative pour cacher le fait qu'il avait agi en complice. Rydal se disait que seul lui-même saurait ou croirait jamais qu'il avait omis de parler de l'incident de l'hôtel du Palais-Royal tout autant pour épargner à Chester d'être accusé de meurtre que pour éviter que lui-même ne fût accusé de complicité. Rydal ne savait pas encore, il ne pouvait pas savoir de quel poids son mensonge pèserait sur sa conscience.

L'agent regarda Rydal pensivement. « C'est votre attitude à Athènes, après la mort de Mrs. MacFarland, qui n'est pas claire. Vous êtes resté quarante-huit heures à Athènes. Vous avez dit que vous vous étiez procuré votre faux passeport par le même homme que celui qui avait fourni à MacFarland son passeport au nom de Wedekind et que cet homme vous avait appris que le nouveau nom de MacFarland était Wedekind. Et cependant, vous n'avez rien fait. MacFarland était à l'hôtel El Greco. Si vous aviez dit son nom à la police... (L'agent haussa les épaules.) Mais vous vous êtes tu et vous vous êtes également procuré un faux passeport.

— A ce moment-là, dit Rydal, j'étais dans une situation pire qu'avant. Il avait dit qu'il m'accuserait d'avoir tué sa femme et il m'a accusé, en effet, auprès de la police d'Athènes. La police me recherchait. Comme je l'ai déjà dit, il n'y avait pas de témoins de ce qui était arrivé. Ç'aurait été ma parole contre la sienne et le vendeur de billets de Cnossos m'avait vu quitter le palais en courant.

— Ah ? » C'était dit d'un ton plein de doute.

« Mais MacFarland avait tellement peur, sous le nom de Chamberlain, qu'il a pris celui de Wedekind. Est-ce que ce n'est pas de vous qu'il avait peur ?

— Si, reconnut Rydal sans hésiter. Il savait que je... que je le détestais parce qu'il avait tué Colette. Sa femme. Il savait que j'étais dans tous mes états. Il avait peur que je n'aille trouver la police d'Athènes et que je ne leur dise ce qui s'était réellement passé. J'aurais pu remonter plus loin, comprenez-vous, et leur parler aussi de MacFarland. Pas étonnant qu'il ait voulu m'échapper.

— Mais vous n'avez absolument rien fait.

— Monsieur... je l'aimais et elle était morte. »

Rydal dit ces mots avec conviction. C'était vrai. C'était assez vrai. Impossible d'expliquer, à ces bureaucrates, la complexité de ses émotions en ce qui concernait Chester, en ce qui concernait Colette.

« Nous allons être obligés de vous interroger plus officiellement que nous ne venons de le faire, dit l'agent. Je vais voir si nous pouvons arranger cela pour cet après-midi... en fin de journée. En attendant, il va falloir que vous restiez ici. »

Ils quittèrent tous sa cellule et la refermèrent. Rydal s'assit sur sa couchette. Il regarda sa vieille valise brune qui se trouvait à l'hôtel Montmorency. Ils étaient au moins allés lui chercher cette valise et la lui avaient donnée, et son passeport était dedans.

L'interrogatoire de l'après-midi eut lieu au crépuscule dans un bâtiment à plusieurs rues de là. Il y avait là à peu près huit hommes : juristes, agents, employés. Les faits furent traités comme des cailloux, pris, examinés et rejetés. Le résultat apparut à Rydal zigzagant et imprécis, mais, sur tous les points importants, lui-même se trouva lavé. Certes, il n'émergea pas de tout cela en héros, et son comportement n'apparut pas comme très intelligent, mais aucune de ses actions ne fut qualifiée de criminelle. Aucune, à l'exception de la moindre, aux yeux de Rydal, c'est-à-dire l'obtention du faux passeport italien, ne lui valut même un léger terme d'opprobre de la part de ces fonctionnaires assemblés. Pour le passeport, il allait devoir payer une amende au gouvernement italien. On le relâcha en le priant de se rendre au consulat général pour faire mettre son passeport en règle, c'est-à-dire y faire apposer un cachet disant qu'il se trouvait légalement dans le pays. Rydal s'adressa à l'agent qui l'avait interrogé dans la cellule : « Je suppose que MacFarland sera enterré à Marseille ? Ou est-ce que des dispositions ont été prises pour que son corps soit ramené aux Etats-Unis ? »

L'agent haussa les épaules en signe d'ignorance.

De retour au poste où Rydal avait passé la nuit, l'agent appela Marseille. Le corps de Chester devait être enterré le lendemain matin, de bonne heure, dans un cimetière des environs de Marseille. Un instant, Rydal imagina la scène : une boîte en bois négligemment jetée dans un trou, sous le regard ennuyé d'un ou deux policiers, le minimum de témoins requis par la loi, impatients de s'en aller. Pas d'amis, personne pour suivre le cortège funèbre, pas un seul chrysanthème, la fleur traditionnelle des enterrements français. Chester méritait mieux que cela.

« Pourquoi cela vous intéresse-t-il ? demanda l'agent.

— Je pensais que je pourrais aller à l'enterrement... enfin à ce qu'il y aura », dit Rydal. Il devait y aller. Absolument. Rydal regarda le visage étonné de l'agent. « Oui. Je vais y aller », dit-il.

DU MÊME AUTEUR

Chez le même éditeur :

La Cellule de verre, *roman*.
L'Homme qui racontait des histoires, *roman*.

Composition réalisée par COMPOFAC - PARIS

IMPRIMÉ EN FRANCE PAR BRODARD ET TAUPIN
Usine de La Flèche (Sarthe).
LIBRAIRIE GÉNÉRALE FRANÇAISE - 6, rue Pierre-Sarrazin - 75006 Paris.
ISBN : 2 - 253 - 01932 - 1

BAUDELAIRE

Les Fleurs du mal 677

Préface de Marie-Jeanne Durry. Édition commentée et annotée par Yves Florenne.

Le Spleen de Paris 1179

Édition établie, présentée et commentée par Yves Florenne.

Les Paradis artificiels 1326

Préface, commentaires et notes d'Yves Florenne.

DAUDET

Lettres de mon moulin 848

Préface de Nicole Ciravégna.

Le Petit Chose 925

Préface de Paul Guth.

Contes du lundi 1058

Préface de Louis Nucéra.

Tartarin de Tarascon 5672

Préface d'Yves Berger.

DIDEROT

La Religieuse 2077

Préface d'Henry de Montherlant. Commentaires et notes de Jacques et A.-M. Chouillet.

Jacques le fataliste 403

Préface, commentaires et notes de Jacques et A.-M. Chouillet.

DOSTOIEVSKI

Crime et châtiment

T I 1289 - T II 1291

Préface de Nicolas Berdiaeff. Commentaires de Georges Philippenko.

L'Idiot

T I 941 - T II 943

Introduction et commentaires de Louis Martinez.

Les Possédés 695

Préface et commentaires de Georges Philippenko.

DUMAS fils

La Dame aux camélias 2682

Préface, commentaires et notes d'Antoine Livio.

FLAUBERT

Madame Bovary 713

Préface d'Henry de Montherlant. Présentation, commentaires et notes de Béatrice Didier.

L'Éducation sentimentale 1499

Préface de Pierre Sipriot. Commentaires et notes de Daniel Leuwers.

HOMÈRE

L'Odyssée 602

Préface de Fernand Robert. Édition traduite et présentée par Victor Bérard. Index et notes de Luc Duret.

L'Iliade 1063

Préface de Fernand Robert. Édition traduite et présentée par Mario Meunier. Index et notes de Luc Duret.

LA FAYETTE (Madame de)

La Princesse de Clèves 374

Préface de Michel Butor. Commentaires de Béatrice Didier.

MACHIAVEL

Le Prince 879

Préface de Raymond Aron. Édition traduite, commentée et annotée par Jean Anglade.

MAUPASSANT

Une vie 478

Préface de Henri Mitterand. Commentaires et notes d'Alain Buisine.

Mademoiselle Fifi 583

Édition présentée, commentée et annotée par Louis Forestier.

La Maison Tellier 760

Édition présentée, commentée et annotée par Patrick Wald Lasowski.

Bel-Ami

Préface de Jacques Laurent. Commentaires et notes de Philippe Bonnefis.

MÉRIMÉE

Colomba et autres nouvelles 1217

Édition établie par Jean Mistler.

Carmen et autres nouvelles 1480

Édition établie par Jean Mistler.

NIETZSCHE

Ainsi parlait Zarathoustra 987

Édition traduite, présentée et annotée par G.-A. Goldschmidt.

POE

Histoires extraordinaires 604

Édition présentée par Michel Zéraffa.

Nouvelles histoires extraordinaires 1055

Édition présentée par Michel Zéraffa.

RABELAIS

Pantagruel 1240

Édition établie et annotée par Pierre Michel.

Gargantua 1589

Édition établie et annotée par Pierre Michel.

SADE

Justine 3714

Édition préfacée, commentée et annotée par Béatrice Didier.

SAND

La Petite Fadette 3350

Édition préfacée, commentée et annotée par Maurice Toesca.

François le Champi 4771

Édition préfacée, commentée et annotée par Maurice Toesca.

La Mare au diable 3551

Édition préfacée, commentée et annotée par Pierre de Boisdeffre.

SHAKESPEARE

Roméo et Juliette, Le Songe d'une nuit d'été 1066

Édition préfacée, commentée et annotée par Yves Florenne.

STENDHAL

Le Rouge et le Noir 357

Édition préfacée, commentée et annotée par Victor Del Litto.

La Chartreuse de Parme 851

Édition préfacée, commentée et annotée par Victor Del Litto.

TOURGUENIEV

Premier amour 497

Préface de François Nourissier. Commentaires d'Edith Scherrer.

VERLAINE

Poèmes saturniens, Fêtes galantes 747

Préface de Léo Ferré. Commentaires et notes de Claude Cuénot.

La Bonne Chanson, Romances sans paroles, Sagesse 1116

Préface d'Antoine Blondin. Commentaires et notes de Claude Cuénot.

VILLON

Poésies complètes 1216

Préfaces de Clément Marot et de Théophile Gautier. Édition présentée, établie et annotée par Pierre Michel.

VOLTAIRE

Candide et autres contes 657

Édition présentée, commentée et annotée par J. Van den Heuvel.

Zadig et autres contes 658

Édition présentée, commentée et annotée par J. Van den Heuvel.

ZOLA

Les Rougon-Macquart

Édition établie par Auguste Dezalay.

L'Assommoir 97

Préface de François Cavanna. Commentaires et notes d'Auguste Dezalay.

Germinal 145

Préface de Jacques Duquesne. Commentaires et notes d'Auguste Dezalay.

La Conquête de Plassans 384

Préface de Henri Mitterand. Commentaires et notes de Pierre Marotte.

XXX

Tristan et Iseult 1306

Renouvelé en français moderne, commenté et annoté par René Louis.

---

* *Disponible chez votre libraire.*

Le sigle , placé au dos du volume, indique une nouvelle présentation.

30/7414/3